君たちは今が世界《すべて》

朝比奈あすか

角川文庫
22738

目次

第一章　みんなといたいみんな

　その朝、小学六年生の尾辻《おつじ》文也《ふみや》は、学校に着くなり、昇降口で待ち構えていた小磯《こいそ》利久雄《りくお》と瀬野《せの》敏《さとし》に傘を取られた。

「シャワー浴びようぜ」

　敏の言葉と同時に、強い雨粒がいっせいに文也の頭に降り注ぐ。

「シャワー！　シャワー！」

　いやだなと思ったけれど、楽しそうな利久雄と敏の様子を見ていたら、心の中に炭酸みたいな泡がぷくぷく弾《はじ》け出すようで、いつしか文也はふたりに挟まれて、

「うおー、天の恵みィィ！」

　両手を上げて叫んでいるのだった。

「口、開けてみー、痛いから！」

「いってぇ！」

「まさに、シャワー！」

いやだなと思ったことを、もう忘れている。開けた口の中、ぺちゃぺちゃと舌の上で雨粒が弾け、なまあたたかい雨は、あっという間に校庭を沼地みたいに変えてゆく。

「やっだ……」

「ほんと、男子ってバカ」

屋根の下で傘を畳みながら、同じ三組の女子たちが笑いを含んだ目で睨《にら》みつけてくる。それを見て、

「雨が痛い！　痛い！　いて――い！」

文也はいっそう大きな声を出した。

こういう感じが、文也は好きだ。こういう感じ。注目を集めて、血が沸騰する感じ。騒ぎながら、三人そろって下駄《げた》箱へ向かい、靴を履き替える。文也がびしょびしょの靴下を脱いで絞ったら、それを見た敏が手を叩《たた》いて笑う。登校時間の昇降口は、全学年の小学生でごった返していて、びしょぬれで大笑いしている三人を、低学年の男児たちが羨《うらや》ましそうに、声をかけてもらいたそうに、眺めている。

「やべえ、上履き、ぐちゃぐちゃだー」

そう言う敏の前髪からしずくがぱらぱらと落ち、

「よっ、水もしたたるエロ男！」

利久雄がからかう。周りにいた下級生の男子たちがそれを聞いてげらげら笑う。先週開かれたばかりの運動会で応援団長をやった利久雄は、学校の有名人だ。

「文《ふみ》ちんヤベエ！」

その利久雄が、びしょぬれの文也を見て、おかしそうに笑うから、文也は得意だ。中心人物になった気分。でも、はしゃぎの時間は長く続きはしない。利久雄と敏がレインコートを着ていたことに気づく。さっきまで一緒に雨シャワーを浴びていたのに、利久雄と敏は下駄箱でレインコートを脱いで、もうすっきりした顔でいる。顔や足は文也と同じくらいぬれているから、一見同じような状態なのだけど、よく見ると二人のTシャツは乾いていて、ズボンもそれほどぬれていない。シャツからもズボンからも水を滴らせているのは、文也ひとりだ。

階段をのぼり、六年三組の教室に入ると、

「うっわー、あんたたち、ずぶぬれじゃん」

ひときわ大きな声を出して三人に近づいてきたのは宝田《たからだ》ほのかだった。

「超ぬれてんじゃん。やっぱー。台風接近中だから気をつけて登校するようにって、緊急メール来てたのに。知らなかったの」

そう言いながら、ほのかはハンカチを出してきて、利久雄を拭《ふ》こうとする。利久雄がそのハンカチをさりげなく手で払った。

「やだー、拭きなよ。風邪ひくよ」

ほのかが言うのを、利久雄は完全に無視する。

ほのかとは、小学校低学年の頃まではいっしょに遊ぶこともあったけど、最近はあんまり話しかけてほしくない。女子は女子で固まっているのがほとんどで、五年生くらいから、休み時間に男女交じって遊ぶことはなくなってきた。それなのにほのかは、休み時間も文也たち三人が遊んでいると、いつの間にかそこに交じっていたりする。ほのかが入ると遊びのテンポがずれる気がする。利久雄の態度がとげとげしくなるからかもしれない。

チャイムが鳴って、ニクタ先生が教室に入ってきた。

一部の女子が目配せし合って、こそこそ笑う。

ニクタ先生を初めて見た時、文也が思ったのは、おばあちゃんに似ているということだった。どこがどう似ていると言われると難しいのだが、パーマのかかった短い髪、体のかたち、眼鏡、全体的にほんわかと丸い雰囲気がして、似ているように思った。おばあちゃんが生きていた頃、文也はいっしょに電車を見に行った。線路の前で、電車が何台も通り過ぎた。おばあちゃんはずっと一緒にいてくれた。

　その日、家に帰って、新しい担任がおばあちゃんに似ていると文也が言ったら、

「うっそう」と大きな声で驚かれた。

「ねえ、ねえ、じゃあ文ちゃん。幾田《いくた》先生とママ、どっちが若いと思う？」

　お母さんに訊《き》かれた。

「そりゃママでしょ」

「いやだあ！」

　お母さんが破顔した。

「幾田先生て、若いのよう。まだ二十代なのよう」

　やりとりを聞いていた父親の義文《よしふみ》が、

「文也もなかなかやるなあ」

　とからかった。

　文也はどうしてお母さんが喜んでいるのか分からなかった。それでも、先生のほうがお母さんより若いということには少しびっくりした。お母さんは今年四十歳だ。誕生日の朝、まっさきに「おめでとう」と言ったら、もう四十だからめでたくもなんともないわとぶっきらぼうに返された。

「文ちゃんも、せっかく初めて女の先生に当たったんだから、もっとかわいい先生なら良かったのにね」

いつもより軽やかな声でお母さんが言った。それで文也は、ニクタ先生が、若いけれどかわいくない、それは笑われるようなことなのだと知った。

平常授業が始まってからも、ニクタ先生の印象は変わらなかった。お母さんより若いけど、白髪があるし、頬がふっくらしていて喋《しゃべ》り方がのんびりだからか、若い感じがしない。

いつからか、前田《まえだ》香奈枝《かなえ》や見村《みむら》めぐ美《み》らが幾田先生のことを「ニクタ」と呼ぶようになった。敏や利久雄も真似をした。面白がって、文也も真似をした。今、六年三組ではほとんどの子がニクタ先生を「ニクタ」と呼んでいる。「ニクータ」とか「ニクタロー」などと、アレンジして呼ぶ子もいる。もちろん、先生の前ではそう呼ばない。クラスみんなの秘密だ。

文也は以前家で、お母さんとの会話の中でスルッと、

「そしたらニクタがさあ」

と言ってしまったことがある。お母さんが、

「何それ。文ちゃんたち、先生のことニクタって呼んでるの？」

と言った。やべえ、怒られる、と思って、

「おれは言わないけど、女子がそういうふうに言ってた」

とごまかしたら、

「せめて、〝先生〟って付けなさいよ。ニクタ先生って言えば、イクタ先生って聞こえるから」

と言われた。

怒らないのか、と意外に思った。

「でも、女の子たち、すごいわね。ニクタ先生って面白いわね。よく考えた」

文也はお母さんの笑顔を見て、ほっとした。怒られるようなことじゃないんだ。

それから先生を呼ぶ時はいつも「ニクタ先生」と呼んでいる。そのやり方を敏や利久雄にも伝授した。

朝の会を始めようとして教壇に立ったニクタ先生の顔が強張《こわば》るのを文也は見た。

「誰ですか……これ」

ニクタ先生の声がふるえた。

教室はしんとなった。文也はチャイムが鳴るぎりぎりまで利久雄たちと話していた

から、一体なんのことか分からなかったので、

「なんですかー?」

　と言って、身を乗り出した。すると、他の皆も同じようにぞくぞくと身を乗り出して、

「何何」

　と、口々に言い、立ち上がる者まで出てくる。文也も負けずに立ち上がる。するとニクタ先生は驚いたように、

「尾辻さん、ずぶぬれじゃないの。タオルは持ってきてないの」

　と言った。

「あ、平気っす。雨にぬれたんです。平気平気」

　文也がおどけると、教室の皆が笑った。明るい雰囲気になった気がして、文也の心にまたはしゃぎの泡がぷくぷくと湧く。

「平気じゃないでしょう。風邪、ひいちゃうわよ。誰か、タオルを貸してあげて」

　おろおろとニクタ先生が呼びかけた。ほのかが手をあげる。

「ハンカチ持ってます」

「ありがとう、宝田さん、貸してあげて」

先生は言ったけど、文也はさっき利久雄がほのかの手を払いのけたことを思い出して、なぜか、同じようにしたくなった。それで、

「いいです」

と突っぱねた。

先生は、文也が遠慮したと思ったのか、

「そうね。ハンカチじゃあ、間に合わないぬれ方ね。尾辻さん、家庭科室に行ってタオルを借りてきていいわ。それから……誰なの、これを置いたのは」

ニクタ先生はふたたび教卓の上の何かについて言った。すでにその何かは、ニクタ先生の手でティッシュにくるまれ、まるめられてしまっていた。手のひらにのりそうなくらいの、ごみだったみたいだ。なんなんだ、あれ。ごみくらいでニクタ先生がこんなに困惑している理由が、文也には分からなかった。そんなことより、急に寒気を感じた。くちゅん、くちゅん、と二回連続でくしゃみがでた。

「尾辻さん、ほら、風邪ひいちゃうわよ。はやく家庭科室に、タオルをとりに行ってらっしゃい」

教卓の上の物のことと文也の様子とで、明らかにニクタ先生は動揺していた。大人で、先生なのに、ものすごく取り乱しているのが分かり、女子を中心に冷ややかな笑

いが広がった。そこにつけ込むように、

「僕もぬれてるので、いっしょに行っていいですかー？」

そう言ったのは利久雄だ。

「いやだ、小磯さんもぬれてるじゃないですか」

利久雄のぬれた髪を見て、先生が困ったように言った。

「僕も行っていいですかー？」

敏も手をあげてくれた。

ひとりじゃなくて、友達ふたりと家庭科室に行けそうで文也はほっとした。昔から自分ひとりで目立つ行動をするのが苦手だ。

隣の席の前田が、

「ニクタ、パニック」

と、小声で言った。

「だね」

文也は話を合わせて笑ってみたが、本当は前田のことが苦手だ。低学年の頃はたまに一緒に遊んだが、そのころから苦手だった。遊びの中で、前田は文也に何かと命令ばかりしてきたからだ。六年生になった今も、グループ作業や話し合いの課題を出されると、偉そうな態度をとってくるし、面倒なことを押しつけてくる。

「ねえ、ねえ、あれ何かわかる？」

前田が小声で文也に訊いた。教卓の上に置かれた「ごみ」のことだ。

「ナプキンだよ、ナプキン」

「ナプキン？」

　文也がきょとんとしていると、

「尾辻、純粋かよ。受ける」

　前田が笑い、前の席の見村に何か耳打ちした。ふたりはクックとちいさな声で笑う。文也は慌てて、「ああ、あれか」とわざとらしくつぶやいてみるが、いっそう笑われる。ナプキンっていったら、弁当箱を包む布ではないのか。なぜニクタ先生があんなに動揺するのか、なぜ前田たちが面白がるのか、実際のところ文也には分からない。

　前田が、

「赤いマジックで塗っただけだから、全然汚くないんだけどねー」

　と意味不明なことを言ってくるから、ますます混乱する。

「先生、先生、そこに何が置いてあったんですかー？」

　前田の子分の見村が大きな声で訊いた。

「何がって……」

ニクタ先生の顔が岩のように固く、赤くなる。それを見て、一部の女子がくすくす笑っている。

「なんで言えないんですかあ？」

前田が囃《はや》し立てる。ニクタ先生は黙ったままティッシュでまるめたそれを、さもなんでもないかのようにぽいとごみ箱に捨ててから、

「授業にします。はやく教科書出してください。尾辻さんたちは家庭科室でタオルを借りてきて。すぐ戻ってきてくださいね」

と言った。とたんに利久雄が、

「はーい」

と大声で言って椅子をおおきく後ろに引いて立ち上がった。敏も文也もすぐに立って、三人で競い合うように廊下に出た。小走りで階段へ向かっていると、一組の教室の戸が開いて、一昨年担任だった山形《やまがた》先生が顔を出した。

「何やってんだあ？」

と訊かれ、文也は山形先生の視界から少しでも逃れようと、利久雄の後ろに隠れるように身をかがめた。

「僕たち雨に激しくぬれてしまったので、幾田先生から家庭科室に行って服とか拭いてくるようにって言われたんです」

利久雄は相手を見て、言い方を変えることができる。

「家庭科室？」

山形先生が眉《まゆ》をひそめた。それから文也の様子に気づき、

「なんだ。尾辻、びしょぬれじゃないか」

と、叱るような声で言う。

「特に、尾辻くんがぬれてしまって」

「それで家庭科室でタオル借りるようにって言われたんです」

「僕たちも付き添うようにって」

機転のきく利久雄と敏が口々に説明した。一組の教室の中が少しずつざわついてきている気配が伝わってくる。戸の隙間から何人もがこちらを見ている。

「にしてもぬれ過ぎだな、尾辻。早く拭けよ」

山形先生は文也だけが悪いように言う。

一組から離れ、今度は目立たぬよう慎重な早歩きで廊下を進んだ。

「文ちん、山形先生のこと、嫌いだろ」

利久雄がいきなり図星を指してきた。

「ん……別に……」

「おれ、嫌い。担任になったことないけど、なんかアイツむかつく」

敏が言ってくれたので、文也は嬉《うれ》しくなる。それでようやく、

「おれも、あいつむかつく」

と、自分の言葉を言える。

山形先生の受け持ちだった三、四年生の時、文也は学校が嫌いだった。きっかけは色々ありすぎて、一つに絞れないが、特に覚えているのは、武市陽太《たけいちようた》のあだ名のことだ。文也ひとりが悪いかのように、皆の前でこてんぱんに叱られたのだ。武市にあだ名をつけたのは文也ではなかった。誰がつけたのかなんて分からない、沢山の子が、いつの間にか陰で彼をそう呼んでいた。たまたま文也が言っているのを聞かれてしまい、山形先生にキレられた。

文也は、武市のことを、どちらかというと好きなくらいだった。そのあだ名が武市を「貶《おとし》める」ものだなんて、知らなかった。みんなが呼ぶから呼んでしまっただけだ。武市を傷つけるあだ名なら、もう絶対に言わない。言いたくない。山形先生は武市に、文也に対して怒っていいんだと言ったが、武市は怒らなかった。山形先生に叱られて

泣いた文也を、心配そうに見ていた。

今になって思い出してもむしゃくしゃし、悲しくなるのは、あだ名のことじゃなくて、山形先生だ。皆の前で文也を叱ったのが、叱りやすいから、分かりやすいからで、皆に、それが悪いあだ名だということを思い知らせて、止めさせるために、うまく使われたと分かるからだ。

山形先生が、そういう「使い方」をしたせいで、自分が皆からそういうやつだという目で見られるようになったことを文也は知っている。いいことをしても、どうせ認めてもらえないと思うようになった。文也はいつしか山形先生のいる教室で、縮こまるようになった。

組替えがあって、ニクタ先生が担任になって、ほっとした。ニクタ先生は、山形先生みたいに、人を決めつけなかったから。他の子に対するのと同じように、文也に話しかけるし、武市にだって態度を変えない。

でも、何より、このクラスになって、文也は自分が真ん中にいる気分を味わえている。利久雄や敏とつるむようになったからだ。

山形先生のクラスの時、文也はいつも、他の子たちの添え物だった。こんなふうに仲間たちと盛り上がったり、皆の注目を集めるような騒ぎ方をしたりなんてことは、一度もなかった。

利久雄や敏と一緒にいると、時々、いやだな、と思うこともある。

だけど、その気持ちよりもずっと、満足感のほうが大きい。みんなからも認められているような気がする。

階段を下りて半地下のフロアに出ると、いちばん奥に家庭科室がある。明後日《あさって》には調理実習が待っている。六年生になると、パンケーキや焼きそばや味噌《みそ》汁などを作れるのだ。

家庭科室に着いて戸を開けようとすると、

「あれ、鍵《かぎ》がかかってるんじゃね？」

最初に手をかけた敏が言った。利久雄と文也も同じくガタガタと戸を引いたが、開かなかった。

「かかってる」

「どうする？」

「どうするって……あっちの、図工室見てみようか」

「ああ、図工室のほうが、タオルありそうだよね」

三人は図工室に行ってみたが、五年生の授業中で、室内を暗くしてスライドのようなものを見ていたため、中に入りにくい雰囲気だった。仕方なく、理科室や音楽室へも行ってみたが、どこも鍵がかかっていたり、授業中だったりで、入れない。文也が歩くたび、体中からぽたぽたとしずくが垂れる。くちゅん、くちゅん、とくしゃみを連発し、利久雄と敏に笑われる。

「何やってるの！」

後ろから急に大きな声をかけられて、三人はびっくりして立ちどまった。ニクタ先生がいた。ニクタ先生がこんな声を出すのは珍しいので、利久雄も敏も気圧《けお》されたみたいで、言い返せない。

「家庭科室に行くようにって、言ったでしょう！」

ニクタ先生は、文也たちのことをあちこち捜し回っていたのか、少し息が荒れていて、怒り心頭といった顔つきだ。

「で、でも、家庭科室に鍵がかかってて……」

文也が慌てて言い訳すると、

「文ちん、ふるえてる」

と敏に言われ、自分がガタガタふるえていることに気づく。

「先生、僕たち、ちゃんと家庭科室に行きましたが、鍵がかかっていましたし、その後、タオルを探して図工室や理科室にも行きましたけど授業中だったんですが？」

利久雄が仏頂面で先生に言う。すると、

「それならなんで保健室に行かないの！」

ニクタ先生が怒鳴った。

保健室なんて、先生はそんなことひと言も言ってなかったじゃないか。文也の中で不満のかたまりがこみあげ、口から出てしまいそうだ。だけど実際に噴出したのは、抗議の言葉じゃなくて、大きなくしゃみだった。

「すぐ保健室に行きましょう」

ニクタ先生が文也の腕に手を添える。文也はそれを振りはらって歩いた。

その夜文也は熱を出した。翌朝は台風がすっきりと通り過ぎた晴天だったが、文也は学校を休まなければならなくなった。

「こんな時期に風邪をひくなんて」

文也が体調を崩すと、お母さんは少しいらいらするようだ。文也も、時間割の中に体育と図工があるのを思い出して、すごく悔しかった。いちばん好きなその二つの教科の日に休まなければならないなんて、がっかりだ。

昼まで寝て、起きて肉うどんをたくさん食べると、すっかり元気になった。熱も37・2度まで下がった。お母さんは、電話のパートに出かけている。文也は熱こそ出たものの、食欲はあったし元気だったので、ベッドで寝こんだりせず、漫画を読んだりポータブルゲーム機で遊んだり、時にアイスを食べたりして、のんきに過ごせた。そのあいだ、点《つ》けっぱなしにしていたテレビでは、「富美也《ふみや》くん」のニュースをずっとやっていた。チャンネルを変えても、この日は「富美也くん」ばかりである。

夕方、お母さんが電話のパートから戻ってきて、

「ねえ、文ちゃん昨日なんかした？」

まっさきにそう訊いた。

「ええ？」

富美也くん事件に気をとられていた文也は気もそぞろに答えた。

「昨日、山形先生にご心配をおかけするようなこと、何かしたんでしょう」

「は？　なんのこと」

「やあね、この事件」

テレビをちらっと見たお母さんが言った。

「お昼休みも、この話題で持ちきりだった。泳げない子が自分から川に飛び込むわけないのに、学校も親も加害者を庇《かば》ってばかりで最低ね」

報じられているのは、富美也くんという中学二年生の男の子が川で溺《おぼ》れて亡くなった事件だ。ただ溺れたのではなく、原因が同級生たちによるリンチだったということで、これだけ騒がれている。彼らは富美也くんを「煽《あお》った」そうで、そうしたら「自分で」「勝手に」川に飛び込んだのだと主張。しかし、富美也くんは泳げなかった。

「中二なんだってね。ガラの悪い地域だから、とんでもない子たちもいるのねえ」

と顔をしかめてから、ああ、そうだった、と思い出したようにお母さんは続ける。

「さっきスーパーで会った一組のママが言ってたわよ。山形先生が、授業中に文ちゃんの話をしたとか。『大丈夫ですか』って、興味津々で訊かれたわ」

廊下にいたずぶぬれの自分のことを、山形先生が、おもしろおかしく一組の子たちに話したのだ。それを、たぶん女子が親に伝えて、その親が余計なことを訊いたのだ。

「別に。授業中に廊下を歩いてたら山形先生が急に教室から出てきて」

「ええ⁉」

買ったものをスーパーの袋から順に取り出していたお母さんが、驚いたように手をとめた。やべ、と文也は思った。言わなければいいことを言ってしまった。お母さんにとっては、テレビの中の子の死より、文也たちが授業中に廊下を歩いたことのほうがよっぽど大ニュースなのだ。

「何、どういうこと。文也、授業中になんで廊下を歩いてたの」

呼び方が「文ちゃん」から「文也」に変わった。怒り始めた証拠だ。

「違う違うっ」

慌てて文也は昨日の事情を説明した。ニクタ先生に言われて利久雄や敏と家庭科室に行くために教室を出たのだ。文也はひたすらに、優等生の利久雄も一緒にいたことと、ニクタ先生の許可を取ったこと、この二点を強調した。雨にぬれ過ぎた理由について聞かれたので、傘が風で飛ばされたと嘘をついた。

「本当に？　誰かに傘を取られたりしたんじゃないの？」

お母さんの指摘は鋭い。でも、その「誰か」の予想が違っていることも知っている。

「違うよ。急に風が吹いてきたんだよ。それで傘が飛んだんだよ」

「本当に？　誰かに意地悪されたりしてないの？」

「まさか。されてないよ」

そこまで聞くと、お母さんはようやく息を吐いた。けれど文也が、家庭科室に鍵がかかっていたので他の部屋を探そうとして学校中を歩き回ったのだという話をしたら、今度は眉根を寄せた。

「幾田先生たら、何を考えてるのかしら。ずぶぬれの子たちにタオルを取りに行かせるなんて。ふつうは先生が自分で取りに行くものじゃない。職員室にだって事務室にだって、誰かいたはずだもの。そう思わない？」

お母さんは文也の返事を待たず、おもむろにスマートフォンを取り出すと、学校に電話をかけ始めた。あーあ、面倒なことになった。文也はうんざりしたけれど、テレビが気になっていたので、うるさいお母さんが部屋を出て行ったことにはほっとした。ニュースはまだ富美也くんの話をやっている。名前の読み方が同じなので、ふみやくん、とその名が呼ばれるたび、かすかに緊張してしまう。顔写真だと、自分よりは敏に似ている気がした。敏はほおがふっくらしていて、優しい丸い目をしている。敏みたいな富美也くん。チームを組んで万引きしていたのに、「裏切った」から、チームの仲間から「煽られ」「泳がされた」。

実際は、万引きした商品が父親に見つかってしまい、父親に連れて行かれて、店主に謝っただけだ。それを「裏切り」と見なされ、「制裁」で殺されてしまうなんて、店に連れて行った父親も、悔しさをどこに持っていけばいいのだろう。

テレビ画面を見ながら、文也は思う。万引きとか、ありえねー。リンチとか、別世界かよ。オレの周りにはこんな怖いやつらがいなくて良かった。

玄関のチャイムが鳴った。

「誰か来たよー」

隣の和室に向かって声をやると、お母さんが顔を出して、シッシというふうに手で払った。まだ学校と電話中のようだ。文也に、インターフォンの画面を見るよう指さしている。玄関のチャイムがもう一度鳴った。

文也はのろのろと立ち上がった。インターフォンの画面に、宝田ほのかが映っている。文也は急いで玄関に向かった。

ドアを開けると、ほのかが、

「尾辻、遅ーい」

と言った。

「ごめん。親が電話中で」

「元気そうだね。熱下がった？」

「余裕。もう平熱」

「これ、今日のプリントとか、手紙とか。あと、幾田先生から、『宿題はやれたらやってきて』だって」

「じゃあ、やんなくてもいいの」

「いいんじゃない」

「やった」

低学年の頃は仲良く遊んでいたけれど、今は皆の前でなれなれしくされると、なんだか頭にくる。だけど、家がそれほど近くないのに、こうしてわざわざ回り道をして届けに来てくれたことは嬉しかった。学校で冷たい態度を取ったことに、今になって心が痛んだ。

「なんで、尾辻だけあんなにびしょぬれだったの」

ほのかが言った。

「は？」

「昨日の朝。小磯たちはそんなにぬれてなかったじゃん」

文也の頬が熱くなった。

「うるせえな。いいだろ」

乱暴に返すと、ほのかの表情が曇った。と、電話を終えたお母さんが後ろから顔を出して、

「あら。ほのかちゃん。学校のお手紙、持ってきてくれたのね、ありがとう。文也、

ちゃんとお礼言った？」

　急によそいきの明るい声を出す。ほのかがぺこりとお辞儀をして帰ろうとすると、お母さんは、

「ほのかちゃん、文也は学校でどう？　悪いことしてない？」

　余計なことを訊いて呼び止めた。

「あの、いえ、尾辻くんはふつうです」

「三組って、騒いじゃう子いるでしょ」

「えーと、たぶんそれも大丈夫です」

「もういいだろ！」

　文也がお母さんに言うと同時に、

「昨日のことって、その子と関係ある？」

　お母さんがほのかに訊いた。

「関係ないです」

「関係ないよ！」

　ほのかが答えるのと同時に、文也は叫んだ。お母さんはまだ納得していないような顔だ。

お母さんの言っている「騒いじゃう子」というのは、どうせ武市のことだと分かっている。きっとほのかも分かっただろう。あいつはもう無害だし、昨日のことにはまったく関係がないのに。

そもそも武市が、親たちが思っているような危険人物ではないというのは、子どもたちのほうが知っていることだ。

たしかに低学年の頃は教室の中に、とりあえず武市のせいにすればいいというムードがあった。それは武市が時々大きな声を出したり、衝動を抑えられなくて動き回ったりしてしまうのが有名だったから。低学年の頃は、武市がパニックを起こしたり、みんながつられて騒いでしまったりして、授業ができなくなることもあった。親たちは、その頃のイメージに引きずられているけれど、子どもの時間はもっと密度濃く流れ、大人が思う以上の細やかさで体じゅうの細胞が入れかわる。

はっきり言って、今の武市はかなりおさまってきていて、例の「発作」みたいなのはもう出なくなった。教室の中での存在感は、なくなっている。

それなのに、お母さんは、いまだに何かが起こると、諸悪の根源は武市なのだと思いたがる。山形先生が文也ひとりを分かりやすく叱ったのと同じように、事件の原因を武市にしたほうが、簡単だからなんだ。

「ほのかちゃんは、学校楽しい？」

「はあ。まあ」

「お教室のこと、見てて気になることがあったら教えてちょうだいね」

「はい」

「じゃあ、気をつけて帰ってね」

「あ、はい」

ほのかがちいさく頭を下げた。お母さんは彼女が去るのを待たずにドアを閉めてしまう。そして、閉めるなり、

「幾田先生に電話したわよ。校長先生に取りついでもらって、今日の欠席を取り消してもらえたからね」

と言った。

「ええ!?　どういうこと？　なんで校長まで出てくんのさ」

「だって、文ちゃん、四年生からずっと皆勤賞だったんだもの。学校のせいで熱を出したのに、欠席扱いになるなんてね、そういうのはちゃんと抗議しないと」

内心で文也も、皆勤が途切れてしまったことにがっくりしていた。だけど、ぬれたのも熱を出したのも自分のせいだから仕方がないと思っていた。

　まさか、欠席を取り消してもらえるなんて、驚いた。

　学校って、そんなことができるのか。

「明日、幾田先生が文ちゃんにちゃんと謝罪するって言ってたわ」

「謝罪？」

　文也はさらにびっくりした。

「えー、謝罪なんてマジ困るし、みんなにそんなの見られるの」

　謝るようなことをされた覚えはないし、なんだかニクタ先生が可哀そうな気がした。

「じゃあ、みんなに見られないように、こっそり呼び出して謝ってもらう？」

「いいよ、また電話したりしたら、余計におかしなことになるから」

　文也は急にむしゃくしゃしてきた。お母さんは何でも強引にとりまとめてしまう。

　そういうのは本当にいやだと思った。

「ねえ、武市くんは本当に大丈夫なの？」

「はあ？」

「あんまり近づかないでよ」

「わかってる」

　素直に頷《うなず》いておくと、お母さんはそれ以上何も言わず夕食の支度にとりかかった。

最近お母さんと話した後、心の流れが淀《よど》む。

文也は、ほのかからもらったプリントをぺらぺらめくりながら、いつの間にかバラエティ番組に変わっていたテレビを、ぼんやり眺める。声の大きなタレントが、何やらまくし立てると、画面の中の皆がどっと笑った。流れを追えていない文也も、なんとなく楽しい気分になって、一緒に笑った。

翌朝、すっかり元気になって学校に行くと、利久雄と敏がすぐに文也のそばにやってきた。

ふたりは昨日のテレビ番組の話で盛り上がっている。芸能人たちが本気で鬼ごっこをする番組だ。文也もいつも見ているのだが、昨日は熱がぶり返したらいけないからとお母さんに言われ、夕食を食べたらすぐに寝なければならなかった。見ていないと告げると、利久雄と敏が口々に昨日の出演者や鬼ごっこの状況を説明してくれたが、ふたりとも説明が細切れで、あちこちに話が飛ぶ。

「あー、それ見た。リカちゃんが最後まで逃げ切ったの意外だったよねー」

横から声がしたと思ったら、ほのかだった。

利久雄が顔を曇らせて、

「何、しゃべっちゃってんだよ。最後まで誰が逃げ切ったか文ちんに当てさせようと思ったのに」

と言った。

「えー、いいじゃん」

ほのかはにやにや笑っていたが、その態度に、利久雄は本気で頭に来たようだった。

「うぜーんだよ、あっち行けよ」

怒鳴るようにそう言うと、教室の隅に文也と敏をいざなう。だけど、ほのかは一緒についてくる。

「なんで来るんだよ。あっち行け！」

利久雄がさらに言ったが、ほのかは「いいじゃん」と言って笑う。文也は少し驚いた。利久雄がこんなにはっきりとほのかを拒絶したのは初めてだったし、ほのかも、ここまでうざがられているのに、まだへらへらしている。なんだか、見ていて頭にくるような笑い方だと文也は思った。

それで、つい、

「女子はあっち行けってば」

と、文也も言う。うへー、と敏が低い声で笑い、

「文ちんにまで言われてるし」

と言った。

「タカラダ、完全アウェイじゃん」

後ろから声がした。

前田香奈枝だった。他の女子たちが、皆、鈴を鳴らすようなかわいい声でけらけらと笑った。

「尾辻にまでうざがられたら、終わりじゃね？」

前田に言われたほのかは、何も言いかえさずに自分の席に戻って行った。

「女子、怖《こ》ええ」

敏がうれしそうに言った。女子の放ったほのかへの棘《とげ》は、なぜか文也の心にも刺さっていた。

そういえば昨日、うちに届け物をしに来てくれた時のほのかの様子が少し変だった。

学校が楽しいかと文也のお母さんに訊かれて、返事を濁した。

いじめられてんの、かな。

文也は少し緊張した。と同時に、すとんと納得する気持ちもあった。ほのかはなぜかいつも文也たちのグループに入り込んできていた。これまではそれほど気にならなかったけど、利久雄がはっきり拒絶するのを見た時、気づいてしまった。内心では、自分もずっとほのかをうざいと思っていた。低学年の頃仲良しだったからといって、いつまでも友達ぶってほしくない。ほのかの長すぎる前髪、服についている黄色っぽいシミ、その黄色っぽいシミのついている服を頻繁に着ていること。全部が全部、気持ち悪くて恥ずかしいことなんだという気づきが、いっぺんに文也の中に流れ込んできて、ほのかに対するいまいましさでいっぱいになった。

チャイムが鳴り出し、鳴り終わる直前に、ニクタ先生が入ってきた。

教室のあちらこちらに散らばっていた子どもたちが、自分の席に戻る。六年になったというのに、その戻り方は、山形先生の学級だった時より数テンポ、遅れている。そのことに文也は気づいている。山形先生の時は、皆急いで席に戻っていた。それも、チャイムが鳴り始めてすぐに。

今は、チャイムが鳴り終わった後もまだ、喋ったり片付けたり、踊っている子さえいる。チャイムの余韻を聞きながら、惰性で席につくけれど、それはこれまでの動作の名残りでしかない。

皆、ニクタ先生を舐《な》めている。

「起立、気をつけ。礼」

日直がかける声もどこかだらけているし、立ち上がって礼をするだけの簡単な動作を、本気でやっている者はいない。文也もだらけたまま、動作を流した。

「おはようございます、皆さん。今日は……、はい、まず最初に、お詫《わ》びしなければならないことがあります。えーと、尾辻さん」

いきなり名前を呼ばれ、文也は身構えた。

「えー、おととい、雨にぬれてしまった尾辻さんたちを、先生、家庭科室に行かせてしまって、ごめんなさいね。家庭科室にタオルがあることはあるのですが、その日は授業がなかったですし、それに、こういう時は保健係に頼んで保健室に連れて行ってもらえばよかったです。先生の判断ミスでした。ちょっと、そのことだけ、授業の前に話しておきたかったので」

文也の頬は赤くなる。なぜか分からないけど、お母さんに言われた通りに謝ってくるニクタ先生に対して、怒りがわいた。教室にさわさわとぎこちない波紋が浮かんでゆく。前に座っている何人かがふりむいて、にやにやしながら文也を見てくる。

「では、授業に入ります、教科書を出してください」

何事もなかったように、先生は話を終わらせた。

授業が進んでいくと、ニクタ先生は、すっかりいつものニクタ先生に戻った。

そうなると文也は、さっきの謝り方が、口だけだったような気がしてきて、そのことに腹が立ってきた。そんなんだったら、謝る必要なんてなかったし、自分も恥をかかなかった。

恥。

皆の前で、こんなふうに注目を浴びることが、文也は厭《いや》だった。すごく恥ずかしいことのように思った。お母さんのせいなのに、ニクタ先生のせいのような気がした。

ニクタ先生は黒板に、ずいぶん丁寧に筒みたいなものを描いていて、

「この形は何というか、分かりますか」

と皆に訊いている。

――明日、幾田先生が文ちゃんにちゃんと謝罪するって言ってたわ。

お母さんは言ったが、あんなの「ちゃんと謝罪」じゃなかったと、文也は思った。

ニクタ先生の質問に対して、ほのかの手だけが挙がっている。

「他にいませんか？」

手を挙げたのはほのかだけだった。

六年生になってから他の誰も授業中に挙手しなくなった。塾に通っている川島《かわしま》とか、他の子たちも、頭はいいはずなのに、ニクタ先生の授業ではほとんど反応しない。

「じゃあ、宝田さん」

諦《あきら》めたニクタ先生がほのかを指すと、

「ハイ、円柱です」

ほのかは、教科書にまんま書いてあることを、大きな声で答える。ふんっと前田がちいさく鼻を鳴らすのを、文也は聞いた。

「そうです。円柱です。では、今日はこの体積を求めていきます。その前に、先週やった、角柱の体積の求め方を復習しましょう。教科書の、ページは……」

後ろの席から手紙が回ってきたのはその時だった。

9時10分ちょうどに全員同時に！　机をまわして後ろを向くこと!!

先生に気づかれないように回せ！

気づかれたら死けい！

手紙にはまるっこい字でそう書いてある。ご丁寧に手紙を回す順番が図示されていて、ほのかと武市陽太の席だけバッテンがついている。武市は今日、学校を休んでいるから関係ない。ほのかが外されたのは、同調しないと思われているからだ。ふたり以外のクラス全員で回覧するようにという指示らしい。

すげえ。誰が企画したんだろ。

ニクタ先生にいらだった気持ちが、そのまま九時十分への期待へと繋《つな》がってゆく。隣の席の前田にわたすと、前田は中身を見ずに頷いた。きっと計画を立てた内のひとりなのだろう。前田は頬に力を込めて、笑いをこらえているみたいだ。時計を見ると八時五十五分。あと十五分で決行。手紙は見村に渡る。見村の隣の男子も回覧し、またこっそりと回ってゆく。先へ先へと進んでゆく手紙に、文也は心がぞくぞくとあわだった。

何も知らないニクタ先生が、

「ではまず底面積を求めましょう。円の面積の求め方を覚えている人、いますか」

と訊いた。

すでに手紙はおおかたクラス中に回っていて、皆、気もそぞろというふうだ。ほのかがまた手をあげている。

「また、宝田さんだけですか。誰か、他にいませんか?」

前田が文也のほうに身を寄せて、

「あと十分」

と、小声で言った。猫みたいにずるがしこい大きな目をした前田と、共犯になれた気がし、文也の心はさらに躍る。

「小磯さんは？」

ほのかが挙手しているにもかかわらず、ニクタ先生が利久雄に訊く。

「わかりませーん」

ふざけ具合満載の大声で利久雄が言う。くすくすくすと皆が笑う。

ニクタ先生はため息をつき、

「川島さんはどうですか」

眼鏡をかけたいかにも真面目な見た目の川島杏美《あずみ》にも訊く。文也は川島と低学年の頃も同じ組だった。あの頃の川島は、身を乗り出して「ハイッ」「ハイッハイッ」と誰より高く手を挙げていた。今は、当てられてようやく、ちいさな声で答えを言う。川島だけではない。高学年にもなって、手を挙げて自己アピールする奴なんて、ほのかくらいしかいない。結局、次の問題も、その次の問題もほのかが答えた。そのうち時計の針は進み、いつしか九時九分を指している。教室の空気は、今やぴしっと尖《とが》って、針の動きにしばりつけられているようだ。もうちょっと、もうちょっと。

「今、宝田さんが言ったとおり、この円は半径が７・５㎝ですから、７・５かける

7・5かける3・14で面積を」

ニクタ先生が黒板に式を書き始めた。

今だ！

文也は立ち上がった。前田も同時に立っていた。利久雄も敏も見村も、他の多くの子たちも立っている。それはあっという間のことだった。地響きのような音と同時に、六年三組の机がほぼ全て、百八十度回転した。ほぼ全て……紙を見ていないほのかと、あと数人の真面目なやつらを除いて。

「皆さん、どうしたの、何をしているの」

ニクタ先生が狼狽《ろうばい》しているが、皆、後ろの黒板に向かっているから、教壇の先生の様子が見えていない。この状況に、文也はこのあいだずぶぬれになった時の百倍くらい興奮していた。皆で後ろを向いている。笑いを堪《こら》えるのがきつい。限界だった。文也がつい、噴き出してしまったとたん、堰《せき》を切ったようにあちこちから笑い声が弾けて、文也の笑い声は渦のような爆笑の中に飲み込まれてしまった。

「前を向きなさい！　前を！」

ニクタ先生が喚《わめ》き出す。

「どっちが前なんですかー？」

利久雄の声がした。振り向いて利久雄を見ると、すっとぼけた顔で、口をとがらせている。その表情がまたおかしくて、文也はまたもげらげら笑ってしまう。

「前って言ったら、前でしょう！」

「クラスの九割が向いてるほうが前っていう定義だと思うんですがー」

さすが、利久雄だ。すごい説得力だ。九割とか定義とか、そういう言い回しが大人びているし、九割が向いている方が前、まったくその通りだと文也は思う。

「てか先生、何、後ろで授業やってんですか？」

前田が言い、笑い声が広がった。

「ふざけてるんなら、出ていきなさい！」

ニクタ先生が大声をだした。とたんに利久雄が立ち上がる。

「はーい。じゃあ、全員で出ていきましょう！　先生の指示なんで！」

つられたように、児童たちが立ち上がる。

「ちょっと待ちなさい。今のは無しです！　出ていかない！」

ニクタ先生が慌てて声をはりあげる。

「受ける」

「どっちなんですかー」

「意味わかんねー」

「いいから、前……先生のほうを向きなさい」

先生の声が少し小さくなる。その声にかぶせるように、ほのかが、

「みんな、前向きなよ!!」

と大声で言った。

「これじゃ、授業にならないじゃん……！」

ほのかの、今にも泣き出しそうにふるえている言葉に、

「あれ？　何言ってんの。宝田さんでしょ。みんなに後ろ向くように言ったの」

と、見村が言った。

すると、文也の横で前田が手を叩いて、「そうだそうだ」と爆笑し出す。

「宝田、みんなに命令しておいて、まっさきに裏切るんだねー。おとといだって、黒板の前にあれ置いたの、宝田なんじゃね？」

女子怖ええ。文也はちょっとだけまごついた。ほのかのせいにするのは、さすがにやり過ぎだ。

「静かにしなさい！　とにかくみんな、机を戻しなさい！」

ニクタ先生が、ほのかに色々訊いたりしないことにほっとした。先生だって、クラ

スの力関係くらい見抜いているんだろう。もとより前田たちも本当に罪を押しつけようとしているわけでもなく、からかい半分の調子だったみたいで、ほのかに絡むのはもう飽きたみたいだ。

「何なんですか、三組は！」

ニクタ先生の喚き声もむなしく、チャイムが鳴って、授業はそのまま終わってしまう。

算数を潰《つぶ》した達成感で、文也は浮き浮きしていた。利久雄も敏も無敵の顔で、ガッツポーズをし合っている。子どもたちは机を直さず教室の外へ駆けてゆく。

休み時間、校庭に出てから、

「なあ、宝田って、いじめられてない？　前田とか見村たちに」

文也が訊くと、利久雄が、

「あいつ、むかつくからしょうがなくね？」

と言った。まあ、そうだよな、と文也は思う。いつも付きまとってくるし、うるさいことを言ってくるから、嫌われるのもしょうがない。

「文ちん、宝田のこと好きなの？」

敏に訊かれた。

「はあ？　はあ？　そんなわけないんですけど！」

あわてて文也が否定すると、

「むきになってる。むきになってる」

「文ちんかわいいなあ」

「かわいいなあ」

利久雄に肩を抱かれ、敏にもからかわれ、文也は耳まで赤くなった。それで、

「あんなやつ、大嫌いだよ、死ねばいい！」

と、怒った時の利久雄の、吐き捨てるような言い方を真似した。

利久雄と文也が顔を見合わせて、

「死ねばいいだって！」

「それは言い過ぎだろ」

言い合いながら、げらげら笑う。一瞬、ほのかに悪いような気がした。だけど、言い過ぎと言われたことで、少し得意な気分にもなった。

それからサッカーをやった。三人だと少ないので、その辺にいた友達にてきとうに声をかけてからグーパーで分かれて対戦する。となりのクラスや、下の学年を誘うこ

ともある。利久雄は誰にでも屈託なく声をかけ、仲間に引き込む。たくさんの友達とサッカーをしている時、なんだか信じられないくらい、文也はうれしい。

　休み時間の自分の振る舞い方が、安定していなかった頃もあった。その時期の文也はよく武市陽太の隣を歩いた。いっしょに遊ぼうと声をかけると、いいよ、と言ってくれるからだ。だけど、少し目を離すと武市はすぐどこかに行ってしまう。たまにしゃがみこんで土や葉をじっと見ている事があって、何を見ているのか訊《たず》ねても、きちんと答えてくれない。変なやつだ。だけど文也は、武市が自分を傷つけないことを知っていた。武市は、武市ワールドを生きているだけだ。そのワールドに入りたいとは思わないが、一緒にいてもらうと何となく安心した。

　しかし文也はもう、武市を必要としない。友達ならもうできた。サッカーボールを変なほうに蹴《け》とばしてしまっても、利久雄はいつだって許してくれる。「文ちんじゃあしょうがない」と言ってくれる。パスを回されて、つい手で受けてしまっても、「文ちんならセーフ」と言ってくれる。文也は「ごめんごめん」と笑いながら謝る。それから、「声出していこーー！」と皆に呼びかける。自分がちゃんと輪の中にいるのを感じる。

　休み時間の終わりを告げるチャイムが鳴った。校舎へ戻ろうとすると、前田や見村たち女子グループが近づいてきた。利久雄は彼女たちと何やら相談している。

「……それなら、文ちんがやってくれるよ」

自分の名前が急に聞こえてきて、文也の心臓がひゅっと縮んだ。

「尾辻ぃ」

前田が大きな声で文也を呼びつける。

「あのさあ、五、六時間目の家庭科で、パンケーキ作るじゃん」

そうだ、今日の午後は家庭科の調理実習だった！ 六年生になってパンケーキを作れるのを、文也はずっと楽しみにしていた。

「おぅ、作る、作る」

文也が前田と同じテンポで話そうとすると、前田が「言い方、受ける」と笑う。文也は自分が変なのかなと思って少し竦《すく》む。利久雄が、

「あのさあ……」

と、ある計画を話し始める。

文也は、鉛玉を飲まされたみたいな気分になった。

それから数時間のあいだ、文也の中の鉛玉は膨み続け、重たさのあまり胃に穴があ

くんじゃないかと思った。

三、四時間目の授業は、何の教科だったのかも思い出せないほど、心ここにあらずのまま過ぎて、給食も昼休みも、時々周りの笑いに合わせて笑ってみたりしたけど、何が面白いのか理解ができず、味も分からなかった。

家庭科には浜田《はまだ》先生という専門の先生がいる。動作がゆっくりしていて、喋りかたもおっとりと柔らかく、誰かを叱るのを見たことがない、白髪交じりの穏やかな先生だ。

「さあ今日は、みなさんお待ちかねの調理実習です」

五時間目のあたま、浜田先生が優しい声で言った。やったあ、ひゅうひゅう、と皆が声をあげたり口笛をふいたりして手を叩いた。

文也は必死で口角を上げようとするけれど、うまくいかない。利久雄に言われた計画を、決行する時が近づいているからだ。

「今日は、みなさんが楽しみにしていたパンケーキ作りですよ。美味《おい》しいですからね、まず、先生が見本を見せますので、あとで各班に分かれて同じように作ってくださいな。このパンケーキは特別製ですからね。ミックスなんちゃらっていうようなお粉は使っていません。よーく見ていて、お母さんにも作り方を教えてあげてくださいねえ」

今日の浜田先生は、いつもより張り切っている。文也の心は余計に痛む。

「最初に、卵を割ります。それから、砂糖を入れて、よく混ぜてくださいね。班の誰かがその作業をしている間に、別の誰かが薄力粉をふるいにかけて、分担しておくといいですね……」

調理台の上で浜田先生がパンケーキのタネを作ってゆく。銀色のボウルの中に、黄金色のタネができ、優しい香りが広がった。

その時、家庭科室の後ろの戸からがんがん音がした。これが、合図。ついにその時がきた。文也は唾《つば》をのみこむ。

「先生〜、誰か来たみたいですよ」

計画通りに前田が言う。

「あら？ 前田さん、見てきてくれますか、すみませんねえ」

「えー、なんか怖いんですけど。先生が行ってください」

前田がぶりっこぶる。はいはい、と言いながら、前田に言われるがまま、浜田先生は調理台を離れる。

今だ。

いくつもの目が、文也に注がれる。無言の声に体中をしめつけられて、肺が痛い。呼吸が苦しい。

「いけよ」

と、利久雄が洗剤を文也に手渡した。文也はそれを受け取った。

——パンケーキのあの、あれにさ、洗剤を入れるんだって。

休み時間に利久雄に言われたことを思い出す。

——何だよ、あれって。

最初、利久雄の言っていることがよくわからなくて、文也は半笑いで訊いた。

——タネだよ、タネ。パンケーキのもと。

前田が助け船を出すと、嬉しそうに見村が手をたたいて、

——そう。タネ。昨日作った一組の子に聞いたんだけど、最初に浜田が調理台で見本を作るんだって。だからさ、それに入れるの！

——え、でも洗剤って、やばくね？　食べちゃったら死ぬかもよ。

——尾辻、マジ受ける。

文也が言うと、見村がけらけらと甲高い声で笑う。

——死なない死なない。

——死ぬわけねーじゃん、そんなんで。

女子たちも、利久雄も敏もにやにやしている。

——え？　何、尾辻、怖くてできないの？

見村が挑発するように言う。

——大丈夫、大丈夫、宝田は尾辻のこと好きだからチクらないよ。川島や増井《ますい》とかも、うちらの目があるから大丈夫。それに、

と言ってから、見村がごく自然に武市のことをあだ名で呼んだ。武市は休みだから騒がれることもないということを言った。山形先生から固く禁じられていたはずのあだ名がまだ使われている。

だけど、今の文也は、あだ名のことで見村を責められない。なぜなら、もっとひどいことを考えていたから。

文也は、武市が今日休みだということを、見村とは逆の捉《とら》え方で受け止めたのだ。武市が来ていたら、悪さがばれた時、武市のせいにできるのに、と。

——うちら、みんな、尾辻の味方だから。

——なんかあったらめっちゃ庇《かば》うし。

——尾辻ならやれるって。

――がんばれー。

――がんばれー。

授業が始まってから、調理室の後ろの戸に鍵をかけたのは利久雄だ。鍵がかかることは、このあいだのずぶぬれの時の経験で知っていた。女子が考え付かなかった「浜田先生を調理台からどかす案」を、利久雄はいっぺんに考えついて、実行したのだ。鍵のかかった戸を外から叩くのは敏の役割。敏は調理実習が始まる前にこそこそっと家庭科室を出ていた。

浜田先生が後ろの戸の鍵を開けている間に、文也は急いで調理台の前にまわりこんだ。利久雄から手渡された液体洗剤のパックに右手でぎゅうと圧力をかけて、浜田先生が作っていたパンケーキのタネの中に、とろりとした黄色い洗剤を落とし入れた。思いがけず、たくさん出てしまって焦る。ばれないように、指先で黄色い洗剤をタネの中に押し入れて隠した。指についた甘ったるくとろとろとしたタネを、調理台にかかっていた布巾《ふきん》にこすりつけて拭き取る。

体じゅうの力が抜けた。

「やっるじゃん、尾辻」

「ナイス、ナイス」

利久雄や前田たちに言われて、文也は「よゆう」と口を動かした。心臓はまだばくばく鳴っていたが、席へと戻るその何歩か、徐々に達成感が漲《みなぎ》ってゆく。計画を知らなかった子たちの中には、不安そうな顔の子も、視線を落とす子もいるけれど、ひとまず文句をつけてくる者はいない。そのことに文也はほっとしたし、おれはこんなこともできるんだと、見せつけるような思いも湧いた。

鍵を開けて、敏を中に入れてから、浜田先生が戻ってきた。

「ごめんなさいね。お待たせしました、さあさあ、皆さん、続きを作りましょうね」

洗剤の残り香に、浜田先生は気づかない。ちらっと時計を見て、進行を気にしながら、

「さっきふるった薄力粉を、ここで一気に加えます。そうしたらね、はい、一気に、粉っぽさがなくなるまで混ぜていきますよ」

と、泡だて器で掻《か》き混ぜてゆく。

ボウルの中に洗剤の泡が生まれた。その泡は、みるみるうちに、ぷくぷくぷくぷくと立ち上っていく。ぷくぷくぷくぷく……際限なく、膨らみ続ける。前田が爆笑する。他の皆も声をあげて笑う。手を叩いて笑っている者もいる。

「あら、あら、あら」

浜田先生だけが、訳がわからず戸惑っている。だけども泡は止まらない。泡だて器で混ぜるのをやめてからも、泡はふくらみ、増え続けている。

焦った浜田先生が、何を思ったか、ひとさし指をボウルにつっこんだ。

だめだ！

止めたくなるのを文也はぐっと堪えた。かわりに叫んだのはほのかだった。

「先生、だめ！」

だが、浜田先生のひとさし指のほうが先に口の中に入っていた。

浜田先生が、ヲエッと喉《のど》の奥から絞り出すような音をたてて、洗い場に唾をいくつも、いくつも吐き出した。

「きっも」

誰かがちいさな声で囁《ささや》いたのを聞いたとたん、浜田先生が、「あなたたち……」と、うめくような声で言いながら顔を歪《ゆが》めた。驚いたことに、先生の目から涙がこぼれた。それを見て、さすがに文也はまずいと思ったが、前田たちがまだにやにやしているのを確認して、大丈夫だと自分に言い聞かせる。

浜田先生は泣きながら口を漱《すす》いで、何も言わずに家庭科室から出て行ってしまう。

「行っちゃった」誰かがきょとんとした声でつぶやき、「鍵閉めちゃえ！」と誰かが言って、くすくすくすと、ちいさな笑い声が広がった。

「文ちん、すげー」

誰かが言った。

「文ちん、今日からスターじゃん」

「お立ち台に立てよ、文ちん」

皆に口々に言われて、文也は、さっき一瞬頭に過《よぎ》った「まずい」という気持ちを後ろにおいやる。立て、立て、と繰り返されて、みんなが本当に立ってほしそうだったから、立たなきゃ白けさせてしまうと思ったから、調理台の上に立ってみる。そうして、

「いえーい!!」

と言ってみる。

「いえ――い!」

皆が文也に応《こた》えてくれた。利久雄や敏が文也を称《たた》えるようにガッツポーズをしてくれた。他の皆からもひゅうひゅうと口笛を吹かれ、名前を呼ばれ、文也はもう一度

「いえ――い!!」と声をあげるけれど、その声が自分のもののような気がしなかった。

とつぜん戸ががんがんと激しく叩かれた。

はっとして、文也は調理台の上で凍りつく。

「開けなさい！」

戸の向こうからニクタ先生の声がする。家庭科室が一瞬しんとする。皆が目配せし合っている。不安そうな顔の女子もいるが、前田や見村たちは声を出さないようにくすくす笑っている。

「おーい君たちー、中にいるんだろー」

ニクタ先生だけではない。野太い男の声がした。文也は動けなくなった。山形先生だ。まさかニクタ先生や浜田先生以外の先生が登場するとは思わなかったので、皆が顔を見合わせている。文也は利久雄をちらっと見た。利久雄は余裕ある顔つきだった。前田や見村も笑みを浮かべている。ああ、そうか。文也はほっとした。鍵がかかっているのだ。先生たちは入れない。

そう思った時、ほのかが立ち上がり、すたすたと後ろの戸へ向かっていくのが見えた。

内鍵を開けたのだ。

とたんに戸が激しい音をたてて開き、ふたりの教員が中に入ってきた。

「尾辻さん！　何やってんですか！」

調理台に立っている文也を見て、ニクタ先生が叫んだ。

文也は慌てて調理台から降りた。

山形先生はニクタ先生のうしろから悠然と入ってきた。そして、

「おうおう、三組は酷《ひど》いもんだな。あんな優しい浜田先生を泣かしちゃって」

ゆったりとした声で言った。それから文也を見ると、口元を歪ませて、

「調理台でオンステージか？　尾辻、いつからおまえ、そんなキャラになった？」

とおかしそうに言う。三、四年生の時に同じ組だった子を中心に低い笑いが起こる。

文也もおずおずと顔を歪ませて笑おうとした。

「笑うんじゃねえ！」

山形先生が突然机を叩いた。

作りかけた表情の行き場を失くし、文也は口を半開きにしたまま、きょろきょろと目だけ泳がす。

山形先生は家庭科室の中をゆっくり歩き回りながら話す。

「おまえら、浜田先生に何した？　黙ってないで言えよ、おい。これ、重大事件だぞ。いいか、もし仮にこの中の誰かが調理実習中に作ったものに有毒なものを入れたとしたら、犯罪だからな。警察に通報して、何がどうやって入ったのか、原因をしっかり

捜査してもらわなければならなくなるんだよ。どんな罪に問われるかは知らんが、きっとこの小学校が始まって以来の事件になるからな」

警察？

想定外の言葉が出てきて、三組は水を打ったようにしんとした。

山形先生は、自分の一喝でしずまりかえった家庭科室を満足そうに見まわしてから、

「幾田先生」

と、ニクタ先生に声をかける。

「まずはこいつらの事情、きちんと聞いといてくださいよ。あとで私、また来ますから。いいかあ？　おまえら。幾田先生にちゃんと話せよ」

あたかも自分が真の担任であってニクタ先生はアシスタントに過ぎないとでもいうような口ぶりで山形先生はしゃべり、出て行った。

ひとり残されたニクタ先生は、疲れ切った顔をしていた。

「警察」と言われて怯《ひる》んだ三組の空気が、山形先生が去ったとたん、明らかに緩んだ。

ニクタなら大丈夫。うまくごまかせるっしょ。そんな空気だ。

「ひとまず全員、自分の椅子に座ってください」

ニクタ先生のよわよわしい声が、いっそう三組の息を吹き返させるようだ。

「はーい」

「あーい」

力の抜けた返事を出すことで、服従したわけではないと示しながら、子どもたちは席についてゆく。

「……山形、超うぜえ」

「てか、さっき誰が山形入れたんだよ」

「タカラダだよ」

「だっさ。何やってんのあいつ」

女子が聞こえよがしにこそこそ喋っている。文也も、教室の片隅でじっとうつむいているほのかを、にらみつける。なんで鍵開けたんだよ。お前ひとりに向いているのだと分からせたい衝動にかられる。だけど、頭の奥ではちゃんと、あの場で、誰かが鍵を開けるしかなかったんだと分かっていた。

ふと、何かがこげるようなにおいがぷーんと漂ってきた。

「え。何。何」

「先生、何やってんですか」

「それ、焼いちゃっていいんですかー？」

前田たちを中心に、皆が囃し立てた。

しかし、ニクタ先生は無言だった。無言のまま、さっき文也が洗剤を入れたボウルの中のタネを、ホットプレートで焼いていた。

「やばい、やばい」

「焼いちゃってる」

ニクタ先生は手を止めない。憑《つ》かれたような目をして洗剤入りのパンケーキを三つ焼いている。そして、

「浜田先生が皆のために作ったホットケーキですから、ちゃんと食べましょう」

ぼそっと声を落とすように告げた。

「パンケーキ」

誰かが小声で訂正し、

「ホットケーキって、昭和じゃね？」

誰かがちいさく笑った。

ニクタ先生はにこりともせず、

「前田さんは食べられる？」

と、名指しした。

「え、なんで」前田がにやにや笑いながら、「わたしのこと、殺す気?」と言う。利久雄が「先生、それ生徒に食べさせたらやばいですよ、教育委員会に通報されますよ」とちゃちゃを入れる。「教育委員会」と、それらしい単語が出てきたせいで、あちこちで忍び笑いがおきた。

「なぜ、殺されると思ったんですか」

ニクタ先生は表情を変えずに前田に訊いた。

「え? え? 何何」

前田はまだ舐めているけれど、自分の発言に問題があったことに気づいたようで目が泳いでいる。

「なぜって、だってさっき、山形先生が言ってたじゃないですか。有害なものを入れたとしたら、って……」

すっとぼけた表情で、利久雄が前田を助ける。しかしニクタ先生は何も言わず、ナイフとフォークでパンケーキを細かく切り分けてゆく。本気で食べさせるつもりらしい。

「あの、あの、無理ですそれ」

敏が言う。それでも切り分け続けるニクタ先生に、

「先生、だからそれ、洗剤が入ってるんだって」

見村が言った。

ニクタ先生が手を止めて、見村を見た。

「洗剤が、なぜ入ったんですか」

「それは……分かりませんけど」

「じゃあ見村さんは、どうして洗剤が入っていることを知ってるんですか」

「え……だって、泡が」

「卵白でも泡立ちますよ。洗剤が入っている証拠はありますか」

「めっちゃ責め込まれてるし受ける」

「学校の調理実習の時間に作ったパンケーキに、洗剤が入っているわけがないでしょう？」

文也は、先生が、生徒の野次を受けて「ホットケーキ」から「パンケーキ」に直した、と思った。

「宝田さんが入れたんだと思いまーす」

乾いた声で、前田が言った。

「あ、ああ。そうだった。宝田だ」

見村もすぐさま下手な演技で追従する。文也の心臓は、誰かにぎゅっと握られたように痛んだ。さっきまではしゃいでいた教室の空気は、いつしか硬直していた。さすがにほのかのせいにするパターンはもうだめだろ。文也がそう感じるのだから、他の皆も同じように感じているはずだ。

「宝田さん？　そうなんですか」

ニクタ先生が静かな声でほのかに訊く。

ほのかは黙っている。

文也はうつむいたまま、机のシミを見つめている。前田や見村は、ちゃんと約束通り、自分を庇ってくれたんだと思おうとする。だけど、ほのかの名前を出すなんて、全然うれしくないし、今黙っているほのかこそが、本当に自分を庇おうとしているのだ。

「宝田さんが入れたんですか」

ニクタ先生がほのかにもう一度訊く。

どうして黙ってるんだよ。違うって言えよ。

「前田さんは、宝田さんがパンケーキに洗剤を混ぜたのを、本当に見たんですね」

「見たっていうか……」

「さっき、『宝田さんが入れたんだと思います』って言いましたよね。そう『思った』というだけで、宝田さんが入れたところをちゃんと見たわけではないということですね。宝田さんの名前を出した根拠を言えますか」

　ニクタ先生が前田たちの言葉を信じていないと分かったから、文也はほっとして顔をあげた。

　前田が何も言わないまま、反抗的な目で先生を睨みつけている。

「先生」

　助け船を出すように手を挙げたのは、調理台から最も遠い隅の席にいる、前田の仲間の高嶋律子《たかしまりつこ》だった。

「なんですか、高嶋さん」

「さっき山形先生が言っていたの、本当ですか？　警察に調べてもらうって……」

「場合によっては、そうなるかもしれませんね」

「うそー！」

「皆さん次第です」

「え、でも、わたしたちまだ十二歳とかなんで、警察には捕まえられないはずですよね」

「それな！」

利久雄が声を上げる。三組の皆が、ざわざわと声をあげ出す。

「おれら、少年法で守られてるから」

「人を殺したって無罪ってやつでしょ」

「知ってるそれ」

山形先生に締めつけられた空気を、なんとかほぐそうとばかり、皆が口々に声を出しあう。文也もその中の一人だった。少年法、少年法、とさっきまで思いつきもしなかった単語を何度も口に出してみる。

「皆さんは……」

と、ニクタ先生が何か言いかけた。しかし途中で言葉を止めた。

騒いでいた教室が、先生のただならぬ空気に気づいて、少しずつ静まってゆく。ふっと全員が黙り、静寂に包まれた時、

「皆さんは、どうせ、たいした大人にはなれない」

と、ニクタ先生が言った。

「はあ⁉」前田が笑った。

教室がざわつく。

先生は笑わない。

「将来の夢が、ＹｏｕＴｕｂｅｒ？　バックダンサー？　サッカー選手？　甘くないよね。人のせいにしてばかりの人たちは何にもなれない」

ニクタ先生は微笑んでいるように見えた。だけど、小さな目が濡《ぬ》れていた。顔の上半分と下半分が嚙《か》み合っていない。表情が、変になってしまった。ニクタ先生は、おばあちゃんみたいな雰囲気ではまるでなくなって、ニクタ先生のままなのに、別人みたいで、下手なちゃちゃを入れてはいけない雰囲気を放っていた。

「先生、ちょっとそれ、ひどくないですかー」

前田がにやにやしながら言う。

今、六年三組の廊下には、社会科見学で作った和紙に将来の夢を書いたものが展示されている。たしか、「バックダンサー」は前田だ。かなり本格的にダンスを習っている前田からしたら、ニクタ先生の言葉は屈辱だったろう。

文也はちらっと利久雄を見た。利久雄もにやにやしていた。だけどそれは、自分で必死になって作っているにやにやだった。頬のあたりに力を入れて、利久雄はいっしょうけんめいに、余裕ぶっていた。利久雄の夢はＹｏｕＴｕｂｅで自分のチャンネルを持つことだ。

「いいんだよ。何言ったってもう」

　ニクタ先生の口ぶりが急に変わった。

『少年法が守ってくれる』？　たしかに、少年院送致の下限はおおむね十二歳だから、今、十一歳の子は守られるのかもしれない。だけど、毒の種類や分量によっては殺人未遂事件だから、児童自立支援施設に入れられてもおかしくない。もちろん、十二歳の子は覚悟をしておいたほうがいい」

「やべ。先生スイッチ入っちゃった」

　見村がそう言い、応じるように小さなくすくす笑いが聞こえたが、顔つきが変わる子どもも少なくなかった。先生は、どこか空《くう》を刺すような目をしていて、無表情のまま話し続ける。

「前科にならなくても、記録は残るから、名門校への入学や、まっとうな就職、結婚とか、そういう綺麗《きれい》な人生は、色々無理になるかもしれないけど、先生はこんな事件を起こした児童を他に知らないから、皆さんがどうなるのか、さすがに分からない」

　利久雄の顔がこわばった。そういえば、利久雄はもう誕生日を迎えている。文也はまだ十一歳だ。そのことにほっとした自分は卑怯《ひきよう》なのだろうか。

いつの間にかクラス全体の空気が凍りつき、誰も何もしゃべらなくなった。

「でも、君たちにとって、そんなことはどうでもいいのかもしれないね。君たちは自分の人生を賭《か》けてでも、浜田先生を殺したかったのだから」

『殺し』って……。

文也の呼吸が止まりそうになる。

「違う！」

利久雄が叫んだ。

「おれじゃない！」

利久雄が顔をゆがませて叫ぶのを見た時、ニクタ先生は大人なのだと文也は思った。

大人なのだ。

そして、利久雄は、自分は、皆は圧倒的に子どもだった。最後までにやにや笑い続けることが、結局誰もできなかったのだ。

ニクタ先生は丁寧な動作で、皿にのったパンケーキをタッパーに移し替えた。そして、

「皆さんが、何をどう言おうと、やってしまったことは変えられない。浜田先生は、この中の誰かに毒を盛られたって訴えていました。わたしとしては犯人が自分の生徒

である以上、大事にはしたくなかったんですが、皆さんは、反省を見せなかった。そして、少年法に守られているから警察に言ってもいいとのこと。わたしはこれからそのことを浜田先生と、出張中の校長先生に伝えてきます。浜田先生は、誰も名乗り出なかった場合は警察に被害届を出したいと言っていましたから」

と言いながら、調理台の上に置かれたままの洗剤のパックを、端をつまむように持つと、ビニール袋の中にそっと入れた。さっき、洗剤ケーキを食べるように言ったのに、タッパーに入れてゆく、その先生の手は震えていて、先生も、自分が何をしているのか、何を言っているのか、それが正しいのか、分かっていないんだと文也は思った。

「尾辻！　謝れよ！」

突然、利久雄が怒鳴った。

「尾辻です！　先生、尾辻が入れました！　みんな見てました！」

利久雄が繰り返した。

ニクタ先生が文也を見た。静かな目をしていた。文也は、舌をつぶされた気がした。

「尾辻さん、立ってください」

先生が言った時、どこかからのどをひきつらせるような嗚咽《おえつ》が聞こえてきて、誰かと思ったらほのかだった。ほのかは、顔も手もぐしゃぐしゃにして泣いていた。

泣いているのは、ほのかだけではなかった。あまりしゃべったことのない男の子や女の子も泣いていた。斜め前の席に座っている同じ班の林麗衣斗《はやしれいと》の目が真っ赤にぬれているのを見て、自分はとんでもないことをしてしまったのだと文也は思った。同時に、皆が自分を責めず、一緒に泣いてくれていることに、胸を突かれた。

「尾辻くんだけじゃないです……」

絞りだすような声で誰かが言った。

「みんなでやったんです」

別の誰かが言った。

クラスには、文也がいつも仲良くしていると思っていた子たち以外にも、たくさんの子がいるのだということを、初めて知った気がした。

「ごめんなさい」

自分には全く関係のないことなのに、松丸颯介《まつまるそうすけ》が泣きながら謝っていた。

「ごめんなさい」

増井智帆《ちほ》や鈴木《すずき》結《ゆい》の声もした。

「先生、みんなで謝ったんだから、許してやったらいいんじゃないですか！　警察になんか言わなくていいじゃないですか！」

と、利久雄がニクタ先生に詰め寄った。そうしながら、利久雄は文也のほうを見た。おまえを庇ってやったぞ、とでもいうように、文也に頷いて見せた。利久雄がしゃべるのを聞いていたら、なぜか頭のかたすみに、昨日のニュースの、「富美也くん」が浮かんだ。

どんな気持ちだったんだろう、「富美也くん」は。

文也はぼんやり考えた。

まさか、仲間に殺されるなんて、思ってもいなかったはずだ。だって、同級生だったのだ。いっしょに遊んだ日もあったし、ごくふつうの少年どうしの会話を、いくつもいくつもしてきたはずだ。

遊んでいる中で、明らかな上下関係があって、いじられキャラだったとしても、パシリだったとしても、サンドバッグみたいな存在だったとしても、それでも「富美也くん」はきっと、自分の弱さに気づかないふりをして、楽しんでいると思おうとして、実際に楽しい瞬間も何度かはあったはずだ。だから、自分の中の屈辱や怒りをのみこんで、ずるずるやってきた。

もちろん、リンチをして友達を殺すような連中は、三組にはいない。

利久雄だって、前田だって、そこまでのことはしない。

自分も、「富美也くん」とは違う。殺すとか、殺されるとか、そこまで行くのはむちゃくちゃだ。次元が違い過ぎる。そんなことになったら、ふつうは友達をやめるはずだ。

やめるはず？

……やめられるのだろうか。

「わかりました。今回は、大事にしないように、浜田先生にも校長先生にも話しておきます」

ニクタ先生は皆に言ってから、

「尾辻さん。ちょっと、別室で先生とふたりで話し合いましょう」

と、文也に言った。

「皆さんは後片付けをして、教室に戻って、掃除を始めていてください」

そう言うと、ニクタ先生が歩き出した。その後をついて文也も職員室へ向かった。

職員室には、浜田先生を含めて数人の教員しかいなかった。きっと今頃職員室では警察に通報すべきかどうかで大騒ぎになっているのだろうと思っていたが、そんなことはなかった。受け持つ学年の異なる先生たち数名は、離れたところでそれぞれ静かに作業をしていて、特にこの事件の動向を気にして待っている者はいなかった。浜田先生すら、自分の机で事務作業をしていた。

ニクタ先生は文也を浜田先生の机まで連れて行き、謝らせた。浜田先生はもう泣いてもいなかったし、思ったほど動揺しても、怒ってもいなかった。いつもより厳しい顔で、「いたずらにしては度がすぎた」「食べ物をそまつにしてはいけない」などと説教をされたが、それだけだった。

浜田先生から解放されると、ニクタ先生は自分の机の前に文也を座らせて、どうしてあんなことをしたのか訊いた。

文也は何も答えなかった。

「調理実習の食材に洗剤を入れるのが悪いことだっていうのは分かってましたか」

ニクタ先生がまた訊いた。

文也は頷いた。

「誰か、他の子から、洗剤を入れるように言われましたか」

ニクタ先生が、少し声を落として文也に訊いた。

答えられるはずもなかった。

「他の子から言われましたか」

先生にもう一度訊かれ、

「わかりません」

と、文也は言った。

「わからない」

ニクタ先生が無表情で繰り返した。

文也はくちびるを噛んだ。

家庭科室を出ていく時、利久雄が文也を凝視していた。利久雄だけではなく、クラスの皆が自分を見ているのが分かった。何を訊かれるのか、何を話すのか。敏も、前田も、見村も、皆が文也の背を見つめていた。

利久雄が先生の前で文也の名前を出したのは、ニクタ先生が洗剤をどこかに持って行こうとしたのを見たからだ。あの洗剤に触ったのは、文也と利久雄だけだったから。自分への疑いをはらすために、文也に白状させようとした。

「今の話だと、尾辻さんがひとりで思いついて、ひとりで悪いことをしたってことになるけど、それでいいのですね」

先生にそう言われると、それは違うと言いたくなる。

言いたくなるけど、やっぱり言えない。

先生は分かっていない。分かっているような顔をしているけど、本当は何も分かっていないのだ。それでいて、分かるような顔をしている。子どもたちを本当に助けることなんて、絶対にできない。

チャイムはまだ鳴っていないのに、職員室の戸が開き、山形先生が入ってきた。様子を見に来たのだろう。文也は身をちぢめた。

「犯人は尾辻かあ」

山形先生は職員室中に響くような大声で言った。小さくなっている文也を見下ろして、

「お前、最近、調子乗りすぎてんじゃねーの」

どすの利いた声でそう言った。

するとニクタ先生が、

「山形先生は黙っていてください」

ぴしゃりと封じた。

山形先生は驚いたようだ。格下のはずのニクタ先生に命じられて、「は？」と小さな声を出したが、文也や他の教員たちもいる手前、それ以上のことは言わなかった。

ニクタ先生は、まっすぐに文也を見て、そして言った。

「もし君が、誰かに洗剤を入れるように唆《そそのか》されて、それをやるしかなかったとして、君が恐怖感からその誰かをかばっているとして、本当の願いは、先生とか誰か大人が全部を暴いて、『君は悪くない』って分かってくれることなのだとしても、この先は、」

先生は声を落とし、しかもものすごく早口だったので、ところどころ聞き取れなかった。

だけど、最後のひと言だけは、しっかり聞き取れた。

「自分が変わらない限り、君の願いはかなわない」

先生の声にかぶせるように、大音響でチャイムが鳴った。すると、ニクタ先生は文也の耳元に顔を近づけ、

「親や先生が守ってくれる世界は、いつか終わってしまうからね」

と、文也にだけ聞こえる声で言った。

帰りの会で、文也は皆に謝った。

ニクタ先生に言われたとおり、

「僕がひとりでパンケーキのタネに洗剤を入れました。僕がひとりで考えたことです。

浜田先生やクラスのみんなに迷惑をかけてしまって、ごめんなさい」

と言った。

まばたきをしたら、情けなさと悔しさの絡まった、しょっぱい涙がこぼれそうだ。絶対にこぼさないように、少し上を向いて、目に力を込める。

「今回の件は、尾辻さんがひとりで考えて、ひとりでやったそうです。家庭科の授業を受けられなくなってしまったので、皆さんは本当に残念だったと思いますが、尾辻さんはとても反省しているので許してあげてください」

ニクタ先生は言った。

涙に視界が覆われて、教室の後ろの黒板が、歪んで見えた。パンケーキ、本当は昨日からずっと楽しみにしていた。皆で作って、食べたかった。もう、ここにいる誰の顔も見たくない。

と、その時、

「尾辻だけじゃないよ」

教壇のすぐ前にいるほのかが、ちいさな声で言うのが聞こえた。

その声を聞いたら、文也は堪えきれなくなった。下まぶたがふくらんで、涙がぽろっと落ちた。

ほのかの発言と、文也の涙が、教室の空気を変えた。いつものように、ほのかを責めたり、ばかにしたりする声ではなかった。ほのかを支持する声がほとんどだった。利久雄や前田たちの名を出す子はいなかったけれど、「尾辻だけじゃない」「みんなでやったことだ」と、みんなが言ってくれるのを聞いていたら、文也は、頬を伝う涙の温度が、少しだけ変わった気がした。

「皆さん、静かに」

ニクタ先生が言った。

「実は浜田先生もわたしも、尾辻くんひとりがやったとは思っていません。そのため、これから匿名のアンケートをとりたいと思います」

え？

と、文也は先生を見た。

そんなことをするなんて、聞いていなかった。

「犯人捜しのようで、こんなことは本当はしたくなかったのだけど、尾辻くんが、何も言ってくれないので仕方がありません。浜田先生から事情を聞きまして、鍵をかけたり、先生の注意をそらすなどのことを、すべて尾辻くんだけでできるとは、とても思えませんから。皆さん、家庭科室で見たことを思い出して、正直に書いてください。

誰が、何をしたのか、見ていたら、教えてください。尾辻くんと一緒にやった子も、尾辻くんにやらせた子も、心あたりがあればちゃんと名乗り出てください。何も書くことがなければ、あいうえおから順に、五十音を書いていってください。書く子が目立ってしまってはいけないので、必ず文字を書いてください」

いつも、「尾辻さん」と呼んでいた先生が、「尾辻くん」と言っている。

「あのー、わたし、ダンスのレッスンがあるんですけど」

前田が言ったが、驚いたことに、前田の発言を先生は無視して紙を配りだした。

「左手で紙を覆《おお》って、隣の子にも見せないように気をつけて書いて、それを四つに折りたたんで、直接わたしのもとに持ってきてください」

無視された前田が、は？　というふうに周りに抗議の目配せをするが、応じたのは見村ひとりで、他は誰も前田に同調しなかった。

「おれ、右手じゃ、書けない」

林が困ったように言う。どっちでも同じだわと文也は思ったが、

「そうね、鉛筆を持っていない方の手で、紙を覆ってください」

前田のダンスのレッスンより、その方がずっと大事なことみたいに、先生は真顔で答えた。

数分後、アンケート用紙を回収してから、先生は言った。

「アンケート結果は明日、山形先生や浜田先生や校長先生方と一緒に開封して、中身を確認し、保護者の方々にも連絡します。それまでに自分で名乗り出られたら、来てください」

そう言うと、先生は教室を出て行った。

数日後の放課後、

「ニクタのやつ、すっげーむかつく。マジむかつく。絶対仕返ししてやる」

帰りみち、並んで歩きながら利久雄がさっきから、小石を蹴りまくっている。ちぇっちぇと舌うちばかりしている。

事件の後、利久雄と敏は職員室まで謝りに行ったそうだ。前田香奈枝や見村めぐ美や高嶋律子や飯田《いいだ》麻耶《まや》も。なぜか宝田ほのかや増井智帆や林麗衣斗といった、この件に全く関係なかった子たちまで、尾辻くんが洗剤を入れさせられるのを止めなかったから、と謝りに行ったそうだ。

そうやって、真面目に先生に謝りに行ったのに、そこには山形先生もいて、全員思いっきり絞られたというのだ。そのことで、「山形先生がいるなんて約束と違う」と利久雄と敏は逆ギレしていた。おまけに利久雄は親にまで連絡がいき、今度、三者面談をするはめになったとも言っていた。

「むかつく、むかつく」

むかつきの原因はそればかりではなく、ニクタ先生からの説教にもあったようだ。

「あいつ、生徒に対してあんなこと言うなんて、まじ教師として終わってる。うちの親も激怒してた、教育委員会に言いつけてやるって、クビにしてやるって」

ぶつぶつ言う利久雄の横で、

「そうだ！」

と敏が声をあげた。

「復讐《ふくしゅう》しようぜ。女子がこのあいだ、やってたじゃん。おれらも、やんねえ？」

いかにも名案を思いついたとばかりに、いきいきとした表情で言う。

「それな。何置く？」

「脅迫状は？」

利久雄が乗った。

「うーん」

「あ、おれ、蛇みたいなぐねぐね動くやつ持ってる」

「そんなのすぐバレるだろ」

「じゃあ、虫の死骸《しがい》とか」

「あ、犬の糞《ふん》にしねえ？」

「げー、くっせえよ、それ」

「でも、インパクトあるだろ。授業だって、なくなるかも」

と言ってから利久雄は文也を見る。

「どう、文ちん」

利久雄に訊かれ、

「いいじゃん、それ」

反射的に、文也は答えた。

「じゃあ、文ちん、頼むよ」

利久雄が言い、

「頼むよ」

同じ調子で敏も、うすら笑いを浮かべながら言った。

「え、何を？」

文也は戸惑う。

「文ちんが一番権利があるよ」

利久雄が言う。

「何の権利」

文也が訊くと、

「復讐する権利」

と答えてから、

「でもさー、糞とかって、どうすんの」

利久雄が敏に訊き、

「あるだろ、その辺に」

「犬飼ってるやついる？」

「うーん、いたかな」

「文ちんのうんこにする？」

「まじ？」

ふたりはどんどん話を進めて勝手にげらげら笑い出している。

糞とかうんことか、まさかそんなの本気じゃないだろうと思うのだけど、パンケーキの時だって、最初は、まさか本当にそんなことはしないだろうと思ったのを思い出して、もう笑えない。笑えないのに、笑っている。文也の顔には笑みが元からはりついているようで、剝《は》がせない。

「文ちん、やっちゃえよ」

「仕返ししなよ。応援するから」

利久雄と敏の瞳《ひとみ》は明るく、澄んでさえいて、あれだけ怒られたのにどうしてそんな顔でいられるのか分からない。

いったいどの時まで、「富美也くん」は笑っていられたのだろう。ふいに思う。

誰かが止めてくれると、心のどこかで信じている。

誰も助けてくれないと彼が悟ったのはいつだったろう。「富美也くん」は川の縁《ふち》まで歩かされたのだ。自分から飛び込んだと、リンチした同級生たちはそろって証言した。そんなはずがないと、テレビのコメンテーター達は言っていた。そんなはずがないと、文也も思った。

だけど、もしかしたら。

「富美也くん」は、本当に、自分から飛び込んだのかもしれないと文也は思った。

飛び込め、飛び込め、と皆に命じられ、じりじりと川に近づいてゆく。飛び込んだらどうなるのか分かっている。でも、飛び込まないことのほうが怖かった。なぜなら後ろには、川の流れよりもずっと怖い「みんな」がいたから。

「文ちん、やれるよな？」

口を動かそうとするけれど、音にならないまま、ふるえる吐息は文也の一秒を長く延ばす。口角を上げる筋力は、そろそろ限界だった。

——自分が変わらない限り、願いはかなわない。

大きく息を吸い込んだ。

第二章　こんなものは、全部通り過ぎる

こんなものは、全部通り過ぎる。

小学六年生の川島杏美《あずみ》は、そのように考えることが、ほとんど習い性のようになっている。

こんなもの。今、背中からおろしたランドセルも、杏美がそう思ううちのひとつだ。牛革製の濃い赤色のもので、ずいぶんと質が良かったらしく、小学校に入学してから雨風に晒《さら》され続けて六年目だけれど、ほとんど変色していない。母の多美子《たみこ》に言わせれば、「一生モノ」というわけだ。専用の革磨きブラシを使ったことは一度もないのに、今も新品のようになめらかに輝く。

そのランドセルから筆箱やら教科書やらを取り出して、机の中の道具箱に入れていると、目の前に人の立つ気配があった。

「ねえねえ、川島さん、宿題やってきた？」

前田香奈枝と見村めぐ美がにこにこしながら、杏美を見下ろしている。

「音読の宿題のこと？」

眼鏡のブリッジを鼻にかけ直し、わざとゆっくり、杏美は問う。

「違う違う」

「算数の宿題」

「計算のやつだよ。ドリルの」

「川島さん、やってきてるでしょ？」

口々に言うふたりの笑顔に若干の苛立《いらだ》ちが滲《にじ》むのを見て、もう少しじらして面白がりたいような気持ちも湧くけど、やっていないと答える勇気まではなかった。

「うん。やってきたよ。見る？」

杏美は自らノートを差し出す。

「えっ、いいの？」

「めっちゃうれしい」

香奈枝とめぐ美は驚いたような顔をして、それから満足気な笑みを浮かべる。

「助かるぅ」

「川島さん、超優しい」

やっていないと答えたところで、どうせ先生には提出しないとならず、嘘がばれたらどんな悪口を言われるか、考えたくはなかった。学校の計算ドリルの宿題なんて、たいした手間もかかっていないのだから、見せてあげても何の損もない。この子たちに従わされているんじゃなくて、自ら見せてあげているんだ。

始業前の短い時間に必死になって杏美の答えを写している香奈枝とめぐ美の、ふたつの小さなつむじの向こうで、男子たちがふざけている。

女子ほどはっきりとグループに分かれているわけでは無いけれど、気の合う子どうしで緩やかにつるんでいる男子たちは、声が大きく、言葉が荒い。うるせえとか、変態とか、死ねとか。一組の山形先生が聞いたら怒鳴りつけてくれるだろう言葉も、学期途中で担任教師が替わった「学級崩壊気味」といわれる三組では、休み時間に平気で飛び交っている。

「サンキュー、川島さん」

「助かったあ」

写し終えたふたりが顔をあげて口々に言い、ノートを手に、そそくさと離れていった。

蛍光ピンクのゴムできゅっとまとめたポニーテール。黒いＴシャツに白いひらひらしたスカートとグレーのハイソックスを合わせた香奈枝の姿は、後ろから見ても隙がなくまとまっている。

香奈枝は書道の時間に、将来の夢を「バックダンサー」と書いていた。

書道といっても、ゲスト講師を招いて単発で開かれた「アート書道」の授業のことだ。ゲスト講師は、書道アーティストという方で、英語でもカタカナでも何でもあり、いっそ絵でもいいから、自分の字体で、自分らしく半紙に夢を書こうという授業だったのだ。

他の子たちはというと、例えば鈴木結は丸いちまちました文字で「パティシエ」の、「パ」の○の部分を♡に変えていたり、増井智帆は彼女らしい角ばった生真面目な文字でシンプルに「先生」、三組で一番体の大きな高嶋律子は体格に似合わぬ小さな文字で「オリンピック選手!!」とビックリマークに個性を込めようとしたり、小磯利久雄の「YouTuber」は英語だから目立ちそうなものだが他に三人同じことを書いている子がいたので話題にはならず、瀬野敏は「サッカー選手」の横にボールの絵、尾辻文也は「ゲーム・デザイナー」の「ゲーム」までを大きく書き過ぎて「デザイナー」が尻《しり》すぼみ。小学生の夢なんて、そんな感じだ。

楷書《かいしょ》体で「国連職員」と書いたのは杏美だった。個性的な文字たちの中で、杏美の

「国連職員」は、四字熟語のように行儀よくおさまっていた。何か聞かれたら、難民を救済して世界を平和に導きたいからです、と答えるつもりだったけど、書道アーティストの先生は、杏美の文字は素通りした。

別に、そんなことはどうでもいい。書道アーティストの先生に文字を認められたところで、夢がかなうわけじゃない。

杏美は偏差値の高い私立中学に入って、しっかり英語を頑張ろうと思っている。国連職員は世の中のために役立つ立派な職業だ。バックダンサーなんて、と思う。誰かの後ろ《バック》で踊ることの、何が楽しいんだろう。香奈枝は、勉強もちゃんとしていないし、人の気持ちを考えられないし、ぜったいわたしのほうが将来偉くなって、有名になる。

香奈枝とめぐ美はもう、教室の後ろの方の窓辺にいた飯田麻耶や高嶋律子といったクラスの中でも特に目立つタイプの女の子たちと合流し、きゃらきゃらと弾むような声をあげている。そのうち彼女たちは体を揺らして踊りだす。有名なK―POPのグループの、流行《はや》りの曲だということは杏美にも分かる。

教室の、その一角だけ、明るく光が射しているみたいに華やぎ、皆が見るともなく気にしている。

やがてチャイムが鳴って、香奈枝はダンスをやめた。

六年三組の教室に、担任の藤岡《ふじおか》三保《みほ》先生が入ってくる。藤岡先生は臨時でこのクラスを担当することになった若い女性の先生だ。栗色の髪を肩の下まで垂らしていて、いつもふわふわとしたやわらかそうな素材の服を着ている。

先月まで、幾田先生がこのクラスの担任だったけれど、今は休職中だ。あんなことがあったのだから、仕方がないと杏美は思うけれど、多美子は「六年生の子たちをほったらかすなんて、無責任だ」と憤慨していた。

五年三組の担任として初めて杏美たちを受け持った時の、幾田先生の小さな目を思い出す。ゾウみたいだなと思ってから、そんなふうに感じるのは女の先生に対して失礼だと思い直したけど、やっぱり最後まで、幾田先生はゾウみたいだった。

「休職」ということは、いつか復帰するのかもしれないが、それはきっと、自分たちが卒業した後になるのだろうなと思う。そして、そのほうが幾田先生にとっては良いことだろうとも思った。

「おはようございます」

教壇に立った藤岡先生の挨拶《あいさつ》に、「おはようございます」と答えたのは、一番前の席に座っている宝田ほのか、ただ一人だ。

宝田ほのかの大きな声を聞くたび、感心する。羨《うらや》ましくはないし、ああはなりたくない。六年生になっても、授業中の簡単な質問に、「はい！」「はい！」と大声で手をあげるほのか。代表委員にも応援団長にも立候補して、どちらにもなれなかったほのか。彼女の、先生や学校に対する絶対的な順応ぶりは杏美をいたたまれない気持ちにさせる。

「日直さんは誰ですか」

藤岡先生が皆に問うた。

「はぁーい」

間延びした声をあげたのは香奈枝だった。杏美から一列おいて斜め前方に座っている。

香奈枝相手だと先生が若干怯《ひる》むことに杏美は気づいている。杏美が気づくということは、クラスの中に気づいている子もいるだろうし、香奈枝自身も分かっているのだろう。

「名前を書いてないですよ」

先生が言うと、香奈枝はもう一度「はーい」と言ってから、もうひとりの日直の尾辻に、行ってこい、というふうに顎《あご》で示す。尾辻が立ち上がって黒板まで歩き、右端の「日直」と書かれた欄にへたくそな文字で、「前田、尾辻」とふたつの名前を並べて書いた。

「きりーつ」

香奈枝がわざとみたいに、ゆっくりと声をだす。みんな、のろのろと立ち上がる。立ち上がっても、くにゃりと背骨を緩めている。立ち上がらない子もいる。

この教室はしまりがない。

みんな、先月のあの出来事を、もう忘れてしまったのだろうか。ほのかみたいにいい子ぶる気もないけれど、それでも、クラスの子たちのだらしなさにはいらいらする。

先月、児童のひとりが家庭科の調理実習で食品に洗剤を混ぜるという「事件」がおこった。家庭科の先生や学年主任の先生もおおいに怒って騒ぎになり、その勢いで、当時の担任だった幾田先生が、

——皆さんは、どうせ、たいした大人にはなれない。

と言った。

大人が、あんなことを言うなんて、びっくりした。先生が休職したのは、あの発言が理由だという噂もある。

だけど杏美は、幾田先生の言うとおりだと思っている。この教室にいる奴らは、皆、

どうせ、たいした大人にはなれない。

勿論《もちろん》、わたしは別だ。

学区の公立小学校だから、仕方なく通っているだけ。こんなものは全部通り過ぎる。

「きをつけェー。れェい。ちゃくせきィー」

香奈枝の声は完全に、先生を、教室を、ばかにしている。ばかにしていることを先生にも思い知らせようと、わざと蓮《はす》っ葉《ぱ》な口ぶりで応じているふうにすら聞こえる。

「では宿題の計算ドリルノートを回収します。後ろから回してください」

藤岡先生の声もどこか投げやりだ。問題を起こして前任の先生を休職に追い込んだクラスだ。なるべく実害を被らずにやりすごそうとしているのかもしれない。

列の後ろからノートが回ってきたので杏美も自分のノートをのせて回す。

回収したノートは放課後に返される。いつも、大きな丸がつけられて、左下に「よくできました」のハンコが押されている。

以前、返されたノートの大きな丸をつけられたそのど真ん中に、自分がやらかしていた細かな計算ミスを見つけた。採点ミスだ。先生はわたしを信用しすぎているのかもしれない……と思ってから、ふと、先生はこのノートをちゃんと見ているのだろうかと疑った。

それで、いつもより気をつけて先生の行動を見ていたことがある。給食は教室で食べているし、昼休みも校庭の見回りをしている。授業の合間に職員室に戻ることはあるけれど、たったの五分休みだから、ノートの採点がはかどるとはとても思えない。図工や音楽といった専門の先生が受け持つ授業の時に、図工室や音楽室から姿を消す時があるから、きっとその時間帯に採点しているのだろう。だとしても、図工や音楽がない日でも、計算ドリルの宿題は集めている。三十人以上いる子どものノートをきちんと見る余裕が、全くない日だって、きっとある。

杏美は藤岡先生に同情した。

去年、算数少人数教室の専任教員をやっていた時は、もっと、頑張っている感じがした。六年三組を受け持つことになってから、少しずつ目がつりあがってきて、緊張していて、同時にとても疲れている。丸つけくらい手を抜きたくなるのも当然だと杏美は思った。

日直の香奈枝と尾辻が立ち上がり、前列に集まったノートを回収して藤岡先生に渡した。

「ありがとう」

先生が二人に礼を言う。香奈枝も尾辻も何も言わず、目も合わせず、そそくさと席に戻ってゆく。無視や嫌がらせではなく、役割を終えたらそれで終わりといった態《てい》だ。

子どもにはこういうところがある、と杏美は、自分も子どもだけれど、同級生を見ながら思った。

自分以外の人間に心があると思っていない。その単純さ。傲慢《ごうまん》。

朝の会が終わって先生が教室を出てゆくと、あたりは一斉に騒がしくなった。めぐ美や麻耶たちと集まって、ふたたび踊りだす香奈枝のポニーテールが揺れていた。

香奈枝はばかだから全部忘れちゃうんだなと思った。

杏美は、香奈枝が「はじゅちゃん、はじゅちゃん」と言いながら自分の後ろをついてきた日々を、はっきり覚えている。

舌足らずの香奈枝が「あずちゃん」と呼ぶと、それは「はじゅちゃん」と聞こえたのだ。

保育園で、杏美は香奈枝と「仲良し二人組」だった。

思えば、家が近くて母親どうしが顔見知りだったというだけの理由だったが、赤ちゃんの頃から一緒にいて、周囲からも先生からも「仲良し二人組」として扱われると、ちいさな園の中で、その関係はほぼ固定化された。

四歳になっても、香奈枝は「はじゅちゃん」と、舌足らずに呼んだ。

そのころ杏美は保育園の同じ学年の子たちの中で、一番背が高かった。自分でもよく覚えている。リトミックでも体操でも、何をやってもいちばん上手で、みんながで きないのが不思議なくらいだった。お絵描きの時間は大得意だった。他の子たちがどうにかして人間を描こうとしても全部お化けみたいになっちゃう時に、杏美は前髪も眉毛《まゆげ》も首も、丁寧に描いた。上手ねえ、とおとなに褒められるたび、自分は特別なんだと思った。

ある時香奈枝が、大きくまるを描いて、その中にぐりぐりと目玉らしきものをぬりこんでいた。できあがったものをみんなに向けて言った。

――これ、はじゅちゃん。

にこにこしている香奈枝を見て、カッとなった。

――わたし、そんな顔じゃないよ！

自分でもびっくりするくらい、険しい声が出た。その声に、目の前の香奈枝が固まった。

香奈枝は無言で消しゴムを探し、ごしごしと絵を消した。消して消して、その指先が真っ赤になるくらいに力を込めて消しているうち、紙が破けてしまったから、さすがに申し訳なくて、杏美は焦った。けれど、優しい言葉を香奈枝にかけることが、どうしてもできなかった。

あの時のことを、香奈枝は忘れてしまったのだろうか。杏美ははっきり覚えている。

あんなに強く反応してしまったのは、同じころ母親の多美子が香奈枝の写真を見ていて、

――この子は将来、美人になるわ。

と言ったからかもしれない。

ため息のこもったようなその声には、深い実感があった。

――でも、かなちゃんは何にもできないんだよ。

なぜか杏美はそんなことを言った。

――いいのよ。あれだけ可愛いんだから。

多美子はさらっとそう言ってから、

――あなたは不器量だから、しっかり勉強して、みんなの役に立つ仕事に就かないとね。

と、杏美に言った。

それからしばらくして香奈枝が保育園を退園した。

わたしが絵のことで怒ったから、香奈枝を傷つけてしまったのだろうかと、子どもながらにはらはらと後悔した。そのことを多美子に言ったら怒られそうな気がして、杏美はずっと黙っていた。

実際は、香奈枝の母親が仕事を辞めたために、幼稚園に転園したというだけのことだったのだが、幼い杏美にそんな事情は分からなかった。だから、小学校の入学式で香奈枝が満開の笑顔で近づいてきてくれた時、世界が一気に輝いたように感じた。ふたりは再び、「二人組」になった。当たり前のことだけど、香奈枝はもう「はじゅちゃん」ではなく「あずちゃん」と、呼べるようになっていた。

秋になり、学芸会で『白雪姫《しらゆきひめ》』を上演すると発表された。

配役が発表されると、

「あずちゃん、何の役やる？」

香奈枝に訊《き》かれた。杏美は、ほんの少しだけ白雪姫役に惹《ひ》かれていたけれど、なぜか、

「ナレーター」

と言った。

「かなちゃんは？」

「あたし白雪姫に立候補する」

きっぱり言う香奈枝の目はみずみずしい野心に満ちていた。

すでに杏美と香奈枝の力関係は変わりつつあった。香奈枝はクラスで一番背が低く、発想も幼く、絵や字もへたくそで、計算も遅い。何もかも杏美に負けているのに、一向に気にしていないようだ。気が強くわがままで、そのわがままを通す力を持ち始めていた。

「白雪姫なんて、セリフ全然ないじゃん」

香奈枝のまっすぐな物言いが眩《まぶ》しすぎて、杏美はそんなふうに言った。白雪姫役は五人。十の台詞《せりふ》を、五人がふたつずつ担当するのだ。ナレーターには三つ台詞がある。それ以上、台詞のある役はない。皆が平等に目立てるように、先生たちが台本を作ったのだろう。動物だの妖精《ようせい》だの、いろんなのが出てきて、一つ、二つ、皆が喋《しゃべ》る。

「だって、ドレス着れるの、白雪姫だけでしょ。それに」

と、香奈枝が思いがけないことを言った。

「あずちゃんも一緒に白雪姫やれば、一緒に練習できるよ」

「え……？」

　杏美は困った顔を作った。

「やろうよ、やろうよ」

「でも……どうしようかな」

甘ったるい食べ物を不意打ちで舌にのせられたような気がした。

白雪姫役に手を挙げる時、どきどきした。立候補者はぴったり五名。全員仲良く白雪姫になることができて、安堵《あんど》の息がもれた。

　その日の夕方、一緒に通っていた公文《くもん》教室にお迎えにきた多美子と香奈枝ママに、二人は口々に白雪姫役をやることを報告した。香奈枝ママは「やったね」と言い、香奈枝の手のひらと自分の手のひらをパチンと合わせた。一方、多美子は、

「やあだ、五人の中で杏美だけがノッポじゃないの、入れ替わった時に変な感じになっちゃうじゃない」

　とぶつぶつ言った。香奈枝ママは、そんな多美子に苦笑いをしながら、

「あずちゃんと一緒に白雪姫できるなんて、カナ、良かったね。おんなじドレスのお衣裳《いしょう》を着て、写真をいっぱい撮りたいね」

　と杏美に声をかけた。

「白雪姫のドレス、親が作るのかしらね……香奈枝ちゃんには似合うでしょうけど、

うちはどうかしら……」

まだぶつぶつ言っている多美子だったが、いつもよりはその目が優しく細められている気がした。

——おんなじドレスのお衣裳を着て、写真をいっぱい撮りたいね。

香奈枝ママの言葉が、ポップコーンみたいに軽やかに、耳元で弾《はじ》け続けていた。

その日、公文教室からマンションの近くの別れ道まで、杏美は香奈枝とつないだ手をぶんぶん振って、勇ましく歩いた。

しかし翌日の朝の会で先生が、白雪姫の役を決め直すと言ったのだった。なんでも昨日休んでいた飯田麻耶が、親を通じて電話で白雪姫役に立候補したいと伝えたらしい。

皆の前で、六人でじゃんけんをして、香奈枝が負けた。

大泣きするかと思った香奈枝は無表情で引き下がった。先生が何か言葉をかけていたけれど、香奈枝は黙っていた。

休み時間に杏美が香奈枝に話しかけるとぷいっと横を向かれた。香奈枝は、杏美だけではなく、他の誰ともしゃべらなかった。杏美は、白雪姫役を奪った飯田麻耶が平気な顔で授業を受けているのを、信じられないような思いで見ていた。香奈枝の不機嫌は、何かじわじわとした首輪になって、自分に巻きついてくるようだった。

だから、給食の準備時間に、

「あずちゃん……」

と香奈枝に声をかけられたとき、杏美はようやくこの首輪を外せると思った。

「あずちゃんは本当は白雪姫、演《や》りたくなかったんだよね？」

意を決した顔の香奈枝の目はきれいだった。

「あずちゃん、本当は、ナレーター演りたかったんでしょ。だったら……」

「わたし、やめてもいいよ」

皆まで言わせず、杏美は言った。

「え、本当？」

香奈枝の顔がぱあっと光る。

「先生に言いに行こう」

杏美は香奈枝の手を握った。香奈枝の手を、自分から握るのは久しぶりだった。香奈枝が、

「よかった」

と言った。うん、よかった。わたしはもともと白雪姫なんて演りたくなかったんだから。台詞が多いナレーターを演りたかったんだから。

それなのに、先生に許可を得て、正式に白雪姫から降りた時、取り返しのつかないことをしてしまったような気がした。

ちゃんと頼まれていないし、ちゃんとお礼も言われていない。急にそんな考えが湧いて、香奈枝を責める気持ちがむくむくと湧き上がった。ちゃんと頼ませないように、ありがとうを言わせないように、そうしたのは自分だったのに、どういうわけか、酷《ひど》く不当なことをされた気がした。

「あずちゃんが、うちのカナに、白雪姫役を譲ってくれたそうで。本当にありがとうございます。あずちゃんは、優しい子ね」

数日後の公文の帰り道、香奈枝ママが多美子に礼を言うのを聞いていた。

そのことを知らなかった多美子は、一瞬黙ってから、ぱかっと箱を開くような笑顔になって、

「いいのいいの。うちのなんて、白雪姫って柄じゃないし、香奈枝ちゃんが演ったほうがずっと様《さま》になるわよ」

と言った。

それなのに、家に帰ってから、

「杏美が白雪姫役を降りたこと、知らなかったよ。よく我慢したね」

と、杏美に言った。

我慢？

ノッポの杏美には似合わないって、お母さん、何度も言っていたくせに。

「我慢なんかしてないよ！　わたし、白雪姫なんて、本当はやりたくなかったんだから」

多美子は本当は自分に白雪姫をやってもらいたかったのだ。そう思ったら、「我慢」のひと言は、鑢《やすり》みたいに耳たぶを擦《こす》った。

「五人でやる役なんて、ばっかみたい」

いくらひらひらしたドレスを着たところで、台詞ふたつの白雪姫より、みっつ喋れるナレーターのほうが、賢い選択なんだ。たとえナレーターは舞台には立たず、その下でマイクを使って喋る役だったとしても。

三年生の組分けで、香奈枝と分かれた。

香奈枝の前では残念なそぶりを見せた杏美だが、内心でほっとしていた。三年生にもなれば、そのくらいの演技はできる。

杏美は、新しいクラスで、「親友」を作りたかった。二年間、香奈枝と「二人組」だったけれど、親友ではなかった。香奈枝はわがままで気まぐれだ。そのせいで杏美が不機嫌になると、「あずちゃんが怒った」と周りに言いふらしたり、泣きまねをすることもあった。思ったことをぽんぽん口にする天真爛漫《らんまん》な香奈枝と一緒にいると、楽しい時間も勿論あったが、苛立ったり、疲れることのほうが多かった。

新しい教室で、ようやく伸び伸びできると思ったのに、親友というのは、そう簡単に作れるものではなかった。

それどころか、友だちをひとり確保することさえ、難しい。

杏美は、休み時間の同級生たちが、不思議で仕方がなかった。チャイムが鳴ると同時に、磁力があるかのように自然といくつかのグループに分かれる不思議。あの子はあの子とくっついて、この子はその子と話し出す。どうしてみんなには「あの子」がいるのだろう。「その子」を探せるのだろう。

友だちになろう。

杏美はただ、その一言を、誰かに言ってほしかった。

一緒に遊ぼう。

誰も言ってくれないから、自分から言うしかなかった。

輪を見つけて、近づいて、じゃんけんに加わってしまえば、あとはぐっと楽になる。

じゃんけんは、遊びの一員として認められたことの証明だ。とにかくじゃんけんを目指して頑張った。杏美はいつも、目をぎらつかせ、じゃんけんに加わった。鬼決めだろうが、順番決めだろうが、なんのじゃんけんでも、勝っても負けてもどっちでもいい。楽しかろうが、つまらなかろうが、それだって、どうでもいい。遊びの一員になって、二十分間をやり過ごせれば、それだけで。

けれども、子どもという生き物は、ひどく気分屋で身勝手で、人を思いやれないのだ。


　じゃんけんに入れてもらえないことが何度もあった。声をかけようとしたら、走って逃げられることも。杏美は目玉を大きくし、ぎょろぎょろと校庭を見まわして、運よく自分によく似た雰囲気の子が一人でいるのを見つけたら声をかけたし、そういう子が見つからない時は、まるでゲームか何かの過程で誰かに追いかけられているかのように、あるいは誰かを追いかけているかのように、校庭の中をぐるぐると歩き回った。

　一学期も終わりに近づいた頃、ようやく杏美にも居場所ができた。同じ書道教室に通っている鈴木結に声をかけてもらって、彼女のグループに入ることができたのだ。その後は四年生の終わりまで、比較的平穏に過ごせたと思う。

　五年生に進級した際の組替えで、ふたたび香奈枝と同じクラスになった。

　名簿を見たとたん、不安に包まれた。香奈枝に巻き込まれたくない。あの子にひっつかれて、わがまま放題されて、ふりまわされるのはまっぴらだ。

　だが、最初に教室で会った時、すでにそういう段階ではないことを察した。香奈枝の視線が自分を素通りしたから。低学年の頃に「仲良し二人組」だったことを、香奈枝はすっかり忘れてしまったようだったから。

　香奈枝の隣には、見村めぐ美という、いかにも性格がきつそうな、つり目の少女がいた。白雪姫の役決めの時に、後からしゃあしゃあと主役を取っていったあの飯田麻耶が、ちゃっかり香奈枝グループにおさまっていたのには驚いた。格闘技で表彰された大柄な少女も香奈枝の子分だ。ボディガードかよ、と杏美は内心で嘲《あざけ》る。あたりかまわず大きな声で喋り、休み時間に踊っている。クラスでいちばん上位のポジションにおさまることを、あっさり周囲に認めさせるグループ。

　杏美は、結が低学年の頃に仲が良かった増井智帆と、その友達の横河《よこかわ》芽《め》衣《い》と、四人で過ごすようになった。この三人は人の悪口を言わないし、先生に反抗的な態度をとらない。テレビとか家族とか、体育やだねとか、そんな話をしては、くすくす笑う。おとなしい彼女たちに紛れて生きるしかない今の自分は仮の姿だと、杏美は思っている。

電車に乗って、ふたつ先の駅で降りる。リュックにくりつけているリラックマのパスケースをのばして改札を通り抜けると、駅前ロータリーの真正面に塾の看板が見える。あと少しで塾の授業が始まる。一日の中で、杏美の気持ちが盛り上がってゆく瞬間だ。

点滅している信号を見て走り出そうとしたら、

「川ちゃん」

後ろから明るい声で呼ばれた。

すぐに葵《あおい》だと分かったから、振り向く前から微笑んでしまう。

「葵。同じ電車だったんだねー」

杏美が言うと、「ねー」と葵も嬉《うれ》しそうに応じてくれた。

黄色いTシャツにデニムパンツの葵は、すらりと背が高くて顔が小さい。ショートヘアだから一見男の子っぽいけれど、パスケースは小花柄だし、クラシックミニーのおしゃれなペンケースから出てくるシャーペンが水玉模様ばかりと、意外に可愛らしい趣味の持ち主だということを、杏美は知っている。

「今日のテストやだなー」

葵がため息をもらした。

「やだねー」

と応じた後で思い出し、

「そうそう、新しい先生も、ついにいじめられ始めたんだよね」

と、杏美は言った。

「えっ、また？」

「今日の日直が、カナでさ」

「あー」

と合点したように、葵が顔をしかめる。杏美がよく話しているから、六年三組の相関図をだいぶ知っているのだ。

「ゴミ箱があふれてたのを先生が注意したら、いきなりカナがバンッてノートで机をたたいてさ。シーンだよ、教室」

「まじー？　やっばいね」

葵が通っているのは隣の町の公立小学校なのだが、先生をいじめるなんて考えられないそうだ。だからこそ、杏美の小学校で起こる出来事をいちいちびっくりしながら、面白がって聞いてくれる。その反応が嬉しくて、ますます面白おかしく話したくなる。前任の幾田先生が休職するきっかけとなった事件について話した時も、葵はおおいにびっくりしてくれた。

家庭科の調理実習で、クラスの男子が先生の目を盗んで、パンケーキのタネが入ったボウルに洗剤を混ぜたのだ。泡だて器でかきまぜると、タネはむくむく膨らんだ。家庭科の浜田先生はそれを味見し、ショックのあまりおろおろと泣き出した。まさか先生が、大人なのに、あんなことで泣くなんて思わなかった。

だけど、葵が一番驚いてくれたのは、その事件でも、浜田先生の反応でもなかった。六年三組の皆に対して、担任の幾田先生がかけた言葉のほうだ。

――皆さんは、どうせ、たいした大人にはなれない。

「先生、マジ切れしたんだね。そこまで先生に言わせるって、川ちゃんのクラス、相当やばいね」

葵は深刻そうな顔をしていた。

「そうかも」

先生が言うのを聞いた時はそこまで響かなかったのだが、改めて、酷いことを言われたんだなと思ったし、そこまでのことを先生に言わせたんだなとも思った。たいした大人にはなれない。

でも、と杏美は不満を覚える。先生、宝田さんはどうなんですか。そう聞きたかった。最後まで正直で、最後まで誰のことも馬鹿にしなかった宝田さんのことまで否定するとか、最低。

「ノートでバンッて、何それ、すごいね。新しい先生もかたなしだね」

葵が白い小粒の歯を見せて笑った。

かたなし……。耳慣れない言葉に、こういう時は「かたなし」って言うんだな、と杏美は思った。

葵の語彙《ごい》は豊富だ。賢い友人の存在が、杏美は嬉しい。葵の反応が欲しくて杏美は、新しくやってきた藤岡先生がどれほど無力か、香奈枝がどれほど馬鹿で反抗的か、現実よりやや大げさに話す。

バンッと机にノートを叩《たた》きつけたというのは嘘だった。というか、ちょっと盛ってしまった。

実際には香奈枝は藤岡先生から目をそらして、「はーい」と間延びした返事をしただけだ。でも、杏美にとってはそれもじゅうぶんに反抗的な、悪い態度だ。

香奈枝たちは今や藤岡先生のことまで完全に舐《な》めきっている。

藤岡先生が六年三組を受け持つことに決まった時、教室には歓迎ムードが漂ったように思う。去年、少人数教室で算数を習ったことがある生徒も多かったから、藤岡先生の人となりはだいぶ知られていた。厳しくない、面白くもない、というように。

　山形先生や校長先生がたびたび見張りに来ることもあって、子どもたちは始業前にきちんと席につき、前を向くようになった。だからといって、すっかり心を入れ替えたわけではない。藤岡先生を尊敬しているからでも信頼しているからでもなく、たかをくっている。全員が無声音で会話し続けているような、あの静かなざわつきを、藤岡先生も感じ取っているはずだ。

　杏美は藤岡先生のことを好きでも嫌いでもない。算数の授業はつまらないけれど、特定の子をひいきすることもないし、宿題の量も適度だ。化粧が濃いとか、若作りしているとか、相変わらず香奈枝は言いたい放題だが、少なくとも藤岡先生はまだこの教室の誰のことも、攻撃していない。それなのに、藤岡先生が挨拶する前で、うつむいて肩を震わして笑っていたり、身をのりだして前の席の子に何かささやいていたりする子どもたちの心持ちを、なんて幼稚なのだろうと情けなく思う。

塾の入口で、センサーに会員証をかざす。到着メールが親に届く仕組みだ。

今日は月に一度の復習テストだ。校舎の女子で一番になったら、父親から三千円分の図書カードをもらえることになっている。

教室に向かう杏美の全身にやる気が漲《みなぎ》る。

塾では正々堂々と競争できるからいい。できないふりをする必要もない。

学校は面倒くさい。いい点を取れば「ガリ勉」と陰口を叩かれ、発言を先生に褒められれば「すごいねー」と白けた声で言われる。宿題をきちんとやっても、調子よい子にノートを写されて、いやな思いをするだけだ。

塾ではテストの点がいいと羨ましがられる。発言点によるポイントシールを集めれば、文房具と取り換えることもできるから、杏美は学校とは違うキャラになって、いっぱい発言している。これまでも、塾名のロゴの入ったノートや鉛筆を、シールを集めて沢山入手してきた。

今日も、頭から湯気が出そうなくらい集中して問題を解いた。テストの手ごたえは十分だ。女子一位どころか、校舎一位を狙えるかもしれない。

しかし、そのテストを終えた帰り道、隣を歩く葵の顔が曇っていた。

「あたし、死んだっぽい。まじで下のクラスに落ちるやつ」

　呻《うめ》くようにそう言う。

「大丈夫だよ」

　葵はいつも成績が良いから落ちるわけがない。そう思って気楽に答えると、

「川ちゃんはいいよね」

　と言う葵の声が冷たくて、杏美はヒヤリとする。

「川ちゃんにはあたしの気持ちは分からないよ」

　杏美は黙る。どう答えればいいのか、分からない。

「あたし、死んだ。うちのオニババに殺される。あーもー最悪。最悪。最悪。川ちゃんは算数できていいな」

「葵だって、国語できるじゃん。わたし国語、撃沈だよ」

　本当はそんなことなかった。今日は国語も結構できた。漢字も慣用句も満点の自信があるし、文章も読み取りやすかった。

「とか言って、川ちゃんいつもいいじゃん」

「そんなことないよ……」

「オニババに、川ちゃんを見習えって、いつも言われてる。見習ったって、地頭が違

うのにさ」

葵がそんなことを言うので、杏美はもう返しようがなくなる。仕方なく、話を変える。

「そういえばさ、うちの学校の先生が今日の放課後に上履きで昇降口の外に出ようとした男子を注意したんだよ、前に話した瀬野っていう奴。先生に向かって靴を投げる真似したんだよ。先生、取ってーって。先生が怒って『早く戻りなさい』って怒鳴ったのに、無視。先生もかたなしだよね」

「……ふうん」

葵は浮かぬ顔で答えるのだった。

見上げなくても空の色が分かる。今にも降り出しそうな、重たいグレー。黒ずんだ、嫌な色をしている。

今日から水泳練習が始まる。急に土砂降りになること、あるいは、水温と気温が足して五十度に満たずに中止になることを、杏美は朝から願っていたが、どうやら叶《かな》わなかったらしい。予定通り水泳練習をすると藤岡先生が発表すると、小磯や尾辻らうるさい男子らが「いえーい」といちいち大騒ぎで反応し、いかにも頭が悪いと思う。

水泳は大嫌いだ。小学校入学当初は、プールの水に浸《つ》かることすら恐怖だった。それでも一年生から五年生までの授業を通じて、なんとか二十五メートルはクロールで泳げるようになった。タイムなんて計ったことはない。体を斜めにしながら、よれよれと泳ぐ。呼吸するたび水の中にぶくぶく沈む重たい体が憎たらしい。颯爽《さっそう》と泳ぎ切ってターンして戻る子どもたちと、体のつくりが違っているのではないかとすら思う。

多美子によれば、幼児だった杏美に水泳を習わせようと、近所のスイミングプールに連れて行ったことがあるらしい。

――あなたが泣いて嫌がったのよ。だから、スイミングの代わりに公文に行くことになったんじゃない。

などと多美子は言うが、今となっては泣かれようが喚《わめ》かれようが小さなわたしをプールに放り込んでほしかったと思う。放り込んでくれていれば、その時は辛《つら》かったかもしれないけれど、今こんなに厭《いや》な思いはしなかったはずだ。

鈴木結や増井智帆たちと一緒にのろのろと更衣室へ向かう。更衣室はじめじめしていて、黴《かび》臭く、杏美にとっては世界中で最も嫌いな場所の一つだ。大きなわっかのように体をすっぽり覆ったタオルの中で、スクール水着に着替える。ふくらみ始めた胸のど真ん中に、「6―3　川島」とマジックペンで書かれたゼッケンが大きく貼り付いている紺色の水着だ。

着替えて、タオルを取ってたたんでいたら、

「わー、毛深っ！」

いきなり言われてぎょっとした。見村めぐ美だった。

凍りついた杏美を見て、めぐ美が、

「やっ、ごめん、ごめんね」

焦ったように謝ったから、わざとではなく、つい言ってしまった言葉だと分かって、杏美は余計に傷ついた。

「わー、川島さん怒らせちゃった」

めぐ美がふざけたように言う。すると、めぐ美の後ろから香奈枝が顔をひょいと出し、

「ホント、ごめんね。この子、口にストッパーついてないの」

と言い、

「ひどーい」

助けを得たとばかり、めぐ美がおどける。

「悪気はないからね、許してあげて」

演技調の媚《こ》びるような声で香奈枝に言われて、「別にいいけど」と言ってあげたのは、騒ぎを大きくしたくなかったからだ。

更衣室の戸が開き、ジャージ姿の藤岡先生が顔を出した。

「女子、遅いよー。男子はもう全員出てきてるよー」

藤岡先生に言われて、「はーい」と香奈枝やめぐ美は声を出す。それでいて、日焼け止めクリームを悠然と肌に塗りつけている。

「川島さん、行こう」

結が杏美に声をかけた。杏美は彼女たちと一緒に歩き出すけど、足の感覚はない。指先だけ熱い。

曇天なのに、更衣室の外は眩しかった。プールのカルキのにおいが強くなる。誰よりも早くにゴーグルをかけるのは、やる気があり過ぎるようで厭だ。けど、度付きのゴーグルをかけていないと、世界は濡《ぬ》れたように輪郭《りんかく》を失くし、友達の顔もぼやけてしまう。

「見村さんの言葉……」

結が小声で言った。

「気にしなくていいと思うよ」

香奈枝やめぐ美の耳に届かない場所でようやく慰められても、全然嬉しくない。むしろ放っておいてほしい。

「川島さん、大丈夫？」

智帆が心配そうにこちらを見た。

「なにが？」

低い声で聞き返すと、はっとしたように彼女は黙った。数少ない自分の味方たちにまでこんな態度をとってしまう自分が情けなかった。けれど、彼女たちの弱さに腹が立つのを止められない。

シャワーを浴びてから、腰まで水をはった水槽のようなものに浸かり、プールサイドに上がった。この、皆が通り抜けてゆく腰までの水槽が、どうにも不潔に感じて、杏美は嫌だった。濡れた腕に鳥肌が立つ。「寒い」とつぶやいて、杏美は両腕を抱くようにして身を屈《かが》めた。指先にうぶ毛を感じた。自分は毛深いのだと今日知った。

男子児童と女子児童は、プールサイドの右手と左手に分かれて整列する。対岸の男子たちから自分の体がはっきり見えないだろうことが救いだった。しかし体操中は、身を屈めることができない。腕が無防備になる。隠したいけど、隠せない。

香奈枝の言葉が鼓膜に張りついている。

——悪気はないからね、許してあげて。

そう言って、笑っていた。

悪気がなければ許さなければならないのか。ストッパーのついていない口で、見たままの感想を言って。言われたわたしは、こんなに傷ついているのに、悪気の無さを受け入れなければならないのか。

「手足ぶらぶらー」

正面の飛び込み台の脇で、一組の山形先生が体操の指示を出し、自分も手足を大きく揺らしてみせている。プールサイドに並ぶ水着の子どもたちが、間抜けな操り人形のようにむき出しの手足をぶらぶらさせる。

杏美の頭の中に清算できない怒りと恥ずかしさが渦巻いてゆく。

事実そのものが刃《やいば》になるのなら、こんなに残酷なことはないと思った。残酷な感想は、発してしまった瞬間に、罪になるのではないか。

杏美の場所から香奈枝の姿は見えない。でも、思い浮かべることはできる。つるりとした綺麗《きれい》な肌なんだろう。さっき、めぐ美と一緒に日焼け止めクリームを塗っていた。こんな曇天で、日焼けなんてするわけがないのに、紫外線がどうのこうのと、いかにも洒落《しゃれ》たふうにそういうことを言い合って、クリームを塗ること自体が、素敵で大人っぽいことだというように、得意げに。

ばっかみたい。

ぽつっと雨粒が腕に落ちた。

あ、と思った時には、前で手足をぶらぶらさせていた智帆が振り向いて「雨？」と訊いた。

「だね」

答えた杏美の周囲で、他の子たちも「わあ、雨だ」「やばい」「まさか、これで泳ぐの？」他の子の声が漏れ聞こえてくる。水面にぽつぽつと波紋が点在し始める。先生たちが相談している。そのあいだにも、雨粒は密度を増して、子どもたちの体を濡らしてゆく。

山形先生が、

「水泳中止！　皆、いったん更衣室に戻れー」

と、大きな声で言い、子どもたちが声をあげて動き出す。ばたばたと走る子や、前の子を押す子もいる。整列せずに一斉に動いたから、腰水槽のところで男子と女子が交ざり合ってしまった。杏美はとっさに、毛深いと言われた腕をかばった。

男子は誰も、杏美の体など見ておらず、

「ヤベッヤベッ」「つめてー」「雨だー」「急げー」

奇声を発しながら更衣室へと駆けてゆく。そのお気楽な騒ぎぶりにほっとしながら更衣室へ行く。

「あーあ、濡れちゃったよ、マジサイテー」

室内ではめぐ美や香奈枝たちの大きな声が響いていた。杏美は着替える前に急いで眼鏡をかける。

「まじ、で。何これ。あの人たち、どうして天気予報調べなかったんだろうね」

「ほんとだよ。ありえない」

「山形サイテー」

「自分たちはジャージ着てるから、いいよね」

香奈枝たちのグループは周りに遠慮などしないから、不満げな声はひときわ大きく響き渡り、聞いているうちに彼女たちの意見が全体のムードのような気がしてくる。

いつもはその雰囲気が嫌だったが、この件については、杏美もまったく同感だった。こんなことになるのなら、最初から水泳を中止にしていればよかったのに。杏美も先生の判断に反発の気持ちを覚えた。

その時、

「ねえねえ、君たち」

と、皆のテンポを乱すような、調子はずれの声がした。

ほのかだった。

「あのさ。今朝の天気予報は曇りだったんだよ。天気予報は外れることもあるよ」

一瞬、間があいてから、

「ああ、まーね。そうですね」

誰かが答え、くすくすくす、と誰かが笑った。

「ていうか宝田、その水着、いつから着てんの」

香奈枝がほのかに言った。

「え？」

ほのかが戸惑ったような声を出す。

「めっちゃ、消されてる。ヤバいヤバい」

「これ、３って書いてない？」

「４も消されてる」

「受ける」

「すっごい倹約家だね。えらーい」

めぐ美の声が明るく響いた。

タオルに包まれて着替えながら、杏美は聞こえていないふりをした。

以前から気づいていた。ほのかの胸のゼッケンは、3―1、4―1、5―3、と以前に書かれていたものを、マジックでぐちゃぐちゃっと消して、6―3と、ぎりぎり読めるか読めないかの文字で上書きしていた。

杏美が気になったのは、ゼッケンのそれよりも、ほのかの水着の尻の部分の布がすりきれそうに薄くなっていることだった。もう少しで透けそうだ。まんがいち、泳いでいる間に破けちゃったりしたら、どうするんだろう。見てはいけないものを見てしまった気がして、杏美は目を逸《そ》らした。みんなに気づかれなければいいなと思った。

その時、杏美の横で声がした。

「やめなよ」

智帆の、か細い声だった。

思いがけないところから声があがり、香奈枝やめぐ美が一瞬、きょとんとした顔になる。

ふだん、人前でしゃべることがほとんどない智帆の声はかすかにふるえ、横顔が白い。杏美は胸を突かれる思いで、智帆を見た。家庭科の「いたずら」のあとで、尾辻がつるし上げられた時に、智帆が静かに泣いていたことを杏美は思い出した。

「あー、実は、間違えて、ブランドの水着を買っちゃったんだ」

ほのかの能天気な声が響いた。「だから、学校に着てこられなくてさー」とほのかは言う。

智帆の声がけで一瞬こわばった香奈枝の顔が活気づいた。

「え！ すごーい、どのブランド？」

「シャネルの」とほのかが言う。

「シャネルぅ！」

沸きたった。

「まじ、宝田、すごくない？」

「シャネルの水着だって！ ヤバ！」

なんてばかなんだろう。杏美は悔しくなる。智帆が頑張って助けようとしたのに。

黙っていればいいのに。

「ブランドの水着は学校じゃダメだって言われるからって、慌てて去年のスクール水着を捜したんだよねー」

ほのかの顔はここから見えない。

「ていうかシャネルの水着ってどこで売ってんの？　何色なの？」

香奈枝がさらにほのかを追及している。

「分かんない。親戚《しんせき》にもらったんだと思う」

「え。さっき『買った』って言ったじゃん」

「言ってた言ってた」

更衣室全体に低い笑いが広がっていく。

「買ったのか、もらったのか、ちゃんと聞いてなかったけど、もらったんだと思う」

ほのかが言う。

「すごーい。すごーい。ねえ、それ、わたし見てみたい。見せてくれる？」

「全然いいよ」

なぜか自信ありげな声でほのかが答える。

「いいんだって」

「マジで？」

「じゃあさ、みんなで見に行こっか？　セレブな宝田さんちに行って、見せてもらおうよ。ね。今日、学校のあと宝田さんちに行きたい人？」

香奈枝が音頭を取り、めぐ美たち数人がハイハーイと手を挙げてはしゃぐ。

「いい、けど、今日は用事があるから無理だと思う」

ほのかが言うと、

「じゃあ、明日は？」

「明日も、お母さんの用事があるからちょっと」

「あさっては？」

「あさってもお母さんの用事が……」

もごもごしたほのかの語尾が聞き取れない。

「ふーん、お母さん忙しいんだね。どんな用事？」

あの子たち、どうしてこんなに意地悪になれるのだろう。と思った時、

「うるさいんだよ！」

誰かが言った。

それが自分自身の声だということに、一拍遅れてから気づいた。

思った以上に大きな声を出していたようで、皆が杏美を見つめている。何か言わなければ収まりがつかない気がして、

「他人《ひと》のこと、放っときなよ。関係ないじゃん……」

と、勢いで言いかけるけど、香奈枝と目が合ったとたん、振り絞った勇気が体の中

から抜けて行った。

「川島さん、何。うっそ」

香奈枝が笑った。

「泣いてるし」

めぐ美も笑った。

杏美は自分が失敗したことを知った。どうして黙っていられなかったんだろう。あるいは、黙らないからには、泣いてはならなかった。どうしてほのかなんかを庇おうとしたのか。どうして他人のことで涙を流してしまうのか。

「さっきめぐが川島さんに『毛深い』って言ったから、恨まれてんじゃね？」

香奈枝が言う。

「まじ？」

「あれはさすがにハラスメントだったよ、めぐ」

「ヤバイ、ごめん。超ゆるして」

杏美をおちょくるように言いたいだけ言うと、香奈枝やめぐ美は笑いながら更衣室から出て行ってしまう。

残された杏美は立ちすくむ。くちびるがふるえているのが、寒さのせいか、酷い屈辱を受けたせいか、分からない。

「川島さん」

智帆に呼びかけられる。

「ごめんね」

なぜか智帆が謝ってくる。今にも泣きそうな顔をしている。杏美は目をそらした。

こんなものは、全部通り過ぎる。

心の中で言い聞かす。学校《ここ》は仮の居場所。塾の自分が本当の自分。中学受験をして、私立の学校に行ってしまえば、こんなところから永久に離れられるんだから。

中学校に入ったら、こんな黒歴史は全て葬るのだ。新しい場所で、わたしの能力はもっと認められ、先生にも友達にもきっと一目置かれるだろう。

しかし、本当の自分になれるはずの塾で、さらに最悪なことが待ち構えていた。

教室に、飯田麻耶がいたのだ。

「え……」

麻耶は香奈枝のグループの子だ。

驚いて足を止めた杏美だったが、同じく麻耶も固まっていた。数秒間、二人は気まずく見つめ合い、それから、どちらからともなく会釈をした。

　杏美は教室を見まわした。葵がいなくて、ほっとした。麻耶の近くに座りたくはなかったが、同じ小学校の女子どうしなのに、わざと離れた席に座るのは不自然な気がして迷う。幸い麻耶の隣の席はすでに他の子が座っていた。杏美は麻耶の前の席に座り、リュックからノートとテキストを取り出した。

「川島さん、この塾だったんだね」

　後ろから麻耶に声をかけられた。仕方なく、斜めに座って、「うん」と頷《うなず》く。

「受験するの」

「うん」

「だよね。わたし、今日からなんだけど、これまでこの塾の別の校舎にいたの」

「へえ」

「わたしのいた校舎は、志望校別のクラスが少ないから、こっちの校舎に変えたほうがいいってお母さんに言われて、それでこっちの校舎にしたの」

　聞いてもいないのに、麻耶は説明した。

　麻耶は香奈枝たちのグループに所属してはいるが、香奈枝やめぐ美ほどの攻撃性は持っていない。どちらかというと、主張がなく、周りに流されやすいタイプに見えるが、香奈枝やめぐ美らとつるんでいるというだけで、「敵」のように見えてしまう。

まさか進学塾の、同じクラスになるとは。

香奈枝たちのように、明らかに勉強ができないというほどのイメージはなかったけれど、できるイメージもなかった。

杏美が今所属しているクラスは、この塾の中で最も成績の良い子が集まっている。入塾試験もあるし、誰もがそう簡単に入れるわけではない。しかも、前回の総復習テストの成績で、クラスのメンバーは入れ替わったばかりだ。そこに飯田麻耶が入ってくるなんて。杏美はくちびるを噛《か》む。

麻耶に、塾のキャラを見せることはできない。葵みたいに明るくてオシャレな、いかにも学校の中心にいそうな子と、同じキャラぶって対等に付き合っている、そんな姿を麻耶に知られたら恥ずかしさのあまり死んでしまうと思った。

幸いなことに、授業が始まっても、葵は来なかった。

杏美が一番好きで、いつも冗談を言い合っている算数の先生から、

「川島、今日、元気がないな」

と声をかけられた。

「さては松永《まつなが》がクラス落ちしたからだな」

先生に言われて、そういうことか、と杏美は思った。葵は下のクラスに落ちてしまったのだ。そういえば前回のテストの後で、出来が悪かったと言っていた。

葵と違うクラスになったのは初めてだ。つまり、葵にとっては初めてのクラス落ちである。これまで葵と仲良しコンビで塾の授業を楽しんでいた杏美にとって、葵と離れるのはとても悲しいことのはずだった。それなのに、麻耶と葵を会わせずに済んだことに、ほっとしている。

「それじゃ、復習テストやるぞー」

授業終了の八時半ぎりぎりになって、先生が授業の復習テストのプリントを配った。

六年生になってから、先生が授業を延長するようになった。授業中は気が張っていて、夢中で問題を解くけれど、最後のテストの時にはいつもぐったり疲れている。だけど、今日の復習テストは、杏美はいつにも増して、真剣に解いた。復習テストはいつもその場で点数が発表される。麻耶なんかに負けるわけにはいかない。

結果、杏美が七十七点で十七人中二位、ライバルの男の子に負けた。麻耶は六十五点で十位。

「六十点以下は居残りー」

先生が大きな声で言い、いつものように、基準点を超えることのできなかった数人が悲鳴をあげる。

麻耶には圧勝できたけれど、杏美は改めてショックを受けた。ショックとしか言いようがない。麻耶が、このテストで六十五点も取れるなんて思わなかった。塾のテストと学校のテストは全く違うのだ。塾でこんなにできるなら、計算ドリルの宿題なんか、余裕だろう。同じグループなんだから、麻耶こそが香奈枝やめぐ美たちに見せてやるべきではないか。

「ぎりぎり居残り免れたー」

麻耶が無邪気ぶって声をかけてきた。

「すごいね、川島さん。七十七点なんて。やっぱり頭いいんだね」

話しかけてくるから、自然と並んで廊下を歩くことになる。葵のクラスは延長しなかったようで、さっき横切った時、教室ががらんと空いていた。きっと葵は先に帰ったのだろう。杏美はほっとし、麻耶と並んで階段をおりる。塾の生徒はエレベーターを使ってはいけないことになっているから、六階から一階まで、いつも階段で上り下りしているのだ。

その途中で、

「川島さん、今日のこと、ごめんね」

麻耶が突然謝ってきた。

塾で、そんな話はされたくないと、杏美は思った。

「更衣室で、宝田さんのこと庇ってたでしょ。えらいなって思った。あれ、やっぱり宝田さんが可哀想だったよね。カナやめぐのこと、止められなくてごめんね」

ちいさな声で、麻耶が言った。

「別にいいよ」

今さら自己満足の謝罪をされたところで、と杏美は白ける。しかし麻耶は杏美に許されたと思ったのか、

「カナって、ちょっと自己チュウなんだよね」

と、急に香奈枝の悪口を言い出した。

「うちら、ほんとはカナのこと、あんまり好きじゃないんだ。これ、秘密ね。わたしだけじゃなくて、リッチーやめぐと三人でトークルーム作ってて、カナのこと『うざいね』って話したりしてるんだよ」

杏美は用心深く黙っていた。

「ねえねえ、川島さんもトークアプリやってる？　繋《つな》げようよ？」

今流行っているスマートフォンのコミュニケーションアプリがあることは杏美も知

っている。だけど、そもそも杏美は携帯電話すら持っていない。そのことを告げると、

「嘘!?」

と叫ばれ、その驚かれ方に杏美は少し傷ついた。

「じゃあ、塾の帰りとか、どうしてるの」

珍獣でも見るような目で、麻耶が訊く。

「どうしてるのって、どういうこと」

「だって、お母さんに電話して迎えに来てもらわないの？」

「駅からバスに乗ればマンションの前まで着くから。迎えに来てもらったことなんかないよ」

「ああそっか。川島さんって、なにげにカナと家近いよね」

麻耶が頷いた。「なにげに」ってどういうことだろうと杏美は思った。仲良くないのに、タイプが全然違うのに、そんな意味だろうか。

その時、

「川ちゃん！」

と、声がした。一階の受付前のソファに葵がいた。

「遅かったねー」

葵の手には文庫本がある。読みながら待っていてくれたのだ。杏美はじんわり嬉しくなった。クラスが落ちてしまったことに葵があまりしょげていない様子なので安堵した。一方で、動揺もしていた。塾の友達に「川ちゃん」と呼ばれていること、明るいノリで話しかけられていることを、麻耶に知られたくなかった。麻耶が意外にも気さくな性質で、杏美を馬鹿にしたり軽んじたりしてはいないことが分かって、最初の恐怖は薄れていたが、それでも、ここでは自分が「川ちゃん」だということを、香奈枝たちの仲間に知られたくなかった。

　杏美の気持ちを知らない葵は、無邪気な好奇心で麻耶を見て、笑いかける。

「新しい子？」

と、訊いてくる。葵にはこういう人懐っこいところがあるのだ。だから杏美ともすぐに仲良くなってくれたのだし、きっと小学校でも同じキャラで通っているのだろう。

　仕方なく杏美は、

「うん。同じ小学校の飯田麻耶さん。別の校舎から桜丘《さくらおか》校に移ってきたんだって」

と、葵に紹介した。

　葵は、杏美の知らない、きっと可愛らしいのだろう芸能人の名前を挙げて、「超似てるー」とはしゃぐように言ってから、

「どこの校舎から移ってきたの？」

と、直接麻耶に訊く。校舎を出て夜のロータリーを駅へ向かって歩きながら、自然に杏美の横に並び、三人で帰ることになっている。

訊かれた麻耶が、

「西本町《にしほんまち》校」

と告げると、

「マジぃ!?」

葵がひときわ大きな声を上げた。

「わたしの友達、だいたいそこに通ってる。わたし、西本町小だから」

「へえ……」

なぜか麻耶の頬が緊張していることに、杏美は気づいた。

さっきから麻耶は葵に一歩引いている。急に口数が少なくなった。もっと堂々としていて、気の強い子だと思っていたのに、意外に人見知りをする繊細な子なのかもしれない。杏美が学校で陰キャラだという事をばらす気配もない。杏美は麻耶に初めて慕わしさを覚えた。

葵が自分の学校の子の名前を何人か挙げている。同じ塾の西本町校に通っている子の名前だろう。

「……ごめん、知らない。あんまり覚えてなくて」

「わー、かわいそ。きっとうちの学校の男子たちは、麻耶ちゃんのこと知ってるよ。だって、超かわいいもん」

葵に軽薄なくらいに褒められても、麻耶はあまり喜ばない。そういうことを、言われ慣れているのだろうなと杏美は思う。

その日は三人で電車に乗って帰宅した。


翌朝杏美が学校に着くと、昇降口に麻耶がいて、

「川ちゃん」

と呼びかけてきた。

さっそく「川ちゃん」と呼ばれたことに、少し戸惑ったが、嬉しかった。麻耶はランドセルを背負っておらず、いったん教室に置いてから、ここで杏美を待ち構えていたようだ。

「おはよう、飯田さん。どうしたの？」

訊《たず》ねると、麻耶が少し身を寄せてきて、

「あのね、川ちゃん。変なお願いかもしれないんだけど、あのね、いいかな」

気の毒なくらいおどおどとした口ぶりで言う。

「どうしたの」

「カナやめぐたちに、わたしが受験すること、秘密にしてもらえないかな、なんて」

「あ、うん」

杏美は瞬時に理解した。

仲良しグループの中でひとりだけ私立中学に抜けることを秘密にしたいのだ。その気持ちは、分かる。

「オッケー。いいよ、いいよ」

麻耶を安心させるために、杏美は大きく頷いて見せた。

「ありがとう」

そうささやく麻耶の頬が柔らかく動いて、昨日と同じ笑みをつくる。わたしにこのことを言うために、早く来て待っていたんだろうか。

「まやまやー！」

と大きな声がして、昇降口に、ランドセルを背負った香奈枝たちが入ってきた。麻耶は香奈枝たちから「まやまや」と呼ばれている。いつもなんとなく聞き流していた麻耶のあだ名だけど、決まった子たちしか麻耶をそんなふうには呼べない。そこが麻耶の居場所だ。友達に呼ばれたとたん、麻耶は杏美から離れた。

翌週、塾では来る夏期講習の時間割が配られ、夏期講習用のクラス分けのテスト範囲が発表された。

「いいか君たち。これから先生がすんばらしい格言を言うから耳の穴をかっぽじってよく聞くように。それはだな、『夏休みを制する者が受験を制する』と言ってだな……」

いつも冗談ばかり言う理科の先生がしかつめらしい顔でかっこよい格言を言い出したが、おふざけ常連の男の子たちが、その言い回しをいじって笑いに変える。

「『十六茶を制する者が受験を制する』と言ってだな……」

何が面白いのかよく分からないが、ペットボトルを手にＣＭ風にそんなことを言う男子がいて、杏美は笑った。麻耶も笑っていた。

「いいか、君たち、『マクドナルドを制する者が受験を制する』と言ってだな……」

「『おれのこの消しゴムを制する者が受験を制する』と言ってだな……」

「意味不明《イミフ》」

途中で先生もたまらず噴き出し、その様子を見て教室は更なる爆笑に包まれた。

塾のほうが学校より楽しい。ずっとずっと楽しい。

もう、何百回も思ったことを、杏美は改めて思った。

塾で、川ちゃんはよく発言をする。女子トップとして、男の子たちからも一目置かれ、ライバル視されている。テストの点がいいと、「さすが川ちゃん」と先生がみんなの前で褒めてくれる。努力がそのまま点数になって、みんなに認めてもらえる世界だ。

杏美のみならず、麻耶も、学校と塾を別世界として切り離していることが嬉《うれ》しい。ここで杏美が「川ちゃん」だということを、麻耶はすっかり受け入れている。彼女も学校よりいきいきして見えるし、皆で一緒になって先生をからかったりする、ひょうきんな一面がある。

麻耶が香奈枝たちに受験することを隠していると知って親近感が湧いている。麻耶のノートが計算の跡でびっしり埋まっているのを見て、その気持ちは大きくなった。

桜丘校のトップクラスの男子たちは先生を馬鹿にしているわけでは決してなく、いつも先生とふざけながら一緒に授業を作っている。彼らは学校の男子たちより話題豊富で面白いし、ちゃんと努力しているから尊敬できる。ライバルとして認め合っている。学校の代わりに毎日塾に通いたいくらいだ。

最後まで笑いの絶えない理科の授業が終わって、麻耶と一緒にトイレに行こうと外に出ると、廊下に葵がいた。

「川ちゃん、ちょっと勉強のことで聞きたいことがあるの。来て」

葵が杏美をまっすぐに見て言った。何とはなしに、麻耶を避ける言い方だった。きょとんとした杏美の手を引っ張って、葵は急ぎ足に階段を下りてゆく。麻耶はついてこない。五階へ下りて、四階へ下りて、まだ下りる。下級生が授業をしている階まで下りると、廊下の奥へと引っ張って行って、ふたりきりになった。

「何、何。聞きたいことって、何」

杏美が言うと、葵は「違うの」と言った。

「聞きたいことじゃなくて、話したいことがあったの。でもそう言わないと、あの子が来ちゃうでしょ」

あの子……。

「飯田麻耶。どうして西本町校からこっちに来たと思う？」

聞きたくない。とっさに杏美は思った。

「カンニングするんだって」

不愉快そうに、面白そうに、どこかのおばさんみたいな噂好きの表情で耳打ちしてくる葵の顔を、見たくなかった。

「それがバレて、みんなに無視されるようになって、それで辞めたって、うちの学校で西本町校の子たちが言ってた。受験やめたんだろうねって噂してたのに、こそこそこっちの校舎に移ってきてたんだね。うちのガッコのみんなドン引きしてたよ」

「やばいね、それ」

相槌《あいづち》を打つ自分の声が他人のもののように聞こえて寒々しい気持ちになる。

「川ちゃんも気をつけて。近くに座ったら、解答用紙を折って、隠さなきゃだめだよ。そうしないと、川ちゃんの答え、絶対写されちゃうから」

「うん、分かった」

と、杏美は答えた。

いつものように、学校が始まる。一時間目はつまんない国語、二時間目はつまんない音楽、三、四時間目に水泳の授業があって、午後もつまんない算数とつまんない社会。空は曇天。Tシャツの上にカーディガンを着た。水泳を見学したいと多美子に訴えたけれど、却下された。二学期までの成績は報告書に書かれるから、副教科もちゃんと点数を取らないといけないと言われた。水着を着なきゃならない。ほのかの水着も見なきゃならない。

——夏休みまでの辛抱じゃない。水泳なんて、あと何回かでしょう。

その何回かが、こんなに心を重たくすることに、多美子は気づいていないのだ。今の自分にとって、この先の「何回か」は、永遠と同じだ。確実に来る、避けられないもの。それに、「夏休み」って言うけれど、実際のところ「休み」なんて一日もないことも、杏美は知っている。夏休みを制する者が受験を制する。先生の言葉を思い出す。

あんなに張り切っていた自分が嘘みたいに、今は、塾や受験やいろんなことを、あんまり考えたくない気がした。そんなことより、眠い。まだ朝なのに。最近は、毎日いつだって少しずつ眠いのだ。夜の勉強時間をのばしたせいだろう。

赤いランドセルを机におろし、杏美はそれに覆いかぶさって目をつむる。教室はいつも通りがちゃがちゃとうるさくて、うつぶせている杏美を、誰も心配してくれないし、励ましてもくれない。だから杏美はしばらくしてからひっそり顔をあげ、ランドセルの中身をのろのろと引き出しに移してゆく。

このランドセルにして正解だったと、改めて思う。頭をのっけて押しつぶしても、すぐに元のかたちに戻るし、色も艶《つや》も、買った時と変わらない。地味で平凡で、おしゃれな飾りがひとつもついていなくて、それでいい。

小学校に入る前、ランドセル売り場に連れて行ってもらった時、杏美がすごく欲しいと思ったランドセルがあった。片隅にラインストーンがデコレーションされた、「スターパープル」と名づけられた色の。たしか、ラインストーンは、流れ星をふたつ重ねるデザインだった。

――あんたは不器量だから、そんなちゃらちゃらしたのは似合わないの。

「不器量」は、多美子の口癖だ。不器量だから、こういうものを着なさい。不器量だから、こういうものを持ちなさい。不器量だから、しっかり勉強しなさい。

ふだんから多美子の物言いを聞くともなく耳にしていた香奈枝ママからこっそり、「ママの言うこと間違ってるからね。あずちゃんはきれいだからね」と耳打ちされたのはまだ香奈枝と仲良くしていた時分だった。幼い杏美は動物の鋭さで、その言葉を嘘だと思った。

――こんなぺらっぺらの、見てくれだけの安物より、こっちのほうがずっとモノがいいんだから。一生モノの革製なのに、こんなに軽くて、職人さんの手作りで、丈夫なの。せっかくおばあちゃんがお金出してくれるって言うんだから、このランドセルにしましょう。

多美子に言われたことを、杏美は受け入れた。実際、多美子が選んだランドセルのほうが値段がずっと高くて、高いもののほうが良いのだろうと、子ども心に納得していた。

あの時、大きな声で泣いていたら、何か変わっていただろうか。

ちゃらちゃらしたいんだ。可愛くなりたいんだ。

そう思う自分を、恥ずかしいと思わない、そういうわたしになっていたのだろうか。

入学式の日に交通安全のための黄色いランドセルカバーが配付され、一年生の間、ランドセルはそれで覆うようにと指示された。翌日には、みんなのランドセルは黄一色になり、ストーンも刺繍《ししゅう》もデコも、カバーの下に隠れてしまった。二年生になってカバーを外した頃には、一年間使ってきたランドセルの色や飾りを、改めて気にする子はいなくなっていた。

多美子の言ったことは、一つを除いて、あとは全て正しかったのだ。

入学式の日に、あんなに眩しく見えた香奈枝の、お決まりのラインストーンがきらきらついたピンク色のランドセルは、早いうちからストーンのほとんどが剥《は》がれ落ちてしまった。かろうじてついているものも買った当初の艶は全くない。燻《くすぶ》った粒が不揃いにくっついていて、全然可愛くない。それも含めて、今となってはランドセル自体どうでも良くて、むしろ、軽ければ軽いほうがいい、それだけの、教材を運ぶためのいれもの。だから、しなやかで丈夫なこのランドセルが正解。

　ぱたぱたと足音がして机の前に人が立つ気配があった。

「川島さーん。助けて」

「ドリル、ドリル」

「計算の宿題あったじゃん。やってきてるよね？」

　香奈枝とめぐ美だった。

　あんなことがあった翌週に、よく頼んでこられるなと思って、目の前の少女ふたりの顔をまじまじと見てしまう。

　めぐ美が「あー」と納得したように息をもらし、

「もしかして、こないだのことまだ怒ってる？　メンゴ！」

　すまなそうにへの字の眉を作るけれど、それを見て、堪《こら》えきれないとばかりに香奈枝が噴き出し、

「何、メンゴって」

「親の口癖」

二人で笑う。

「これ」

杏美は用意しておいたノートを差し出した。香奈枝とめぐ美は礼を言いながら忙《せわ》しなくノートの数字を写してゆく。

「あのさ」

そのふたりに言う。

「これからは、飯田さんに見せてもらえば？」

息を整えて、できるだけ自然な口調を心がけた。

「は？　ちょっと待ってて！」「今忙しいんだから！」

ふたりは気もそぞろに言い、いっしょうけんめいに杏美の数字を書き続けている。

「はーい、終わったー」「サンキュー」

二人はこれで用事が終わったとばかりに立ち上がる。

「これからは、自分の友達に助けてもらいなよ」

杏美は言った。

「え!?　わたしたち、友達じゃなかったの？」

香奈枝が素《す》っ頓狂《とんきょう》な声を出す。それから二人は、弾かれたように笑った。

「川島さん、やっぱ、毛深い的なやつ、まだ怒ってんのー？」

大きな声でめぐ美が言うから、杏美はとっさに自分の腕を抱えた。暑い日なのに、毎日杏美がカーディガンを着ているのがなぜか、この子たちは想像することもできないんだろうし、想像されるのも、厭だった。

「ごめんごめん」

「めぐが謝ってるんだから、もういいでしょ」

「ね、仲直り〜」

——謝ったら、それでいいの？　わたしの体のことも、宝田さんの水着のことも、あんたたちに何も関係ないじゃん。関係ないのに、わざわざ指摘して……、指摘っていうか、見たままをそのままに言って、そうするだけで、あんたたちの侮りや嘲笑《ちょうしょう》をわたしたちに突きつけることは、気持ちいい？　そうやって、突きつけられたら、わたしだって宝田さんだって、反応しなくちゃならなくなるじゃん。その反応を、笑うなんて、卑怯《ひきょう》だ。あんたたちは、卑怯だ。

だけど杏美は最後まで言えない。

香奈枝とめぐ美が去ってゆくのを黙って見送る。

ああ、そうか、と思った。下に見られているから、対等な喧嘩《けんか》にもならないんだ。

頭に血がのぼるような気がした。もしこちらがもう一歩詰め寄ったら、本気でキレられて、そこからいじめが始まるのかもしれないが。

そうなったら、結や智帆たちは、わたしを助けてくれるだろうか。

無理。杏美はため息をつく。そうなったら、あの子たちは、香奈枝の目を恐れて、わたしを避けるようになるだろう。それでいて、こっそり「ごめんね」って謝ってくる。わたしの周りにいるのは、結局のところ、そういう弱い子ばかりだ。

こんなものは、全部通り過ぎる。

藤岡先生が入ってくると、日直の誰かが立ち上がり、「きりーつ」と号令をかける。

「きをつけー」「れい」「ちゃくせーき」あんたのクラス、学級崩壊しかけてるって本当？ と、このあいだ多美子に訊かれた。

本当だよ。終わってる。三組まじサイテー。

「では、計算ドリルのノートを後ろから前へ集めてください」

いつものように、列の後ろからノートが回されてゆく。

香奈枝とめぐ美のノートが積み重ねられて回されていくのを見たら、初めて、心臓がふるえた。

とんでもないことをしてしまったという思いと、ざまあみろという思いとが、交差する。

ふたりに写させた答えは全部誤答だ。1より小さい分数三つの掛け算の答えが百を超えるとか、無茶苦茶なことをしてやった。自分の頭で何も考えず、馬鹿みたいに数字を写していく香奈枝とめぐ美をあざ笑おうと思っていたのに、今になって急に怖くなってきて、全部白状しようかという考えが湧き上がった。

ノートを集めた先生が教室を出てゆく。止めようがない。

何にも知らない香奈枝たちは、さっそくグループで集まり、その輪の中でいつものように香奈枝が踊りだす。ポニーテールが揺れている。

こんなちっぽけな、期間限定の王国で、順序をつけた人形を並べているみたい。スマホの中の秘密のトークルームで香奈枝の悪口を言っているという三人が、朗らかな笑顔で香奈枝のダンスに拍手をしている。

果たして藤岡先生は気づくだろうか。気づいたとして、あのふたりをきちんと問い質《ただ》せるのだろうか。

先生は、忙しすぎて、もしかしたら気づかないかもしれない。気づいても、見て見ぬふりをするかもしれない。そう思ったら少しだけ心が落ち着いた。しかし、凪《な》いだ心は鏡となって、とんでもないことを「してやった」と思えるほどの度胸もなく、ほのかをきちんと庇うことも、爆発しそうな怒りを言葉にすることもできなかった自分の弱さを映しだしもしていた。

杏美は自分に言い聞かせる。

こんなものは、全部通り過ぎるんだ。

そのことを、自分だけが知っている事実のように、杏美は思う。

わたしは受験するのだし、ここにいる皆とは、全然違う世界に行くのだ。

多美子の言ったことに、一つだけ間違いがあった。

一生モノのランドセルなんて存在しない。ランドセルなんて、今だけじゃん。

恋焦がれたスターパープルが、六年も経たないうちに、こんなにどうでもよくなるみたいに、いつかこの瞬間も、どうでもいいものになる。

ほぼ確信的にそう思っている。

それなのに、馬鹿にしようとすればするほど、王国は眩しく輝かしく、杏美を閉じ込める。今この瞬間の生こそが全てだと、他の時間など存在しないのだと信じ込ませんとばかりに圧してくるから、酸欠になりそうな魚の必死さで杏美は居場所を探す。

知らないテレビの話で盛り上がっていた結や智帆は、杏美が近づくと自然に天気の話題に変えて、今日は水泳できるかなあ？　と話しかけてくれる。やだなー、見学したい、と杏美が言うと、ねー、と同調してくれる彼女たちの、穏やかな微笑みがつまらない。

「こんなものは、全部通り過ぎる」などと嘯《うそぶ》いていられるのは、彼女たちがいてくれるからだということに、杏美はまだ気づいていない。

第三章　いつか、ドラゴン

　町がまだ目を覚ましていない朝六時十五分。小学六年生の武市陽太は、歩きながら、半ズボンのポケットから手のひらサイズのデジタル温度計を取り出した。28・2度。ここまで歩いた十分間だけで、額にじんわり汗が滲《にじ》んでいる。これからどんどん暑くなりそうだ。

　陽太の小学校では、夏休みのあいだ、地区ごとに分かれてラジオ体操を開催する。陽太のアパートがある地区には大学があるので、毎年その中庭を借りて開かれる。

「武市くん、今日も一番乗りだねえ」

　大学の中庭に到着すると、麦わらさんに声をかけられた。

　麦わらさんは小学校のＰＴＡ役員だ。誰のお母さんかを陽太は知らないが、向こうは陽太のことを知っていて、よく話しかけてくれる。いつもリボンのついた麦わら帽子をかぶっているから、ひそかに麦わらさんと名づけている。

やがて近所の小学生や、そのきょうだいや親たちが、少しずつ集まってきてラジオ体操が始まった。

～腕を前から上にあげて、大きく背伸びの運動。はい！

言われた通り、陽太は大きく腕を上げる。朝の空気を吸い込んで吐く。スピーカーの音量をぎりぎりまで上げているからか、音が時々割れる。さっぱりした青空が眩《まぶ》しい。

二種類のラジオ体操を通しでやりおえると、陽太は二十人ほどいる子どもたちに交じって、スタンプをもらう行列に並ぶ。

自分の番がきたので、首から下げるホルダーの中に入っているスタンプカードを取り出した。

こくりと頭を下げると、カードを受け取った麦わらさんが目を細めて言う。

「武市くん、六年生なのにエライねえ。今日まで一日も休んでないもんね」

陽太は黙って頷《うなず》く。麦わらさんはこのあいだも同じことを言った。六年生なのにエライねえ、と。陽太は褒められるとどういう顔をしたらいいのか分からない。母さんや先生以外の大人とは、どう喋《しゃべ》ればいいのか分からない。

「わあ。全部出てるんですか」

麦わらさんの仲間のパーマさんがはしゃぐように声をかけてきた。子どもみたいに高い元気な声だったから少し驚いたけど、陽太に訊《たず》ねているのか、麦わらさんに訊ねているのか分からなかったので、陽太は無表情のまま黙っていた。

「そうそう。去年も武市くん、皆勤したんだってね」

「エラーイ。うちの子なんか、まだぐうぐう寝てるよ」

「うちもそうよう。昨日、遅くまでテレビ見てたから、起きれなかった」

「母たちがこんなに頑張ってるのにねえ」

「ホント、ホント」

麦わらさんとパーマさんは朗らかに言い合いながら、陽太にスタンプカードを返した。スタンプカードには小さなカレンダーが印刷されていて、ラジオ体操に出席した日の欄にニコニコマークのスタンプが捺《お》され、返される。陽太のカードにはこのニコニコマークがびっしりと並んでいる。返してもらったスタンプカードをホルダーに入れて首から下げた。

大学の中庭を、小石を蹴《け》りながら抜けてゆく。途中でポケットから温度計を取り出してみると、1度上がっていた。29・0度。少しずつ太陽が昇っていく。今日も暑くなるだろう。このあとどうやって過ごそうかな。陽太はぼんやり考えた。

小学校が主催する水泳実習や補習講座は先週で前期のプログラムが終わってしまい、後期は八月最後の週だ。陽太はすでに、夏休みの宿題も、自由研究も、全部やってしまった。

おととい、図書館の帰りに火の見やぐらのある公園まで自転車を漕《こ》いでいたら、偶然会った麗衣斗に駅の向こうのゲームセンターに行こうと誘われた。行ってみたけど、お金を持っていない陽太は、麗衣斗のゲームを見ているばかりで、あまり楽しくなかった。また行こうと麗衣斗は言ってくれたけど、もう行く気はない。

去年までは児童館に行けば必ず誰か同級生の顔を見ることができた。けど、六年生になって、放課後に児童館に行ってみても、誰もいないということが多かった。一学期の終業式の翌日にも一人で行ってみたのだが、そこには低学年や中学年の子たちしかいなかった。遊び部屋の片隅で体育座りをして本を読んでいたら、わざとじゃないけどゴムボールをぶつけられた。ぜんぜん痛くなかったから、怒る気なんてなかったけど、ぶつけた子は陽太と目が合うと固まってしまい、泣き出しそうな顔をした。大人と同じくらいの身長の自分は、もうここに居ちゃいけないような気がして、以来児童館に行くのをやめた。

ひとまず家に帰ろうと思って、石ころを蹴りながら大学構内を歩いていたら、ふいに何かが、視界に入った気がした。その何かに、わくわくさせられる予感があった。陽太は立ち止まった。

　看板だ。

　本当は昨日から気づいていた。あの場所に何か気になるものがあるぞと頭のどこかで意識していたのだけど、大学の中の看板をじっと見ることが、なぜかいけないことのような気がして、ちゃんと見ないようにして、早足で通り過ぎていたのだった。

　今日の陽太は何かに誰かに心を押されたような気がして、看板へと歩み寄り、立ち止まった。

　そこには、見たこともない複雑な造形の、巨大な紙の作品の写真が、大きく引き伸ばされて印刷されていた。

「ドラゴンだ」

　口をついて、出た。

　O《オ》LI《リ》エンタル・ファンタジー

　魅力あふれる折り紙の世界へようこそ。

　初歩から応用まで、一緒に折ってみよう。初心者大歓迎！

8月3日　午後1時から　Ｂ棟１０５号室
主催　ＯＬＩエンタル・ファンタジー

八月三日。今日だ！

陽太は看板に印刷されている、大きなドラゴンを見つめる。

濡《ぬ》れたような艶《つや》のある黒いドラゴン。

描かれた目はないのに、こちらを睨《にら》みつけていると、はっきり分かるその造形。

これはいったい、何枚の紙で、作られているのだ。どうやって組み合わせているのだ。陽太は見入る。

昔、ばあちゃんと、折り鶴を折ったことがある。じいちゃんが癌で入院した時の病室で、いっしょに折った。あの時、陽太はひとりで四百を超える鶴を折った。それを全部紐《ひも》で通した。これだけの量を折ったことに、周囲はびっくりしていたが、陽太は紙を折り続けるだけの作業にみんながこんなにびっくりすることが、不思議だった。

一時から、Ｂ棟１０５号室。一時から、Ｂ棟１０５号室。

忘れないように、何度もつぶやく。

温度計を確認すると、29・4度。じわじわ上がってきている。蹴った石が排水溝に落ちた。道の脇の栗林から夏の雑草のにおいがした。

　あとで、行ってみよう。顔の奥がむずむずとくすぐったいような明るい気分になってきて、頬が自然と持ち上がってしまうようだった。行く場所があることがうれしい。

　アパートの玄関ドアを開ける前、小さな声で「ただいま」と言う。内側に「戸締まりして！　火の用心！」と、ピンクの丸文字で書かれた紙が貼られている重たいドアを、陽太は気をつけて開き、また気をつけて、そっと閉じた。

　家の中はしんとしている。カーテンが閉めっぱなしだから、うす暗い。玄関を上がってすぐ横の台所へ行き、冷蔵庫のドアを開けて、しばらくその中の冷気を味わう。それから牛乳と食パンの袋を取り出し、牛乳をコップに注いで一気に飲んだ。

　台所の横の小さなテーブルの上に、弁当箱が置いてある。母さんが作ってくれた。

　弁当はお昼に取っておく。まだ朝だ。冷たいままの食パンにマーガリンをつけて二枚食べた。冷蔵庫のドアをまた開けて、魚肉ソーセージを取り出して、海苔《のり》といっしょに食べた。それでもまだお腹がいっぱいにならないので牛乳をもう一杯飲んだ。

　最近、陽太はお腹が空《す》く。食べても食べても満たされない感じがする。成長期なんだろうと自分で思う。いつも肉が食べたい。

「テレビの部屋」と呼んでいる居間へ行き、目の横に垂れてきた汗をぬぐって扇風機をつけた。

テレビの部屋だけど、テレビはつけない。ふすま一枚でさえぎられている隣の和室に今、母さんが寝ている。古いエアコンがたてるカタカタという音が聞こえてくる。ふすまの下からすうすう出てくる少しの冷風を味わおうと、陽太はふすまに寄りかかって座った。

しばらくぼーっとしていたが、やがて陽太は思い出し、汗をぬぐってから、隣の和室で寝ている母さんを起こさないように、すり足でテレビの横の箪笥《たんす》まで行く。抽斗《ひきだし》をそろりそろりとひっぱった。書類や文房具がぐちゃぐちゃになって放り込まれている抽斗は開けにくくて、ガタゴト小さな音をたてた。それでも慎重にひっぱってゆくと、奥深くに、昔買った折り紙の束と、一冊だけ持っている折り紙の本がねじ込まれていた。手を突っ込んで、折り紙の束と本を抜き出し、弁当箱と一緒に、新幹線の絵の描いてある手提げ袋に入れる。おととしのクリスマスに父さんに買ってもらった小型のゲーム機も入れる。

市民会館は朝九時に開く。市民図書館は九時半、児童館も九時半。市民コミュニティセンターは十時。

陽太はポケットから温度計を取り出して確認した。31・2度。温度計には小さな文字のデジタル時計もついている。まだ7・24だ。今日はどこまで上がるだろう。

陽太は手提げ袋を持って、母さんが書いた「戸締まりして！　火の用心！」という文字を見ながら玄関ドアをそっと開けた。鍵《かぎ》をかけてから、アパートの階段を下りる。自転車置き場から、自分の自転車を出してまたがった。

学校に行く途中に公団住宅が何棟も並んで立っていて、その中に広い公園がある。その公園の一角にアスレチックコーナーがあり、火の見やぐらを模した木造の建物があった。梯子《はしご》を登って、二階部分に入ると、せまいけど子どもひとりが座るには充分なスペースがあって、風が吹き抜けるし、眺めもいい。昼間になると、このアスレチックは小さな子どもたちでごったがえすけれど、朝と夜はだいたい誰もいない。陽太はここを、早朝に過ごすのにほどよい秘密基地だと思っていて、この夏休み、何度も利用した。

体育座りでまるくなり、ゲーム機のスイッチを入れる。

ピコピコッと小さな音がして、馴染《なじ》みの音楽とともに、画面が発光する。

小さな怪獣キャラがあちこちでエネルギー源となるカラフルボールを食べて巨大化していくゲームだ。ステージが上がれば上がるほど、カラフルボールは入手しにくくなる。複雑なアドベンチャーをクリアし、じょじょに強くなってゆく敵をやっつけてゆく。

陽太はたくみに指先を動かして、あっという間にステージをクリアし、次のポイントを目指す。

このゲームのことなら知り尽くしている。すでに十四回クリアした。裏技やボーナスステージも自力で見つけた。新しいソフトを買ってもらえていないから、一年半のあいだ同じゲームをやり続けているのだ。

父さんと離婚してから、母さんが昼も夜も働かなければならなくなったことを、陽太は知っている。自分の家が、父さん言うところの、「もっと貧乏」になったのだから、新しいゲームソフトがほしいなんてとても言えない。それに、新しいゲームソフトをどうしてもほしいというわけではなく、同じゲームを何度となくやっていても、陽太は飽きないのだった。

二時間ほどゲームをやってから、陽太は火の見やぐらの横に設置されている滑《すべ》り棒をつたって地上に下りた。棒が少し熱くなり始めていた。温度計を見ると、もう32・0度まで来ていた。火の見やぐらの脇に停めていた自転車にまたがって漕ぎ出す。汗が滲む。図書館が開く時間だ。

図書館のいいところは、涼しさだ。それから、本のにおい。

開館十分後なのに、夏休みだから朝から混んでいる。常連のお年寄りたちに加えて、自習をしに来ている若い学生も多いのだ。陽太はすぐに階段を上がって二階に行く。奥に児童書のコーナーがあり、そこだけじゅうたん敷きでぺたりと座れるように作られている。手前にヤングアダルトコーナーがある。昨日読み途中だった『紅のドラゴン使いの物語』を見つけて手に取ると、温度計で室内の気温を確認するのも忘れ、片隅の丸椅子に座って読み始めた。

陽太は、「マジック・ツリーハウス」シリーズ、「かいけつゾロリ」シリーズ、「ズッコケ三人組」シリーズなど挿絵があって、字も大きい本が好きだったが、この夏、文字しかない本でも、かぎかっこの中だけ読みつなげていけばいいというコツを見つけた。

「ダレン・シャン」「デルトラ・クエスト」「パーシー・ジャクソン」「ハリー・ポッター」など、ほとんど挿絵のない分厚い本も、かぎかっこの中の、文字が躍っているような部分を中心に読む。そうすれば、ストーリーを追えるし、登場人物の性格も分かる。

吸血鬼や古い神々や魔法使いがいる世界を想像すると、陽太の心は躍った。冒険をしてゆく主人公や、その仲間たちを、羨《うらや》ましいと思った。だけど、本の中の世界に行きたいわけじゃない。吸血鬼も古い神々も魔法使いも、時に恐ろしい存在だ。それに、本の中の世界には母さんがいない。

今読んでいる『紅のドラゴン使いの物語』もファンタジー小説だ。主人公のアリーは陽太と同じ十二歳。アリーはほとんどの子どもがなくしてしまったドラゴンと喋る能力を持つ唯一の男の子だ。陽太は、かぎかっこの中だけ抜き取るようにして、アリーを追いかけ、ついにアリーは幻の黒いドラゴンに出会う。

――わたしの鱗《うろこ》、今は病のためにこの色だ。しかし本当は、炎よりも紅《あか》い。

伝説の存在とされていたドラゴンの言葉に、陽太はさきほど見た、「ＯＬＩエンタル・ファンタジー」の看板を思い出す。

黒光りする、あのドラゴン！

先へ先へと逸《はや》る心が、ページをめくる指を焦《じ》らす。

どれだけ時間が経っただろう。はっと気づいて時計を見ると、もう12:52だ。陽太は慌てて本を閉じた。

立ち上がり、いつもより大きな足音を立てながら階段を下りてゆく。

いつも、本を読んでいると時間の感覚が分からなくなってしまう。

――古代、わたしの同胞は、幼い頃に鱗を狙われ逃げ惑った。おまえもその仲間だろう。

幻のドラゴンが、今にも火を噴きつけようと背中を丸めてアリーに言ったところだった。鱗という漢字の横に「うろこ」と書いてあった。それは、不気味で、気持ち悪くて、見ているだけで心がぞわぞわしてくる漢字だった。

アリーも怖がっている。だけど彼は、身を縮めながらも、大きな声で言い返すのだ。

――ぼくには仲間なんかいない！　それに、貴方《あなた》の鱗なんかほしくない！

幻のドラゴンがこのあとアリーを襲わないか、陽太は心配でならない。火を噴きつけられたら、一巻の終わりだ。アリーは主人公だから、きっと大丈夫だろうと思うのだけど、どきどきしていた。でも、仕方がない。陽太は市民図書館の貸出カードを持っていないので、本を借りることができないのだ。

図書館の入口のラックにある「貸出カードの作り方」という説明ビラには、市民は誰でもカードを作って、一度に十冊まで借りられると書いてある。運転免許証や保険証などの身分証明書が必要で、小学生のカードは親が作るということだった。

もちろん、母さんだって、身分証明書くらい持っているだろう。きっと、頼めば作ってくれる。だけど気が進まなかった。陽太は母さんに図書館まで付き合わせたくなかった。そんな時間があったら、一分でも多く家で寝ていてほしい。

自転車をいっしょうけんめいに漕いで大学に向かった。図書館の中の飲食コーナーで、母さんが作ってくれた弁当を食べるつもりだったけれど、もう時間がない。

大学の自転車置き場に自転車を停める時、小学生がここに停めてはいけないと注意されるのではないかと、陽太は少し心配だった。だけど、暑い中で自転車整理をしている腕章をつけたおじさんは、にこにこしていて、他の自転車二台を動かし、陽太の自転車を停めるスペースを作って、誘導してくれた。

自転車置き場の横にある大きな構内地図でB棟を探し、そこまで必死に走った。小学校に比べると、信じられないくらい大学は広い。夏休みだからか、大学の構内は閑散としていて、余計に広く感じる。それでもちらほらと歩いている大学生はいて、キャンパスを駆け抜けてゆく小学生に、びっくりしたような、あるいは楽しく見守るような視線を送る。B棟についた時には汗だくになっていた。

大学の教室に入るのは初めてだった。もし少し考える時間があったら、ためらう気持ちが湧いてきて、１０５号室を訪ねることをやめてしまっていたかもしれない。だけど陽太は、時間がなくて焦っていたから、玄関の正面にある教室配置図を見て、１０５号室が右手にあるということが分かると、人気のない廊下を急ぎ足でまっすぐ向かった。

１０５号室はすぐに見つかった。戸をがらりと開ける。

教室はがらんと広く、たくさんの机と椅子があって、小学校の教室のよりもずっと大きな黒板が前方にあった。黒板の前の教壇に、三人の男の人がいるだけで、他は誰もいない。

陽太は立ち尽くす。

学校の教室のようにたくさんの人がいて、みんなでわいわい折り紙を折っていると思っていた。

場所か時間を間違えてしまったと思った陽太が戸を閉めようと腕に力を入れた瞬間、三人の真ん中にいる一番背の高い、丸い銀縁眼鏡《ぎんぶちめがね》の男の人が「こんにちは」と言った。陽太はほっとして、口を「こ」の字に開けたけれど、息が荒れていたのと、緊張していたのとで、うまく挨拶《あいさつ》ができなかった。

三人の中のひとり、もじゃもじゃ頭の男の人が、教壇から下りて、陽太のほうへ歩いてきた。

大学生と話すなんて、考えてみたら初めてのことだ。

「君、どうしたの」

真っ先にこちらに来てくれたもじゃもじゃ頭は、子どもの陽太に対して、少し照れたような顔で訊ねる。

陽太が何も答えられないでいると、銀縁眼鏡の人が、

「もしかして、彼は折り紙をしに来てくれたのではないでしょうか」

と、丁寧な口ぶりで言った。それを聞いて、陽太は大きく頷いた。

「おい、どうすんだよ、小学生来ちゃったよ」

教壇から動かないでいる、ぽちゃっと太った男の人が、キイキイと、甲高い声で言った。陽太が最初に三人を見た時、いちばん話しやすそうだと思ったのが、このぽっちゃりした人だったのだけど、口ぶりは彼がいちばんきつい。自分が歓迎されていないことが分かって、視線を落とした。

もじゃもじゃ頭がぽっちゃりに何かたしなめるようなことを言い、銀縁眼鏡が丁寧な口ぶりでふたりを宥《なだ》めようとしている。陽太の心はさらにこわばってゆく。

もじゃもじゃ頭が、

「あのね、君」

と、泣き顔のような笑顔を浮かべて、陽太に言った。

「うちの学校で折り紙サークルを立ち上げたんだけど、実はまだ三人しかいないんだ。

それで新歓やろうと思って、あ、新歓って新人歓迎会のことね。それで今日、ぶっつけで計画したんだけど、事前申し込みしてくれてた人たちにドタキャンされてしまって、こんな感じなの」

分かったような、分からないような。とにかく思っていたものとは違った。

「だからおれら、そろそろ帰ろうかって思ってたところで……。あとね、もともと看板とかに書いてなかったのが悪かったんだけど、新歓って大学生向けなんだ」

陽太は体の向きを変え、出口に向かって走り出した。

後ろから「待って、待って」ともじゃもじゃ頭の声が追いかけてきたけど、振り向かなかった。

夏休みのあいだ、陽太は一日も休まずにラジオ体操に参加し、皆勤賞のメダルとノートとボールペンの賞品をもらった。最後の日の担当も麦わらさんで、賞品を渡す時、とても大きな声で褒めてくれた。

夏休み最後の夜も、陽太は家でひとりだった。蚊にさされたところを掻《か》きながら、母さんが作ってくれた五目焼きそばを食べた。

テレビでは芸能人が何十人も登場するクイズ番組をやっていた。答えが分かると陽太は声に出して言ってみる。聞く人がいない陽太の答えは、独りぼっちの部屋で宙ぶらりんになる。

　番組が終わると、ふいに陽太は思いつき、このあいだ見つけて手提げ袋に入れっぱなしだった折り紙をひっぱり出した。昔、ばあちゃんがよく作っていたくす玉を自分も作ってみようと思ったのだ。

　やり方は覚えている。折り紙で、百合《ゆり》の花にも見える円錐《えんすい》形の部品を作って、その先の部分を一点に集めて糸で結びつけるのだ。

　円錐ひとつひとつを作るのはそれほど難しくはないけど、それはすべて大切な部品だから、折り筋と折り筋を一ミリもずらさずに、精巧なかたちで作らなければならない。同じ円錐を作ることに、陽太はしばらく夢中になった。


　九月最初の登校日。朝から空気はねばっこく、太陽はぎらぎら照っていた。家を出る時に温度計を見たら、29・1度だった。今日も昼には35度を超えるだろうと、陽太は予想した。

　校門の少し手前で麗衣斗に「おはよう」と声をかけられた。

「おはよう」

と、陽太も返した。

「夏休み、どうだった？」

麗衣斗に訊ねられた。

以前の陽太はこういう質問に戸惑った。どうだった？　という質問に、どう答えればいいのか。つまり、夏休みの間の、何に関してどうだったと訊《き》かれているのかを確認したくなる。たとえば、気候に関する所感を問われているのか、宿題に関する感想を訊ねられているのか、それとも寝つきの話か、クーラーの効き具合についてか。

会話というのがそこまで具体性を突き詰めなくてもいいふわふわとしたものであることも多いということが、陽太は納得がいかない。それで答えを出せずにいたのだが麗衣斗は陽太の回答を待つこともなく、

「おれさー、まじで大変だった」

と話し出す。

「親父に言われてＺＥＮＡの夏期講習に行った。都立を受けてみろって急に言われてさあ、絶対落ちるって姉ちゃんにばかにされたけど、落ちても中学に入ってからの勉強に役立つから色々やっとけって。まじでこの夏は勉強したよ。学校の宿題以外にも勉強したから死・ん・だっつの、まじで」

大変、とか、死んだ、とか言いながら、麗衣斗はどこか得意げだ。

「おれ、おれは、折り紙でくす玉を作った」

陽太も言った。

「くす玉？　何それ、自由工作？」

「いや、そういうんじゃない」

と答えながら、そうか、折り紙を自由工作にしてもいいのか、と陽太は目からうろこが落ちる思いがした。

小学校では、夏休みのあいだに、自由研究か自由工作か、どちらかを選んで何らかのレポートや作品などを提出する宿題が出ていた。陽太はラジオ体操の帰りに大学構内の雑木林の中で見つけた蟬の抜け殻を点描画で写生していた。それを提出する予定だった。鉛筆の先の点々だけで描く点描画が、陽太は得意だった。三年生の時にそうやって自分の手を描いたら、図工の先生に褒められて、しばらく職員玄関の前の「本校児童の活躍」コーナーに飾られたのだ。以来、自由工作には点描画を描くと決めていて、四年生の時も五年生の時も点描画を出したけど、折り紙でくす玉を作ってもいいのだ。ばあちゃんがよく作っていたまん丸いくす玉が、教室の後ろに紐で吊《つ》るされ、ぽこんと浮かんでいる様子を想像したら、陽太は楽しい気持ちになった。自由工作の提出は来週だから、もう少し時間はある。折り紙なら、百円均一ショップでも売っている。そのくらいなら、買ってもらえるはずだ。あと十枚くらい折り紙があれば作れるのだ。

「うちの親が言ってたけど、武市、まだラジオ体操とか出てんだってな」

「毎日出た」

「まじで？　毎日って、ウケる。六年生にもなってラジオ体操とかやる奴いないって、姉ちゃん、言ってたし」

「毎日来てたのは、おれ一人だった」

「でも、勉強もちゃんとやらないと、みんなに遅れるぜ」

と忠告してくる麗衣斗の体が、突然、前につんのめった。

「おい！　なんだよ、この頭」

後ろから現れたのは小磯利久雄と瀬野敏と尾辻文也だった。小磯は夏休みにいちだんと背が伸びたようで、ひょろりと細長くなったように見える。今まで三組でいちばん背が高いのは陽太だったけれど、もしかしたら次の測定では抜かれるかもしれない。

「やあ、これ、姉ちゃんにやられたんだ」

小磯に押された勢いで二、三歩前に飛び出た麗衣斗が、体勢を立て直しながら、照れた顔で笑った。

「ダッセえ！」

麗衣斗を見て、小磯が腹をかかえるようにして爆笑した。追従するように、彼の仲間の瀬野や文也も笑っている。

陽太は、さっき麗衣斗に会った時に、どこか麗衣斗の雰囲気が変わったような気はしていたが、はっきりとは認識していなかった。言われてみたら、麗衣斗の頭の色が前と違う。金髪というほどではないけど、奇妙に明るい色だ。前髪がのびて、目にかかっている。だから、目と目が合わない気がしていたんだと分かった。

「姉ちゃんにやられたんだ」

麗衣斗が、言い訳をするように、繰り返す。

「なんか、写真撮られてさ。どうせ都立の願書を出す時に髪切るから、その時に染め直せばいいって。おれ、別に、こんなのやりたくないけどさ」

麗衣斗が利久雄たちに説明をしているのを、陽太は聞くともなしに耳にしていたが、ふいに思いついてポケットから温度計を取り出した。29・8度。まだ暑くなるだろう。

教室に入ると、麗衣斗はいっそう注目の的になった。前田香奈枝や見村めぐ美といった派手な女子たちも集まってきて、「まんまＤＱＮ！」「田舎のヤンキー」などと囃《はや》し立てて笑った。麗衣斗も笑っている。陽太は宝田ほのかの姿を探す。なぜかは分からないのだが、教室がこんなふうに盛り上がる時、ほのかがどんな表情をしているのかを、陽太は確かめずにはいられない。どこにいるのだろう。ほのかは、机の上にランドセルはあるけれど、トイレに行っているのか、教室にはいない。

　賑《にぎ》やかな教室で、陽太はふいに、自分をひとりぼっちだと感じた。

　どうしてこんなことでこんなに皆がげらげら笑うのかが分からない。

「ひとりぼっち」は陽太自身にとってなんということもないのだが、そのことで母さんを困らせたり悲しませたりしてしまうと分かってから、自分にではなく、母さんに対して、かわいそうだと思うようになった。

　人の心が分からないと、父さんに言われたことがある。

　この子は誰より分かる子です、と母さんは言い返した。

　あの時はまだ父さんと母さんはいっしょに住んでいた。もっとも古い記憶で父さんが母さんを怒鳴っていたのは、陽太が原因だ。何をしたのかはまったく覚えていないけど、自分が何か問題を起こして母さんが学校に呼び出された。母さんは陽太には何も言わなかったけれど、その夜、その時はまだ一緒に暮らしていた父さんが、母さんを怒鳴りつけた。怒鳴り声の父さんは、何度も陽太の名前を出したから、いっしょうけんめい寝ようとしても陽太の目は覚めてしまったし、「お前の育て方が……」「あいつはこのままじゃ……」と、父さんが母さんを繰り返し責める言葉ははっきり聞こえた。何度も出てくる「あいつ」が、自分のことだというのは、低学年だった陽太にも分かった。母さんはぼそぼそと小さい声で返すだけだったから、話の全容は分からなかったけど、とぎれとぎれに聞こえてくる言葉から、父さんが自分をどこかに連れていこうとしていて、母さんがそのことに反対しているのだと理解した。陽太は布団の中で力の限り背骨を丸めた。

その後、陽太がどこかに連れていかれることはなかった。母さんは、何度か学校に顔を出し、先生と話したようだった。陽太が近づいたり、陽太と目が合ったりすると、先生も母さんもぱたっと話をやめるから、自分について話されているのだと分かった。

ある時、いっしょに学校から帰っている道で、陽太が何も訊いていないのに、母さんは陽太に、「陽太はそのままでいいからね」と言った。

「そのままの陽太のことが、母さんは大好きなんだよ」

そのままの陽太以外の陽太はいないのに、母さんは不思議なことを言うと思ったが、言われていることの意味なんかより、母さんの目を覆っている透明な膜が陽太を緊張させた。その膜がもう少しのところで水になってこぼれそうだったから、心の音が鳴り、陽太は母さんを助けたいと全力で思った。

父さんと母さんが「別れる」ことになったという話を、陽太は家族三人でご飯を食べている時に聞いた。陽太が小学四年生の時だった。

――おまえ、このままだと母さんといっしょに住むことになるぞ。今よりもっと貧乏になるけど、それでいいのか。

父さんが訊いた。

陽太はその言葉の意味をちゃんと理解したかった。いつもと違って、とても重要なことを言われていると思ったからだ。

――おい。何か答えろよ。

「このままだと」ということは、今話していることは、まだ確定していないということだろうか。自分が何らかの行動をすれば、父さんと母さんは別れなくなるということだろうか。「母さんといっしょに住む」と言っているけれど、これまでも母さんとはいっしょに住んでいる。ということは父さんだけが出ていくのだろうか。それとも、母さんと自分のふたりだけがこの家を出ていくということだろうか。「もっと貧乏」。今の自分たちも貧乏だということだろうか。でも、貧乏かどうかということは、はっきり決められない気もしていた。陽太はその時の自分たちを貧乏だとは思っていなかった。「もっと貧乏」になったらどうなるというのだろう。いつかテレビで見た外国の子どものように、ゴミの山の中で食べ物を漁《あさ》るような生活をするのだろうか。だけど、あんなゴミの山が、今の日本にあるのだろうか。

突然、耳が熱く飛んだ。

何が起こったのか分からなかった。陽太は、耳に両手を押し当ててうずくまった。父さんに殴られたのだと気づいたのは、その一秒後だ。いつも陽太や母さんに大きな声でまくしたてる父さん殴られたのは初めてだった。いつも陽太や母さんに大きな声でまくしたてる父さんだったけれど、殴るなんてことは、しなかった。父さん自身も、自分がしてしまったことに驚いたようで、目の玉が、意思がない人形のようになっていた。

母さんが、これまで聞いたこともない、母さんとは思えない、大きな声を出していた。

母さんが父さんを怒っているのだと陽太は分かった。母さんは泣いていた。どうして母さんが、いつもとは違う母さんになって、怒ったり泣いたりしているのかといえば、父さんが自分を殴ったからだ。父さんが、

——こいつには人の心が分からないんだよ！

と、陽太を指さして怒鳴った。

次の瞬間、陽太は母さんの腕の中にいた。

――この子は誰より分かる子です！

ひりつく耳で、母さんの心臓の音を陽太は聞いていた。


「……ブラジルになりました」

担任の藤岡三保先生の声で我に返った。

ブラジル？

いったい何の話だ？

誰かに訊こうと思ったら、チャイムが鳴った。

「この後は、放送始業式です。皆さん、姿勢を正して、礼」

黒板の上に取り付けられたスピーカーから校長先生の声が聞こえてくる。ブラジルが何だったのかは、結局分からずじまいのまま、校長先生の話も、また耳から抜けてゆく。

陽太にはこういうことが、よく起こった。何かを考えたり、思い出したりしていると、時間がワープしたみたいに飛ぶのだ。その結果、現在進行形の話題についていけない。

教室の窓側最後列の陽太の席からは、校庭を見渡せる。そこに、誰かの親と思われる大人たちがちらほらと佇《たたず》んでいるのを見つける。珍しく、幼児たちが小学校の校庭にいて、走り回ったり、ブランコを漕いだりしているのを見て、なんでだろうと思ったあとに、ああそうか、今日は防災の日の、引き渡し訓練があるのだ、と気づく。

数年前までは校庭で始業式をしたあと、そのまま引き渡し訓練だったのだけど、夏が暑くなりすぎて、朝礼だけじゃなく、始業式も放送になったし、去年から子どもの引き渡しは教室で行われることになった。だから、あの人たちはもうじき学校の中に入ってきて、子どもたちと帰るのだろうなあと陽太はぼんやり見下ろしていた。

机の上に紙を置かれた。前の席の子から回ってきた。

白紙の藁《わら》半紙だ。何の紙だろう。陽太は周りをきょろきょろする。

「せんせー、お見合いでやるんじゃないんですかー？」

中央の席に座っている前田香奈枝が大きな声で藤岡先生に訊いている。いったい何の話だろう。陽太はついていけない。

担任の先生も、陽太がついていけないうちに、入れ替わっていた。前の幾田先生は、陽太とあまり目が合わなかった。今の藤岡先生には、いつも見られている気がする。陽太がひとりでいると、近づいてきて、「どう？」とか「大丈夫？」とか、訊いてくる。どう答えればいいか分からないから、口の中でもごもご舌を回す。放っておいてもらいたい。他の子と同じようにしてほしい。幾田先生はそうしてくれていた。

「はい、前田さん。皆さんもいいですか。ちょっと聞いてくださいね。一学期にアンケートを取ったの覚えてますか？」

先生が問うと、

「覚えてないし」

前田が言う。

初めて前田と同じクラスになった時、この人は先生に対してどうしてこんなに強い感じで喋るのだろうと陽太は思ったのだけど、今は慣れてしまって、何とも思わない。前田はこういう喋り方をするのだ。陽太は前田の声が、澄んでいてきれいだと思う。

「取りました。席替えを、くじ引きにするか、お見合い制にするか、のアンケートでしたが、くじ引きの希望者のほうが多かったので、今回の席替えはくじ引きになりました」

「ええー!?　まじー!?」

瀬野敏が大きな声を出し、それが引き金となったように、教室が騒がしくなった。

お見合い制というのは、最初に男子が全員教室の外に出て、女子がそれぞれ列の右側の好きな場所に座り、次に女子が全員教室の外に出て、男子がそれぞれ列の左側の好きな場所に座る。そこにさきほど席を決めた女子が戻ってきて、誰が隣の席かがいっぺんに分かるというやり方だ。三組では五年生の時からだいたいいつもこのやり方で席を決めていた。前田と見村はいつも前後の席だったり、最前列にはいつもほのかが座っていたりと、固定化されていた。

「ですから、今日は先生が抽選して決めますが、その前に皆さんにＮＧポイントだけアンケート調査をしておこうと思います」

先生が言うと、「ＮＧポイントだって」と誰かが言い、くすくすくすと忍び笑いが広がる。何がおかしいのか、陽太には分からない。

「ＮＧポイントっていうのは、たとえば、視力がちょっと落ちているからなるべく前のほうの席がいいとか、あとは……」

先生はほんの一瞬、言いよどむように唾《つば》をのみ、

「たとえば、私はいつもこの子の近くにいるから今度は別の友達を作ってみたいとか、僕はこの子の近くの席だとちょっと頑張れないなとか、そういう、ちょっとしたアレ、あるでしょう」

「ちょっとした、ア・レ」

お調子者の瀬野が真似をし、くすくすくすと笑いが広がる。先生は相手にせず、

「そういうことも、今配った紙に、書いてくれれば考慮します」

一気に言った。そして、まだざわついている教室に、

「じゃあ、今から書いてください」

と声をかける。間髪をいれずに、

「書くことないよねー」

前田が大きな声で言う。

実際、ＮＧポイントを書く子はほとんどいなかったようで、皆次々に立ち上がり、先生の席へ紙を持って行った。立ち上がったついでに他の席の友達のところに行ったり、教室の後ろでふざけだしたりする子もいて、教室は休み時間のようになってしまう。

陽太は周りのことは気にせず、自分の紙に、ゆっくりと、席替えのＮＧポイントを書いた。大切なことだと思ったから、きちんと書いた。だから、提出するのが最後になった。

その紙を持って立ち上がり、教卓へと歩いてゆくと、耳の後ろで「早くやれよ！」と誰かが誰かを急《せ》かすような声が聞こえた気がした。

次の瞬間、陽太の手の中にある紙に、誰かの手がのびてきた。紙をひっぱられかけて、陽太はびっくりし、瞬間的にその手を払いのけた。すると、その誰かは陽太に押されたかたちになって、ゴンっと鈍い音を立てて倒れた。尾辻文也だった。

「なんだよ、だせェ！」「コケてるし！」

すぐ近くにいた小磯利久雄や瀬野敏が、倒れた文也を見て笑う。そして、文也の様子など気にせず、

「武市、何書いたんだよ」

「NGポイント、見せろよ」

と、陽太の紙に手をのばした。

陽太が、倒れている文也を見おろして立ちつくしていると、瀬野敏がその手から紙をもぎとった。陽太の紙を見た瀬野と小磯は、なんだ、という顔ですぐに返した。陽太が書いていたのは、「ぼくはうしろを希望します。理由は、ぼくは背が高いので、ぼくが前になると、うしろの人たちが黒ばんを見にくくなるから」というものだ。それは、陽太にとって、大事なNGポイントだ。以前、陽太が前から二番目の席になった時に、後ろの席の子に、なんども「見えない」「死ね」「消えろ」などと囁《ささや》かれ、背中に定規の角をあてられ、ちくちくやられた。あまりにしつこかったので、たまりか

ねた陽太が後ろの子の机を押して「だまれ！」と怒鳴ったら、その子が椅子から倒れてしまい、陽太だけ校長先生に呼ばれた。謝る母さんの姿を見て以来、陽太は絶対に、一番後ろの席を希望している。

小磯と瀬野は、陽太の紙の内容に落胆したようで、どこかに行ってしまった。

倒れた文也に近づいたのは、ほのかだった。

「尾辻、大丈夫？」

宝田ほのかは、いつも、ちゃんと心配する。そのことに陽太は安心する。困っている人を見ると、どこからか、すぐに現れて、心配をするほのかは、先生みたいだ。

文也は頭をおさえてゆっくり立ち上がり、ほのかを無視して、陽太に「大丈夫、大丈夫、ごめん」と笑顔を見せる。クラスで一番大きな陽太は、立ち上がった文也よりも、まだ頭一つ分大きくて、文也の華奢《きゃしゃ》な首がささえる頭のてっぺんに血がついていたり、コブとかができていたりしてないか、注意深く見た。見つめる陽太に文也は、少し不安そうな顔を見せて、「だから、ごめんって」ともう一度謝る。「ねえ、保健室に行ったら？」ほのかが、文也に声をかけてくれたので、陽太はほっとした。

陽太はその場を離れ、ＮＧポイントを書いた紙を先生に渡しに行き、「文也くんが、頭を、打ちました」と先生に報告をした。

先生は、眉《まゆ》をひそめ教室を見渡して文也を探した。先生の視線を辿《たど》るように、陽太も文也を探した。文也は結局保健室には行かず、小磯や瀬野らと戯れている。元気そうな様子を見て、陽太はほっとした。「大丈夫みたいね」先生は言い、皆から集めたNGポイントの紙をとんとんとまとめると、教室から出て行った。

それからしばらくしてチャイムが鳴り、次の時間は引き渡し訓練だ。すでに教室の入口に、お迎えに来たお母さんたちがずらりと並んでいる。数は少ないけど、お父さんやおばあちゃんらしき人もいる。並んだ順番に、彼らの子どもの名前が呼ばれ、いちおうは形式的に名前と顔を確認して、サインをしてから引き渡される。そういうシステムだから、この日はけっこう遅くまで帰れない。

迎えの来ない陽太が最後まで学校に居残ることになるのは毎年のことだ。四年生まで学童保育に通っていた子たちが、だいたいみんな居残りメンバーで、もう慣れっこなのだった。

でも、その日は違った。教室の入口から、ひょっこり、母さんが顔を出したから。

「あれ!?」

陽太は、びっくりして立ち上がった。

陽太の素《す》っ頓狂《とんきょう》な声に、前の席の子たちが一斉に振り向いて、くすくす笑った。一番前の席に座っている宝田ほのかも、こちらを向いて、笑みをこぼした。でも、いちばん笑っていたのは母さんだ。ふくふくとした丸顔の母さんが、満面の笑みで「陽太ー！」と大きく手を振ると、笑い声はいちだんと大きくなった。だけどもみんなの笑い声が陽太には聞こえていない。母さんが来た。母さんが来たのだ。

「はーい、みんな静かに。では、武市さん、お母さんがいらっしゃったから、前に来てください」

先生に言われて、「はい！」と大声で返事をし、陽太は立ち上がる。これまで毎年、他の子たちがそうしていたように、教室の入口に行き、「武市陽太です」と名乗る時、陽太の心はくすぐったかった。

母さんが、先生の持っている名簿にサインをする。こうして、初めて陽太は正式に、引き渡し訓練で引き渡された。

「ビックリした？」

校門を出た母さんが、面白がるように言った。

「ビックリしたよ。だって母さん、来るって、言ってなかったじゃないかー！」

そんなつもりはないのだけど、びっくりしすぎていたから、つい大きな声が出た。

「ちょっと、ちょっと」

耳をおさえるようにして少し身をかがめながら、母さんは笑って、

「ごめんね、驚かせちゃって。母さん、さっき急に思いついて、お休み取っちゃった。夏のあいだ、頑張ったんだから、たまにはいいよねえ。いっしょにお昼ご飯を食べよっか」

「え⁉　いいの⁉」

「いいよ。このまま吉星《きちぼし》に、ラーメン食べにいこう」

「え⁉　でも、ランドセル背負ったままでいいの？」

陽太が訊くと、母さんの目が糸みたいに細くなった。

「ほんと、陽太は真面目だねえ。母さんと一緒なら、どこで何したっていいんだよ」

「それじゃ、今日はすごくいい日だねえ！」

陽太が言うと、

「うん。母さんも今日は陽太と過ごせて、いい日だな」

母さんが笑った。

温度計を見なくても、35度はゆうに超えているだろうと分かる暑さだ。数字を確認したい気もしたが、温度計を取り出さなかった。住宅地の中、母さんと手をつないで、日陰を探しながら歩いた。うるさいくらいの蝉の声。点描画を描く時に、蝉の種類に

ついても説明を添えようと思って、図書館で調べたことがある。ミーンミーンはミンミンゼミ、じじじじじじじ言うのはアブラゼミ。おーしーつくつく、おーしーつくつくって妙に耳に残る変な啼《な》き方するのがつくつくぼうしだ。

夏色の葉は太陽を受けて眩しく光り、同じ色が陽太の心いっぱいに広がって、隅々まで満たした。

　その日、夜ご飯を食べ始めた時に、電話が鳴った。

電話に出た母さんは、最初は明るく喋っていたけれど、だんだんと声色が低くなった。陽太は途中まで、母さんの味噌《みそ》汁が冷めてしまうことが気になっていたけれど、

「すみませんが、息子の言い分を聞きたいので」

と母さんが言うのを聞いて、はっとした。自分のことが話されていると分かったからだ。

　電話を切った母さんの顔は、少し白かった。

「陽太、今日、文也くんに何かした？」

と、母さんが陽太を見て言った。

陽太は最初、何のことを言われているのか分からなかった。ぽかんと口を開けたま

ま、母さんの顔を見た。母さんは怒ってもいないし悲しんでもいなかった。当惑した顔だった。

「ああ、そうか。うん。分かった。あの時のことだと思う」

思い出して、陽太は言った。

「あの時って？」

「文也くんが、頭を打った、と思う」

「そうよ。病院に行ったんだって」

「病院に!?」

「家で吐き戻しちゃって、夕方病院で検査をしたそうよ」

陽太は怖くなった。ゴンっというあの鈍い音を思い出した。間近でそれを聞いたのは陽太だった。

「陽太がやったの？」

「うん」

「どうしてそんなことを」

「おれ、あの時は、おれ、おれ……」

「おれ？」

「だから、おれが手でこうやって、NGポイントの、書いた紙を取られそうになって、それで、文也くんが……。ああ、やっぱり、文也くんは頭を打ってたんだ。あの時、ゴンって。おれ、聞いた。ゴンって、音がしたから、おれ、おれ……」

喋りながら、あれがやってきたと陽太は思った。

心の奥を火掻き棒でぐるぐるにかき回されて、どうしようもなくなる、あの感じ。心臓が止まらなくなるくらいに鳴り出すと、陽太はいつも「あれ」に包まれる。口をぱくぱくさせる。透明な綿みたいなものが喉《のど》の奥に入ってくる。息が苦しくなる。

「おれ、おれ、お、れ、は……」

「陽太、大丈夫だから。大丈夫だから落ち着いて。文也くん、検査して診てもらったら、問題なかったって。大丈夫だったって。だから、安心して」

体中から力が抜ける気がした。

「陽太にはたぶん陽太の事情があったんだよね。でも、文也くんが痛かったことはたしかだから、『わざとじゃないけどごめんなさい』しに行こうか」

「うん」

「陽太、文也くんのおうち知ってるよね？」

「知ってる。だけど、母さんは……」

今日は工場に行くはずだ。

陽太は心配になった。母さんはふだん、昼間はスーパー、夜はパン工場で働いている。前に一回、工場をクビになりかけた。陽太がインフルエンザにかかって、母さんにも感染してしまって、それで母さんが一週間以上休んでしまったら、そのあいだに工場長が他の人を雇ったのだ。あの時は、母さんの仲間の人たちが工場長に掛け合ってくれて、母さんのクビを撤回した。

「ああ、仕事なら大丈夫だよ。母さん、文也くんにちゃんと謝って、陽太をここまで送り届けて、そのまますぐ自転車でぴゅーっと行けば間に合うから。さ、すぐに出よう」

母さんが言い、陽太も、まだ半分しか食べていなかったけど、食欲がなくなっていたから、そのままに文也の家に行くことにした。

陽太の自転車のライトが壊れたままだったので、母さんがママチャリを押し、その横を陽太が歩いて行った。

今日は二回も母さんと歩いている。学校からの帰りと、文也のうちに行く今。だけど、心の様子がぜんぜん違う。学校の帰りはスーパーボールみたいにいつまでもいつまでも弾んでいるようだった心が、今は漬物石より重たくなった。母さんは途中まで

何も言わなかったけど、急に、

「文也くんを押してしまった理由を、陽太の言葉で、ちゃんと言うんだよ」

と言った。

陽太は、うん、と頷いた。

人に待たれて、喋る時、陽太の心には「あれ」がくる。喋ると、だいたい失敗するのだ。

だけど、ちゃんと言わないと、母さんがきっと困る。

尾辻文也の自宅は、夏のあいだに陽太が通った火の見やぐらのある公園を囲むようにしている公団住宅の棟の一つだ。自転車だと五分だけど、歩いていくと十五分くらいかかるし、途中で坂もあるから、少し疲れる。

チャイムを鳴らすと、尾辻文也のお母さんがびっくりした顔で出てきた。

「あら、やだ、武市さん。何も来てくれなくても。夜勤でお忙しいんでしょう」

文也のお母さんは甲高い声で言った。

「ほら、文也、いらっしゃい。武市くんが謝りに来てくれたわよ！」

文也のお母さんがなかのほうに声をかける。廊下の引き戸ががらがらと開いて、文也が現れた。テレビの音がして、お父さんもいる気配がしたけど、こっちに出てくることはなかった。

文也は、文也のお母さんの横に立ったけど、そっぽを向いていた。陽太の母さんがその視線に合わせて少し身をかがめ、

「文也くん、痛かったのね。ごめんね」

と謝った。文也は、「大丈夫です」とほそい声で言った。陽太のほうを見ようとしない。陽太は自分も謝ろうと思うのだけど、タイミングがつかめなくて、ただでくのぼうのように立っている。

「もう大丈夫ですから、遅いですし、お引き取りください。今日はわざわざ来てくださって……」

と、話をまとめようとする文也のお母さんを、母さんが突然さえぎった。

「あのね、文也くん。陽太は今日のこと、何が起こったのかおばさんになんにも詳しいことを話してくれないの。文也くんに、どうしてこんなことになったのか、おばさん教えてもらいたいんだ」

文也のお母さんがかすかに顔を引きつらせるのを陽太は見た。文也も困った顔をして、自分のお母さんを見る。お母さんの顔が引きつっているのを見た文也は視線を落とし、それきり何も言わなくなる。

数秒の沈黙の後、

「あの。武市さん。うちの子が何かしたって言うんですか？」

と、文也のお母さんが、硬い声で母さんに訊いた。

「いえ。そういうことじゃなくて……」

慌てたように母さんが言う。

「失礼ですけど、うちの子こんなチビですから、お宅の息子さんみたいな大きなお子さんに、怖くて何もしやしませんよ。そうでしょう？　文也」

文也は青ざめた顔のまま身じろぎしない。母さんが、

「そういうことじゃないんです。陽太がどうして文也くんの頭に怪我をさせたのか、その原因を知りたいんです」

と言う。

「原因？　そんなの、自分のお子さんに訊けばいいでしょう」

「陽太。言える？」

母さんが、陽太の背中に手を添える。

「文也は、おたくのお子さんに突然押されたって言いましたよ。何もしてないのに、押されたって」

母さんが陽太を見た。母さんの目は陽太に、言って、と告げていた。違うなら、言いなさい。

どうして、文也くんに怪我をさせてしまったのか、その時のことを。

「あれ」がくる。呼吸が速くなる。

陽太の心が攪拌《かくはん》されていく。痛みと痒《かゆ》みの間のような、ごわごわした感触が、胸をかき乱す。舌を誰かの太い指でつままれているようで、言葉を発せない。

「お子さんを信じることも大事でしょうけど、武市くんは昔から時々急に暴れることがあるっていう話も聞いたことがありますよ。一組のお母さんから、三組は学級崩壊気味らしいなんて言われているようだし、いっそ、授業を交代で見学しようかって話も出てるんですけど。武市さんは何曜日なら学校に来られるんですか」

文也のお母さんが、母さんに訊いた。母さんが困っている。

「ごめんなさい、わたし、平日はちょっと……」

「一日くらいご都合つけたらどうですか。こんなことが起こって、お子さんのご様子を見てみようと思わないんですか」

母さんが項垂《うなだ》れる。たまらなくなった陽太は、大きな声で、

「ご、ご、ご」

と言うけれど、言葉を続けられなくて、ごめんなさい、が言えなくて、ご、のまま口が回らない。

母さんはスーパーの鮮魚売り場で働いている。平日に休みを取るのは難しい。

文也が、

「おれ、もう、痛くないから！　痛くないから！」

と、急に大きな声を出す。

「もう、ぜんぜん痛くないから。もう、やめてよ、こういうの！」

文也の両目からぽろぽろ涙があふれていくのを見て、陽太は戸惑う。どうして文也くんは、もう痛くないと言いながら、こんなふうに泣くんだろう。陽太は文也が可哀そうになる。

「母さん、ヘマしちゃった」

文也の家からの帰り道。火の見やぐらのある公園沿いの大通りを陽太と二人で歩きながら、母さんが言った。

街灯に照らされた母さんの顔が黄色っぽく光り、うすい影がのびていた。母さんの声は、思いのほか明るかった。

「文也くんのママの前で、文也くんにあんなふうに訊くんじゃなかったね。それに、ふつうはこういう時、手土産とか持ってくんだろうなー。母さん、馬鹿だからさ」

「母さんは、おれ、母さんは……」母さんは馬鹿じゃない！

「でもさ、陽太。何があったかを陽太が言ってくれないと、母さん、納得できないよ。陽太が、何の理由もなく、文也くんを押したりするわけないんだもん。そんなこと、絶対ないって、母さん知ってるから、納得できないんだよ」

陽太は真っ黒い地面を見ながら歩く。温度計を取り出したけど、暗くて数字がよく見えない。

　街灯の下でようやく見えた。27・3度だ。夜になれば、必ず涼しくなる。

　そのあとは二人とも黙ったまま、アパートまで歩いた。アパートの前で、母さんはママチャリにまたがると、陽太に言った。

「それじゃあ、母さん仕事に行くからね。ちゃんと中から鍵をしめて、お風呂《ふろ》に入ったら、湯冷めしないうちに寝るんだよ」

　夜でも汗ばむくらいの陽気なのに、湯冷めをするなと母さんは言う。

　ママチャリに乗って工場に向かってゆく後ろ姿を陽太はしばらく見つめていた。母さんの姿はみるみる小さくなって、夜の中に消えていった。

　陽太の心の中に、自分で説明することのできない、淡くて重たい痛みが生まれる。もう何百回も、ひとりで夜を過ごしている。寂しくなんかないし、六年生なのだから、悲しいことも、怖いこともないのに、陽太はなぜか苦しいのだ。胸の奥に何かがつっかえているようで、呼吸が速くなっている。

　母さんはふだん、昼間はスーパーの鮮魚売り場で魚を切ったり、パックに詰めたりしている。真夏でもカイロを貼って働かなければならない、すごく寒い場所だという。でも、以前やっていたレジ打ちよりも若干「時給」が良いそうだ。

　今日はスーパーの仕事をお休みしたけど、いつもは夜の六時までそこで働いている。いったん帰ってきて、陽太と一緒にご飯を食べて、陽太が寝る時間にまた家を出て、ママチャリでパン工場へ向かう。陽太が寝ているあいだにも、母さんは働く。

　パン工場の仕事は、日によって違うそうだ。何百個、何千個というパンの頭にゴマをひたすらふりかけ続ける日もあれば、ひたすら袋詰めをし続ける日もある。その日によって担当する仕事が違うみたいで、ラッキーな日と、アンラッキーな日がある。母さんは、鮮魚売り場の仕事より、パン工場の仕事のほうが好きみたいだ。友達もたくさんいるみたいだ。けっこう楽しそうに、パン工場の仕事のことを話してくれる。

　たくさんの人たちが並んでせっせとパンを作っているさまを想像すると、陽太は愉快な気持ちになった。ころころしたパンができあがっていく。いいにおいがしそうだ。でも少し前、リーダーの人が厳しくなって、パンの持ち帰りがだめになったと言っていた。母さんが明け方に持ち帰ってくるパンから選んで朝ご飯にするのが好きだったから、その話を聞いてがっかりした。だけど、深夜働くようになって疲れてしまった母さんを見ていたら、とてもじゃないけど、そんな些末《さまつ》ながっかりを伝えられるわけがない。

翌日、いつものように一人で起きて、ソーセージパンを二個、牛乳と一緒に食べて家を出た。

同じ部屋に寝ているから、陽太の目覚まし時計が鳴れば母さんもむにゃむにゃと目を覚ます。だけど、母さんは工場から戻って寝たばかりだから、陽太と一緒に起きるのはきつそうだ。以前はいっしょに起きて朝ご飯の支度をしてくれたけど、今はもう、陽太ひとりでパンくらい食べられる。陽太は、母さんには少しでも長く寝ていてほしいから、朝はひとりで全部やる。

その日は、朝の会で、先生が、新しい席順が書かれた紙を全員に配付した。あちこちで歓声や悲鳴のような声が同時にあがる。

「コンピュータのくじ引きで決めました。この通りに席を移ってください」

　先生が言った。

　陽太の席は一番前だった。

「先生」

　陽太は手を挙げた。陽太が皆の前で発言するのは珍しいことだったので、注目が集まったが、陽太の言いたいことは分かっているとばかりに、先生は深く頷くだけで、発言を聞こうとしなかった。

「武市さん、まずは席を移してください。それから、あとで先生のところに来てください」

　と先生が言ったので、陽太は仕方なく手をおろした。

　そのあと、机と椅子を移動させる時間になった。皆が同時に動いたため教室はしばし騒がしく、埃《ほこり》が舞いあがった。やがて新しい席配置が完成した。

　陽太の隣は前田香奈枝だった。

「一番前とか、マジ最悪」

　前田香奈枝は、吐き捨てるように言った。陽太は黙っていた。前田は、反応しない陽太に対してもため息をついた。前田が不機嫌な表情をしているので、陽太は少し居心地の悪さをおぼえた。陽太の後ろは松丸颯介、斜め後ろの席は増井智帆、どちらともほとんど喋ったことがなかった。

席替えを終えてから陽太が先生のところに行った。

さっき、陽太の言いたいことは分かっているというような顔をしたわりに、先生は、

「何ですか」

と陽太に訊いた。

「お、おれの、NGポイント……」

と言って陽太は口ごもった。

「武市さんのNGポイントは？」

先生が先を促す。

「おれは、後ろの席がいいって、おれは」

「武市さんは後ろの席が良かったんですよね。そのNGポイントはちゃんと読みましたけど、コンピュータのくじでやったら、今の席になったの。一番前だけれど、端だから、黒板を見る時にみんなの邪魔にはなりませんよ。大丈夫です」

たしかに、陽太の真後ろの松丸の席からも黒板は見える。それならば問題はないだろうと陽太は安心し、その場を去ろうとした。

すると、

「武市さん」

と、厳しい声で呼ばれた。

陽太が振り向くと、

「こういう時は、何かひと言、先生に言おう」

と先生は言った。

怒っている顔ではなかった。そう言わなければならないと決めて言っているような、少し疲れた顔をしていた。陽太は、「こういう時」に何を言えばいいのか分からなくて、困惑した。先生が、

「『分かりました』とか、『ありがとうございます』とか、何でもいいからコミュニケーションを……コミュニケーションっていうのは、つまり、相手に自分のことを伝えることです。『分かりました』」

と、最後の言葉を、陽太に言うように促した。

「分かりました」

陽太はそのまま返した。

「これからも、ちゃんと言いなさい。人に伝えなさい。言えるんだから」

先生は陽太の目を見て言った。

どうして急にそんなことを言われたのだろうと、陽太は思う。昨日の夜、工場に行く前に母さんが言っていたことに重なっているけど、母さんが先生に連絡をする時間はなかったはずだ。

その日の授業がすべて終わり、陽太はいつものように石を蹴りながら歩いて帰った。なるべくまっすぐに石を蹴ることが大切だ。石の形状と、道路の傾斜と、障害物の有無とを見定めながら、ほどよい強さで蹴ってゆく。

途中まではうまく力を抑制しながら蹴っていたのに、突然、足に変な力が入ってしまった。石が右方向に曲がって跳ね、弾み、通りに面した集合住宅の門に当たった。

石のほうへ歩みよると、通りに面した集合住宅のごみ捨て場が陽太の目に入った。おそらく収集しそびれたものだろう、紐で結ばれ、束になった新聞紙が、ぽつんと一つある。陽太はしばらくそれを見ていたが、周りに人がいないことに気づいて、紐をひっぱり、少し緩めて、中から新聞のチラシの束を取り出した。

「君」

と、後ろから呼ばれた時、陽太ははっとして、取ったチラシを取り落としそうになった。ごみとはいえ、泥棒したことを怒られるのだろうと思ったのだ。

「君、君」

しかし、陽太を呼ぶ声はやわらかかった。その人は怖い顔をしていなかった。おまけに、知っている人だった。

「このあいだ、折り紙クラブの新歓に来てくれてた子だよね」

そう言われ、はっきり思い出した。陽太のところまで歩いてきた、もじゃもじゃした頭の男の人は、このあいだ大学Ｂ棟の１０５号室にいた三人の中のひとりだ。

もじゃもじゃ頭は、陽太がチラシの束を取ったことについては、特に気にもしていないようで、

「あの時はごめんね」

と、謝ってくる。

「あのあと、サークル内で話し合ったんだ。っていっても、あの三人しかサークルの会員はいないんだけどね。それで、君みたいな小学生とか、もっと地域の人とか向けに、折り紙を教える方向にシフトしようってことになったんだよ。それでさ」

もじゃもじゃ頭は肩から下げていたビニール製のバッグを開けて、中をごそごそと探し出す。

「あれ？　おかしいな。どこに……」

バッグの中で探し物が迷子になってしまっているようで、もじゃもじゃ頭は首をかしげながら、片手をせわしなく動かしている。小学生の陽太を前に、ちょっとしたパニックに陥っているもじゃもじゃ頭は、体は大きいし、立派な大学生のはずなのに、まるでおれと同じ子どもみたいだと陽太は思った。

「見つけた！　これだ！」

もじゃもじゃ頭はバッグの底から、くしゃくしゃになった紙をひっぱり出した。

「これ、まだ試し刷りなんだけど、日時と場所は変わらないから。良かったら、来てよ」

と言って、もじゃもじゃ頭が陽太にプリントを渡した。

折り紙探検隊

魅力あふれる折り紙の世界を一緒に！

初心者から上級者まで、楽しみながら作りましょう。

材料費込１００円。９月７日　午後２時から　大学Ｂ棟　１０５号室

☆ご近所の小学生も大歓迎！

「折り紙探検隊……」

「ああ、そうそう、改名したんだよね。『ＯＬＩエンタル・ファンタジー』って、はっきり言って、何やってるか分かんないって意見が出て。今度は子ども受けも狙って、『折り紙探検隊』。まあ、『折紙探偵団』のパクリっぽいけど」

「小学生も大歓迎！」という文字を、陽太はじっと見つめている。

「武市！」

遠くから、陽太を呼ぶ声がした。

振り向くと、少し離れた四つ角のところに宝田ほのかがいた。彼女に話しかけられたのは久しぶりだったし、とても大きな声だったから、陽太はびっくりした。

「武市！　いっしょに帰ろう！」

ほのかは、遠くから、叫んだ。

もじゃもじゃ頭はにっこり笑って、

「良かったら、あの子とかも誘って来てね」

と言うと、「じゃ」と軽く手をあげて、その場を去った。

入れ違いにほのかが陽太に向かって走ってきた。陽太は逃げ出したいような気分になる。ほのかが怒ったような顔をしていたからだ。

「今の人、誰？　なんて言われたの？」

陽太のそばに来るなり、ほのかは息せききって訊いた。

陽太は黙ったまま、もじゃもじゃ頭がくれた紙をほのかに渡そうか迷っている。折り紙を、彼女がどう思うか分からなかったからだ。

「知らない人と喋っちゃいけないんだよ」

厳しい顔でそう言われ、ようやく陽太は合点がいった。同時に、もじゃもじゃ頭について誤解を解かなければならないと思った。

「いや違う。あの人は折り紙の人だ。おれが、夏休みに、折り紙探検隊の場所に行ったから、覚えててくれただけ」

自分でもびっくりするほどすらすらと説明できた。

「折り紙？　探検？」

ほのかの目に好奇心の光がともる。

その表情を見て、陽太は言いたくなる。

「これ」

もじゃもじゃ頭がくれたチラシを広げる。

ほのかが食い入るようにしてチラシを見ているのを、ちょっとくすぐったいような思いで見る。

そこには、いくつかの折り紙作品が印刷されている。白黒の印刷だけれども、ネズミ、ゾウ、そしてこの間の看板で見たドラゴン。かたちがしっかり分かる。ほのかは折り紙の作品をどんなふうに思うのだろう。

「今の人、折り紙を教えている人だったんだ。変な頭だったし、不審者かと思ったよ。武市は土曜日、ヒマ？」

「土曜日……」

「この折り紙のやつ、行くんでしょ？　武市が行くならうちも行く。これ、作ってみたいし」

ほのかがネズミを指さして言った。

折り紙をばかにしなかった。行くとも言ってくれた。じんわりとうれしさが湧いてくる。

「おれ、行く」

陽太が言うと、

「じゃ、決まり。土曜日の一時五十分に大学の中庭集合だよ。ちゃんと、百円持ってきてね」

ほのかはまるでふたりのリーダーのように言う。

陽太はうれしい気持ちを顔に出しすぎないよう気をつけた。

帰宅すると、陽太は家でくす玉の続きを作った。集合住宅のごみ捨て場で拾ったチラシを、折り紙と同じ大きさに切って、それで残りの円錐形の部品を作ったのだ。

全部で三十四個の百合形円錐を組み合わせて、針と糸でつなぎ合わせる。この作業がけっこう大変だった。針で紙を破ってしまったら、全部やり直しだ。チラシを切り取って、正方形の折り紙もどきを作るところから始めなければならない。三十四個必要なところを、孔《あな》開けに失敗して、五十個近く作るはめになった。

ようやくできあがった時、陽太はひとりでガッツポーズをした。ガッツポーズって、しようと思ってするんじゃなくて、自然としてしまうものなのだ。

ところどころにチラシの百合が入ってしまったので、色味は少しちぐはぐだけれど、丁寧な陽太の指がなしたくす玉は、部品のひとつひとつがきっちりとし、合わさると見事な球形だった。サッカーボールよりもひとまわり小さな、まんまるいくす玉は手の中で軽やかに、あたたかかった。

陽太は月曜日にこれを学校に持っていこうと決めた。自由工作として、提出するのだ。ほのかに見せたい。他の皆にも。できれば教室の天井から吊るしたいと思った。くす玉がぽっかり浮かんでいる教室は、きっと愉快で、素敵なはずだ。陽太は台所からタコ糸を探し出し、必要な長さに切ると、くす玉の中心部に、慎重に慎重に孔を開けて、タコ糸を二重にして通した。

陽太のくす玉を見た母さんの反応は、陽太の予想を上回るものだった。

スーパーの仕事で疲れていたはずの母さんが、目をまるくして、まるで子どもみたいに飛び跳ねたのだ。

「すごいよ！　陽太。こんなにきれいなくす玉が作れるなんて！」

「これを、教室の天井から、下げるんだ」

「へえ！　そんなことができるんだ。陽太はアイデアマンだ！」

そう言って、母さんは携帯電話のカメラで、陽太のくす玉をぱちりぱちりと何枚も写真に撮った。

くす玉だけじゃなく、陽太も一緒に撮りたがるから、陽太は恥ずかしい。「笑って」と言われるたび、口元が引き締まってしまう。途中で母さんが陽太をくすぐろうとし、陽太はくす玉をかばって肩をまるめる。

「だめだよ！　これ！　すぐに壊れちゃうから！」

それでも笑わせようとくすぐりの手をのばしてくる母さんに、陽太は真剣に抗議する。母さんは、ごめん、ごめん、と言いながら、それでも何枚も、陽太の写真を撮ろうとするのだった。

久しぶりの折り紙に熱中したよろこびがまだ指先に残っていて、陽太はもっとたくさん作りたいと心から思った。

翌日は、チラシに載っていたドラゴンを見よう見まねで折ってみようと思いついた。折り目を観察してから、まだ余っている新聞チラシの中から少し大きめの正方形を切り出した。そうして、ドラゴンのかたちを想像しながら、折ってみる。とっかかりとして、ばあちゃんに教えてもらった折り鶴を思い出し、そこからどのように足を作り出すのか、考える。

角は？　羽は？　尻尾《しっぽ》は？

実物の写真と見比べながら、試し試しに折ったり、戻したり。だけど、展開図を知らないから、どうしてもうまいかたちに折り出せない。くしゃくしゃのチラシ折り紙は、ところどころ破けてしまう。結局、ドラゴンにはほど遠い、へんてこな三角形もどきしかできない。

ああ、どうやったら、これが作れるのだろう！

折り方を知りたい！

　くす玉作りのおかげで、心の中に折り紙エンジンがかかったようだった。折りたくて折りたくてたまらない。こんなに何かをやりたいと思ったのは、生まれて初めてかもしれない。

　それから土曜日まで、陽太はいつも折り紙のことを考えて過ごした。もじゃもじゃ頭にもらった、折り紙探検隊のチラシを、陽太はことあるごとに広げて見た。ドラゴンの写真は陽太の気持ちを明るくした。アリーの物語を思い出す。アリーとドラゴンは分かり合えたのだろうか。いつもなら続きを知りたくて図書館に行くのだが、折り紙をしたいので、最近は学校から家にまっすぐ帰っていた。

　学校で、余っている計算用紙をもらって、それも正方形に切り出して、折ってみた。いつか、ドラゴンを作りたい。陽太は、できればチラシの中のドラゴンを、裏側からも、真上からも、真下からも、探りたかった。どんなふうにして、このかたちが成り立つのだろう。紙だけで、こんなに複雑でかっこいいものを作れると思うと、陽太はわくわくしながらも、どこか神秘的な気持ちになった。

いよいよ土曜日がやってきた。

陽太は手提げバッグに作ったばかりのくす玉をそーっと入れて、百円玉を片手の中にぎゅうと握り、約束していた時間に大学に向かった。

先に待っていたほのかを見つけるなり、

「これ」

と言って、陽太は手提げからくす玉を出し、見せた。折り紙探検隊の教室まで行くのが待ちきれなかったのだ。

はたしてほのかは、

「うっそー！　すごいじゃん！　武市が作ったの？」

母さん並みに、驚いてくれた。うれしくて、陽太の心はむずむずし、はやくドラゴンを作って、それを見せて母さんやほのかをもっともっと驚かせたいと、心をふくらませるようにして思った。

「これ、自由工作に、出そうかな……」

つぶやくように言ってみたら、ほのかの顔が輝いた。

「ゼッタイ出すべき！　藤岡先生も、びっくりするよ。また、職員玄関の前に飾られるね。だって、超上手だし、こんなの誰も作れないもん」

「宝田さんも、作れる」

「え？　ほんと？　じゃあ作りたい」

「作れる」

「どうやって作ればいいの。教えて」

「これ、三十四枚、折り紙を使う」

「折り紙ならたくさん持ってきたよ」

ほのかが自分のバッグから折り紙を見せた。「教育おりがみ」とかいてある束を見て、陽太は目を丸くする。

「それだけあれば、作れる。けど、部品を糸で、糸でつなぐところが、少し難しい。そこだけ。針が紙を破くから、そこは、気をつけたら」

複雑な説明だったけど、なんとか伝えられたことで、陽太はほっとした。

「じゃあ、糸でつなぐところだけ、武市がやってくれる？」

ほのかに頼まれて、陽太は「わかった」と頷く。

「ありがとう。でも、うちにできるかな。武市みたいに、上手じゃないし」

歩きながらほのかが声のトーンを落とした。

陽太は、ほのかが自信のなさそうなことに戸惑った。

ほのかはクラスの誰よりも頭が良く、授業で誰よりもたくさん発言するし、自分の意見をいつでもしっかり言葉にできるのだ。それは陽太にとって、眩しく清らかな姿だった。

「宝田さんなら、なんでもできる」

「ええー、そんなことないよ。うち、バカだし」

「宝田さんは、なんでもできる」

心をこめて言うと、目の前にいる少女の瞳《ひとみ》の奥に何かが過《よぎ》った。うずまきのように素早い、かすかな光だった。奇跡のような、尊いものを見た気がして、陽太は一瞬、息をのむ。それは、彼女の瞬《まばた》きの中に溶けてゆく。

「じゃあ、やってみる」

光を得たような、少し濡れた目をしてほのかは言った。

「武市、ありがとう」

その言葉を聞いて、陽太は、今日はとってもいい日だと思った。

折り紙探検隊は、夏休みに来た時と、まるで様変わりしていた。

児童館や公民館などにチラシを貼り出していたらしい。たくさんのちびっこや、付き添いのお母さんで賑わっている。

陽太にチラシをくれたもじゃもじゃ頭は、クリスマスパーティのようなぴかぴかした素材の赤い三角帽をかぶっていて、「折り紙のお兄さん」と呼ばれ、子どもたちに慕われていた。もじゃもじゃ頭だけでなく、このあいだいた、背の高い銀縁眼鏡のお兄さんも、ぽっちゃりしたお兄さんも、同じく赤い三角帽をかぶっていて、子どもたちに囲まれている。

ぽっちゃり兄さんは、陽太を見ると、

「おーい、君、この前の子どもだよね」

遠くから手招きしてくれた。近づくと、

「あの時は、なんかショボい企画になっちゃったから、ごめんな。今日は、ネズミを作るコースと、ゾウを作るコースがあるけど、どっちがいい？」

と、この間の不機嫌とは打って変わった明るい口ぶりで訊いてくれる。

「ドラゴン」陽太は言った。「この、チラシの。これを、作りたい」

「えっ、まさかのドラゴン指名。いやあ、これはちょっとまだ無理かもしれませんねえ」

近くにいた銀縁眼鏡が、笑いながら言った。

「なんで無理なんですか⁉」

怒ったように、ほのかが口を挟む。銀縁眼鏡は、

「これはですねえ、見ての通り難易度がけっこう高いんですよ。二百以上の工程かけて作るわけです。イグアナを五体作った私でも、このドラゴンの頭部の仕上げはなかなか手こずりましたから。まあ、作ったは作りましたし、展示会にも出しましたけど、いまいち納得のいっていない出来映えでした」

早口だったし、内容も暗号のように謎めいて聞こえたが、とにかく今の自分の実力では作れないと言われていることだけは分かった。

「じゃあ、この写真のドラゴンはあなたが作ったんですか」

ほのかが、銀縁眼鏡に訊ねると、

「いや、これは私ではないです。私はこんなに仕上げが上手ではなかったので、この作品は、あそこの、彼です」

銀縁眼鏡は、遠くで幼稚園児たちに折り紙を教えているもじゃもじゃ頭を顎《あご》で指した。

あの人が、ドラゴンを作ったのか！

陽太の目に、もじゃもじゃ頭が、急に、眩しく輝いて見えた。

「おれ、いつになったら、作れますか」

陽太は銀縁眼鏡に訊いた。

「いつといいますと、まあ、べつに、小学生でも作れないことはないんですが、仕上げとかは、やはりある程度の経験値が必要だと思います」

「はあ……」

陽太はうなだれた。

「折り紙というのは、折り上げる技術と同じくらいに仕上げが大切だというのが私の考えです」

「てゆうかさ、君は何か複雑系、作ったこととかあるの」

ぽっちゃり兄さんが訊いてくる。

ほのかが、

「あれ、出しなよ」

と陽太を肘《ひじ》でつついた。

「あれって……？」

陽太がまだぼんやりしていると、たまりかねたと見えてほのかが陽太の手提げバッグをひっぱり、そのひっぱり方とはうらはらに、繊細な手つきで、そうっと、陽太が作製したくす玉を取り出した。

「おおー！」

銀縁眼鏡が、大きな声を出し、周りもみんな陽太たちを見た。他の子どもの相手をしていたもじゃもじゃ頭も聞きつけて、陽太のくす玉を見た。

銀縁眼鏡がくす玉を、ほのかと同じく優しい手つきで触り、細部を確認するようにじろじろと見ている。ぽっちゃりが、横から、

「へえ、やるじゃん。このくす玉なかなか難しいやつだ。紐までつけたのか。本格的だな。君、幾何《きか》のセンスがあるかもね。それに、ユニットひとつひとつがすごく丁寧に仕上げられてる。これ、全部、ひとりでやったの？」

と言い、

「小学生でここまでやれるって、なかなかの才能ですな」

銀縁眼鏡も認めてくれた。

もじゃもじゃ頭が、

「複雑系折り紙に興味ある？」

と陽太に訊いてくれた。

「ある！」

陽太は自分でも驚くくらい大きな声で返事をしていた。

「この少年はドラゴンを作りたいということです。あなたがチラシに載せてた、あれ」

銀縁眼鏡がもじゃもじゃ頭に言うと、もじゃもじゃ頭はきらっと目の奥を光らせて、

「あれは、なかなか難しいよ」

と陽太に言う。

「二百工程ですからね」

銀縁眼鏡の言葉に、

「いや、二百七十五工程。しかも、反対側も同じように折るところがあるから、実際は三百五十工程。ドラゴンにもいろいろあるからね。これはかなり難易度高め。でも、まだ甘い。おれ、次は神谷《かみや》哲史《さとし》さん創作の龍神に行こうと思ってるから。龍神は展開図折りで、工程が複雑すぎてよく分かんないレベルだけど、高校の先輩が三か月かけて折った実物を見たらまじで神ってた……」

もじゃもじゃ頭はひとりごとみたいにぶつぶつ言ってから、「まあ、それはいいんだけどさ」と、陽太に向き直り、

「いくら君でも、いきなりあのドラゴンは無理だから、まず手始めに、七十二工程のネズミを折ることを推奨する。そのあと、百工程の笛を吹く人を作って、蛇腹折りに慣れたら、ヴァイオリン奏者やフェニックス。そこまでできて、ようやくドラゴンだ」

「そうか……」

陽太はつぶやく。

順を追って、ちゃんと努力をすれば、いつかは創れるんだ。

「本当に、それって、一枚の紙だけでできてるんですか」

ほのかが訊ねると、

「もちろん。鋏《はさみ》も糊《のり》も使わない。ただ、折るだけで様々なかたちを造形する。それが複雑系折り紙」

もじゃもじゃ頭は、きめ顔だった。

結局その日は、ほのかといっしょにネズミを作った。

ほのかは端と端をきっちりそろえて折るのが苦手で、しかも途中で工程を見失いパニックになって、陽太に数回助けを求めた。できあがりは、ちょっと顔の大きい、かわいいネズミになった。

陽太のネズミは、見本よりきれいだと、ぽっちゃりにも銀縁眼鏡にも褒められた。

すいすいと折ることができる陽太は、その日だけで五匹ものネズミを作ったが、あまりに上手だったので、遊びに来ていた幼稚園児たちが欲しがり、陽太はその子たちに全部あげた。

「折り紙界へようこそ」

もじゃもじゃ頭は、陽太が作ったネズミを見て、そう言った。

あんなにすごいドラゴンを作れる人が、自分のことを認めてくれたと思うと、陽太の心は晴れ晴れとした。おまけに、最初の日は不機嫌だったぽっちゃりが、今はすごくフレンドリーな笑顔を向けてくれて、

「君、折り紙探検隊の正式メンバーな」

と、陽太に言うではないか。正式メンバー。陽太の頬が持ち上がる。

「それじゃ、最初の課題、これ、笛を吹く人の折り図。ちなみに僕のオリジナル作品ね」

「オリジナル作品？」

「自分で考えた作品なんだ。折り紙作家の人たちが創作した恰好《かっこう》いい作品を色々と作

るところから始めて、だんだんと自分で創作することも、やってみてるんだ」

「へえ」

「これは、笛のところが少し細かいし、百工程近くあるから、まあまあむずかしいと思うけど、あれだけネズミを丁寧に折れる君なら、きっと作れるよ」

と、もじゃもじゃ頭は折り図のコピーをくれたのだ。

陽太は、もらった折り図を、宝物みたいに大切に折りたたんで、手提げにしまった。


ほのかと別れてからも、時間はあった。陽太は夕方の図書館へ向かった。

まっさきに二階へ駆け上がり、『紅のドラゴン使いの物語』を探す。

良かった。このあいだ読んだのと同じ場所に、その本はあった。陽太はぐんぐん読み進め、ドラゴンとアリーが、一触即発の会話を経て、ひとまずは行動をともにすることになることが分かると、ほっと息をついた。

その後も、ドラゴンはだいたい不機嫌で、怒りっぽく、何か起これはアリーを疑い、脅すし、時にアリーを砂漠のど真ん中に置いていこうとさえするから、読んでいて陽太は何度もはらはらした。

アリーはアリーでどんなに厭《いや》な目に遭ってもドラゴンを見捨てない。ドラゴンを畏《おそ》れる一方で、ドラゴンが千年以上前に仲間たちに裏切られたことや、皆の犠牲になって黒鱗《こくりん》の病に罹《かか》ったことなどを知る。ふたりは薬草を探す旅に出る。しかしその途中で、ドラゴンは酸の雨に打たれ、弱ってしまう。

アリーはドラゴンを見捨てない。

――おまえは、どうしてわたしを救おうとするのだ。

まだ、疑いの心を捨てきれないドラゴンが、掠《かす》れた声で少年に訊ねる。

――それは、貴方の心が、本当は善いということを知っているから。

アリーがドラゴンにそう告げる場面の途中で、陽太は文字がゆらゆらと滲んでいることに気づいた。

自分が困ったり悲しい目に遭ったりすること以外でも、こんなふうに涙が出るのだと知った。

月曜日、陽太は、自由工作に出すくす玉と、途中まで折った笛を吹く人を手提げ袋に、ほのかからもらった折り紙と、笛を吹く人の折り図をランドセルに入れて、学校へ向かった。温度計は29・3度。すでに暑い。そういえば夏休みの終わりから、一度も雨が降っていない。

毎日、毎日、これだけ暑いのに、いつかは夏が終わるなんて、信じられないことだと陽太は思う。秋がきて、さらには冬になり、同じ場所に、雪がふるなんて。

そんな日が、本当にくるのだろうか。

だけど、毎回、きていたのだ。この温度計が2・2度をしめした日を、陽太は覚えている。陽太が見た中で、2・2度がいちばん寒い朝の気温だけれど、それはたしかにこの目で見たものだ。前の前の冬のもの。いちばん暑かったのは、夏休みのどこかの午後で、37・2度を見た。空気がこんなに温度を変えることが、陽太にはすごく面白くて、怖かった。

学校に行く途中で、麗衣斗と合流した。麗衣斗は平たい箱を手にしていた。

「これ、おれの自由研究。立体迷路」

平たい箱の中に仕切りがたくさんついていて、迷路に見えないこともない。

「トイレットペーパーの芯《しん》を七個使って作った」

「へえ」

「武市は？」

「折り紙で、おれ、くす玉」

「まじで？　それ、おれが、自由工作に出せばって言ったやつじゃん」

麗衣斗がうれしそうに声を高くした。陽太は忘れていたけれど、そういえば、そうだった気もする。

「見せて。見せて」

麗衣斗に興味を持たれて、陽太はうれしくなる。手提げからくす玉を出した。

「すげー、すげー」

麗衣斗は両手がふさがっていたので、くす玉を受け取らず、しきりと感心してくれた。陽太は満足し、そうっとくす玉をしまってから、作りかけで、まだ平面を幾重にも折りたたんだ状態の笛を吹く人も取り出して、

「今は、これ、折ってる」

と言った。

「それも、くす玉？」

「ちがう、笛を吹く人。その次がヴァイオリン奏者で次にフェニックス。フェニックスが作れたら、ドラゴン、の順」

「そういえば今日、うちの親の番だったけど、誰かに変わってもらったって言ってた」

と、麗衣斗が話を変えた。

「なんの？」

陽太が訊くと、

「見張り」

麗衣斗が言った。

「見張り？」

「毎日、親が来てんじゃん。あれの番」

少し顔をしかめて麗衣斗が言う。

言われてみれば、最近はずっと尾辻文也のお母さんや、他の何人かのお母さんが教室の後ろに立って授業を見ていた。学校公開の日ではないのに、どうしてお母さんたちがいるのだろうと最初は少し疑問に思ったけれど、陽太はそのことをあまり気に留めていなかった。

今、「見張り」という言葉を聞いて、陽太の中で初めて何かがつながる。

陽太が文也を押してしまったこと。文也の家まで謝りに行ったこと。その時、文也のお母さんが、陽太の母さんに、学校で子どもを見るように言ったこと。席替えで陽太が一番前の席になったこと。言いたいことがあったらちゃんと口に出して言うようにと、先生から言われたこと。

おぼろげな全体像が見えかける。だけどそれは陽太の中で輪郭を結ばない。なんとなく、心の淵《ふち》に靄《もや》がかかったまま、心の中に沈む。くす玉を見た先生は、なんて言うだろう。そう思ったら、陽太の心は先へゆく。今はただ、くす玉を見た人たちの顔を見たくて、陽太の足は先へゆく。

朝の教室は、子どもたちが持ってきた自由研究や自由工作でいっぱいだ。大きな模造紙に旅行記を書いてきた子や、手作りの椅子を持ってきた子もいる。前田香奈枝は布の手提げバッグを作っていたし、斜め後ろの増井智帆は粘土で作ったお菓子バスケット、松丸颯介は富士《ふじ》登山の体験記だ。

陽太は自分のくす玉を取り出して、紐で持って、ぶらぶらと振り子のように振ってみた。

なんでそんなことをしたのだろう。

おまけに陽太はつぶやいている。

「これ、作るの、大変だったなー。けっこう、時間かかったなー」

しばらく誰からも声がかからなかったから、陽太はもう一度、今度は少し声を大きくした。

「おれの、自由工作、けっこう、時間がかかったなー」

するとようやく「なに、それ」と、隣の席の前田香奈枝が話しかけてくれた。

誰かに話しかけられるのを待っていたくせに、陽太は黙る。

「へー、すごいじゃん、武市。紙でボール作ったんだ」

陽太の手の中から、ひょいとくす玉が抜かれていて、それはすでに、前田の手の中にあった。

「かわいい〜」

と言いながら、前田がぽんぽんと、くす玉を弾ませる。

陽太は焦った。

前田がぽんっとくす玉を放った。前田の友達の飯田麻耶が受け止める。

「投げて、投げて」

前田が面白がるように言い、飯田は戸惑っている。

「だめ、それ」

陽太は言った。

その声は、たしかに前田に聞こえたはずだけれど、前田は陽太のほうを見なかった。

「まやまや！　こっち！」

パスを促すように、飯田に向かって手をあげる。

飯田が前田の声に押されたように、ふっと手首を持ち上げた。

「だめだ！」

陽太は大きな声を出した。

「だめだ！　だめだ！　だめだ！」

陽太は叫びながら飯田に突進した。

だめだ！　だめだ！　だめだ！　だめだ！　だめだ！　だめだ！

背中に誰かの体温を感じ、陽太は我に返った。

机が倒れていた。飯田が泣いていた。先生が、陽太の背に手を添えている。教室がしんと静まり、皆が陽太を見ていた。

いつの間にかくす玉は陽太の手の中にあったけれど、それはすでに前とはかたちが違った。部品の片側がへにゃりと凹《へこ》んでしまっている。陽太はそのことに気づいて、体が熱く震えだしそうになるのを必死にこらえる。みんなの目が体じゅうに突き刺さる。

「武市さん！　飯田さんに謝りなさい！」

藤岡先生が、陽太に言った。

「なんだよ、なんだよ」

「武市がまたキレた」

「あいつ、頭おかしいから」

ひそひそ声。陽太は、ごめんなさい、がどうしても出ない。どうしても、言いたくない。

その時、誰かが言った。

「先生、武市くんの言い分も聞いてあげませんか」

陽太を囲む子どもたちの、その奥のほうから聞こえたのは、おとなの声だった。

顔を上げた陽太は、その人を見て、自分の心がほろほろと崩れそうになるのを感じた。

麦わらさんだった。今日は麦わら帽子をかぶってはいないけど、よく着ている縞々《しましま》の服が同じだし、顔も同じだから、陽太にはその人が麦わらさんだと分かった。このクラスの誰かのお母さんだったのだ。

陽太と目が合うと、麦わらさんは小さく頷いた。そして、まるで自分が陽太のお母さんであるかのような、責任感に満ちた目で、

「ふたりともに、言い分があるんじゃないかと……」

と、ラジオ体操で陽太を褒めてくれた時と同じ、優しい声で言ってくれた。

おとなに言われたら、先生もさすがに無視はできないと見え、

「そうですけど……じゃあ、武市さん。いったい、どうして。何があったのか、説明して下さい」

と陽太に訊いてくれたのだけど、「あれ」がくるから、陽太はやっぱり、すぐには答えられない。麦わらさんの信頼にこたえたいのに、くちびるが震えて、息をちゃんと出せない。そんな自分がふがいないし、喋れないどころか、くしゃっとなったくす玉が目に入るたびに、涙が出そうになってしまう。陽太はぐっとくちびるの裏を嚙《か》んだ。男が泣くのは恥ずかしいこと。それは、何度も何度も、何度も言われてきたことだ。陽太が泣くたび父さんは、おまえの育て方が悪かった、と母さんを怒鳴った。

「じゃあ武市くん、怒ってしまった理由を、おばさんに教えて」

麦わらさんが陽太の前まで進み出てきて、目を見て問うた。

陽太は、ひゅうっと喉が鳴るような音をたてて息を吸ってから、教室のみんなに言うのではなく、麦わらさんだけに、説明をする。

「糸が、取れると、だから、これは常識なんだけど、かたむすびしたけど、糸は弱いから、取れると、ぜんぶだめになるって、分かりきってるのに。それなのに……」

ばらばらになった言葉を必死でかき集め、どうにかつなぎ合わせてゆく。

「でもね、武市さん」陽太をさえぎり、先生が言った。「事情はあるのかもしれないけど、どんな場合でも、手を出しちゃだめでしょう」

「でも……」

「でも、じゃないの！　困ったことや、厭なことがあったら、口で言いなさいって、いつも言っているでしょう！」

先生が急に大きな声を出した。

その声は、陽太にだけ言っているのではなく、麦わらさんや、他の子たちにも聞かせようとするかのように、大きな声だった。

でも……。

陽太は言葉をのみこんで、うつむいた。絶対にだめだ、泣いたらだめだと思っているのに、止められなくて、涙があふれて、上履きへ、ぽたんと落ちた。

「先生」

陽太と飯田を囲む輪の、外側からか細い声がしたのは、その時だった。

尾辻文也だった。

「なんですか？　尾辻さん」

「先生……おれ……」苦しそうに、文也が言う。「おれ、見てたけど、飯田さんじゃなくて、誰かが、飯田さんに、武市のくす玉を投げるように言ってた」

「誰かが？」

先生の眉が持ち上がる。

文也の目が苦しそうに、ちらっと前田をとらえるのを、陽太は見たし、他のみんなも見ていた。先生は飯田に事情を訊くが、飯田は答えず、うつむいたまま、肩を震わせて泣き続ける。周りの子たちが、ちらちらと、前田を見ていることに、先生はもう気づいているはずだ。

「では、いったん終わりにして。飯田さんと武市さんは、二十分休みに先生と話します。はい、じゃあ、みんな席に戻って」

先生が言った。

その時、

「香奈枝！」

麦わらさんが急に大きな声で、前田の名前を呼んだ。

「香奈枝。あなたが飯田さんに、武市くんのくす玉を投げるように言ったの？」

「は？　言ってないし」

前田が嘘をついたので、

「言った！」

とっさに、陽太は叫んでいた。

「言った！　言った！　言った！」

麦わらさんに分かってもらいたくて正直に言ったのに、麦わらさんの目に浮かんだのは、深い悲しみだった。自分の味方をしてくれた麦わらさんが、どうして、こんなに傷ついた顔をするのか、陽太には分からなかった。

教室は静まり返っていた。さっきまでの、キレた陽太をからかうような、ひそひそ話もやんでいた。前田は、これまで見たこともないような、真っ白な顔をしている。

麦わらさんは、陽太の手から、潰《つぶ》れかけたくす玉をそうっと取った。

「ごめんね、武市くん。大切なものを。ごめんなさいね」

そう言いながら、麦わらさんは、指先で紙のふちをなぞるように、そうっと、そうっと、ひとつひとつの百合の花びらの部分を伸ばしてゆく。前田の低い舌打ちが、耳元を掠った。ふんわりと花開くように、くす玉のかたちが戻ってゆく。それは素敵な魔法のようで、麦わらさんの指の中で生き返るくす玉を見ていたら、陽太は、しおれていた自分の心も少しずつ水をのみこんで広がってゆくような気がした。

「これ、香奈枝のおばあちゃんも作ってたんだけど、けっこう手間がかかるのよね。武市くんは本当に上手なのね……」

「武市くんは、大学生からも、折り紙の才能あるって言われてるんですよ」

ほのかが、大きな声で言った。

麦わらさんが「まあ」と声をあげた。大学生、と聞いて、少し空気が変わる。ざわめく教室の中で、いつになく注目を集めている陽太は、みんなに「折り紙探検隊」の話をしたいような、大切な宝物を隠しておきたいような、複雑な気分で、泣き笑いになっていて、

「ドラゴンを作る」

と声に出す。

ドラゴンを、あのすごいドラゴンを、いつか作って、みんなに見せる。麗衣斗にも、宝田さんにも前田さんにも、麦わらさんにも、母さんにも。

陽太の心は、さっきくす玉を投げられそうになったことを忘れていて、今はその思いでいっぱいだ。

「ドラゴン？」

麦わらさんが優しく訊き返してくれた時、チャイムが鳴った。

「朝の会を始めますから。皆さん、席についてください！　今から自由工作を回収します！」

先生が皆に言った。子どもたちが席に戻るざわめきの中、陽太は隣の席の前田の目が真っ赤なことに、気づく。陽太が前田を見つめていると、前田は顔を隠すように、ばたんと机につっぷした。そのまま顔を上げない。

朝の会が始まっても前田は動かない。

先生もなぜか前田を注意しない。腫物《はれもの》にさわるように無視している。

その後の休み時間も、前田は動かない。前田の友達が、前田の近くまで来るけれど、こわごわ様子を窺《うかが》うだけで、誰も前田に話しかけない。いつの間にか、麦わらさんは帰ってしまったようで、教室の後ろに、今日は見張りの大人がいなかった。

陽太は、急に、前田が心配になる。

もうすぐ授業が始まってしまう。

いつも怒っていたり、威張っていたりの前田が、弱っているのを見るのは、初めてだった。

「大丈夫？」

勇気を出して、声をかけた。

前田は何も答えない。それどころか、顔の向きをわざと陽太と逆側に向けるようにして、無視を決め込む。

さっき、くす玉を「かわいい」と言ったのに。

かわいいと思ってくれたなら、どうして、制止した陽太をふりきって、飯田に投げさせようとしたのか。陽太には分からない。前田の気持ちが分からない。陽太には、分からないことがいっぱいある。あの時は、前田の、分からなさに腹が立って、どうしても許せないと思ったけど、今は、前田が言ってくれた「かわいい」という言葉だけが、とけなかった雪みたいに、手のひらにあった。

「うるさい」

前田が顔を上げて、真っ赤な目をして陽太に言った。

フンッ、と鼻を鳴らす前田は、いつもの怖い前田だった。前田は「はーっ」と、周りに聞こえるような大きな息をひと吐きし、抽斗の中から、バタンッ、バタンッと音をたてて、教科書を取り出していく。

「ほんっと、最低。やってらんない！」

誰にともなく毒づく前田のことが、陽太はやっぱり苦手だったけれど、前田が前田に戻ったことに、なぜだかほっとしていた。

ふいに思い出したのは、昨日読んだ小説の、陽太と同じ年齢の少年の台詞《せりふ》だ。

――貴方の心が、本当は善いということを知っているから。

ドラゴンの鱗から、黒ずんだ皮がぽろぽろと剝《は》がれ落ち、炎よりも眩しい、紅色が現れた。

作りたい！　陽太は強く思う。

それは、夏休みにOLIエンタル・ファンタジーの看板の中でドラゴンを見つけた時から、何度となく思い続けていることで、今もまた、盛り上がってきたこの気持ちを口に出して言いたいくらいだったけど、前田にうるさいと言われてしまったばかりなので、くちびるを引き締めた。

そのぶん、心は破裂しそうに、熱くなる。

いつか、絶対。いつか。

チャイムが鳴って、まだまだ暑い二学期二週目の、一時間目が始まった。

第四章　泣かない子ども

小学六年生の見村めぐ美は、今朝も「まっすぅ」こと増井智帆との朝の待ち合わせに遅刻した。

遅刻といっても、五分足らずだが、朝の五分は長い。せめてもの誠意を示すため、めぐ美はエントランスから、まっすぅが待っているマンションの門前まで十メートルほど走る。

「おはよう」

まっすぅはいつもと同じ笑顔で出迎えてくれる。ちいさな目と丸いほっぺたの彼女は、不満そうな表情を見せたことがない。めぐ美は、走ったのだからいいやという感じで、遅刻の謝罪を省き、かわりに、

「リボン、かわいいね」

と、まっすぅを褒める。両サイドの髪を掬《すく》い取って編み込みにして背中に流してい

る。茶色っぽいリボンをつけていた。

「そうかな。なんか、変じゃない？ ちょっと子どもっぽいっていうか」

まっすぅはリボンに手をやり、早口で言った。

「そんなことないよ。超かわいいじゃん」

マンションの隣の小さな公園前を歩く。茶黄色に枯れた銀杏《いちょう》の葉がぽろぽろと散ってくる。落ち葉を踏みながら、臭い、臭いとふたりで言いあった。ぎんなんの腐臭が、秋の空気を湿らせている。朝の陽はまだ弱く、寒すぎないし、暑くもないし、外で遊ぶのにちょうどいい季節だった。

公園を過ぎると、しばらく戸建てが並ぶ平べったい住宅地が続く。空気が臭くなくなると、ふたりは話題を失い、黙って歩いた。

入学した頃には登校班があった。マンションの子たちは全員そろって通学していた。その中には、今同じ三組の、小磯利久雄もいる。昔は男女入り交じって、隊列を組んで登下校していた。

上級生がどんどん卒業していく一方、小学校に入学する子の数が減り、去年ついに登校班は解散した。

学区域の端にあるマンションだから、学校までは歩いて二十分近くかかる。途中の道で痴漢が出たという情報が出回ったこともあり、登校班解散後もふたりで行き帰りをしてほしい、とまっすぅのお母さんからめぐ美は直接頼まれた。まっすぅのお母さんはめぐ美のママにも同じことを依頼したようで、

――あそこの親、やばいね、心配性。受ける。

ママは、めぐ美の五つ年上の「ミィ姉」ことみな代《よ》と、そう言いあって笑った。

ふたりの笑い声を聞いて、めぐ美も自然と笑っていたが、登校班がなくなった後もまっすぅと学校に通えるということに、内心ほっとしていた。

まっすぅとは一年生の時からずっと一緒に行き帰りをしていたから、何となく気心が知れている。流行に疎く、スマホも持っていないし、友達の噂話や先生の悪口にもノッてこないタイプのまっすぅは、話し相手としては退屈だけれど、そういう性格だと分かっているから、会話が途切れても焦らずにいられる。並んで歩きながら、ぼーっと気を抜くことができる相手だ。

住宅地の途中で通りを曲がると、痴漢が出たと噂される細い道に出る。片側が駐車場で、片側がレンタル倉庫だ。見晴らしはいいが、いつもひとけがない。

ふたりは沈黙のまま、少し早足になって、次の曲がり角まで行く。その先の大きな道路まで出れば、安心だった。車が通っているし、人も多い。

「めぐちゃん」

人通りの多さに安心したのか、沈黙に耐えかねたのか、まっすぅが声をかけてきた。

「何」

あちこちの道や路地からランドセルの小学生たちがこの道に合流してくる。入ったことはないけれど、スーツの店や薬局なども連なっていて、朝も夕も賑《にぎ》やかだから、安心できる。小学校までもう少しだ。

まっすぅは、どう話そうか迷うように「うんとね」と言葉を泳がせた。

「何、何」

めぐ美がせっつくと、

「算数の、……大丈夫？」

と訊《き》いた。

「はー？」

めぐ美は不愉快になって、声を尖《とが》らせた。

「えっと、ごめんね、だって、昨日、先生が……」

まっすぅは慌てたように声を裏がえらせる。横を見なくても、彼女の頬が赤くなって、眉《まゆ》が寄っているのが分かった。腹が立つけど、本気で心配してくれているのだというのも伝わってくる。

「あんなの藤岡の脅しに過ぎないって。なんとかなるに決まってるじゃん。義務教育なんだからさー」

ことさら軽薄な調子でめぐ美は言った。

「うん。だよね。良かった。わたし、受験とかしないし、五中だから……」

まっすぅが言うのを聞いて、

「わたしも五中だから、一緒に通おう」

めぐ美は言った。「うんっ」と、まっすぅの声が跳ねた。

そんなこと心配してたのか。

めぐ美は思った。

第五中学校は小学校よりさらに遠い。この大通りを、さらに五分ほど歩かなければならないのだ。お互い、心のどこかで登下校要員だと思っている。それでも、さっきのひとけのないレンタル倉庫の前の道で、隣に同級生がいてくれるのはありがたいことだった。

昇降口で靴を脱ぎ、上履きに履き替えると、それきりまっすぅとは下校時まで話さない。まっすぅにはまっすぅの友達がいるし、めぐ美はカナ、リッチー、まやまやとの、かっちりした四人組に所属していて、すべての行動は四人でしている。教室の女の子は数人ずつのグループに分かれていて、まっすぅのグループとめぐ美のグループは交わらない。

もしも、知らない誰かがこの教室を俯瞰《ふかん》して、このクラスの女王が誰かを当てるゲームをしたら？

めぐ美はたまにそんなことを考える。

きっと、誰もがぴたりと言い当てるだろう。女王はカナだ。カナこと前田香奈枝は、見目かわいらしく、手足が細くて、ティーン雑誌のモデルみたいな服を着こなしている。運動神経も良く、ダンスもうまい。そして何より彼女に女王の風格をもたらしているのは、人に遠慮なく命令できる不遜《ふそん》な性格だ。そのカナの、いつも隣にいるのが自分だということに、めぐ美は満足していた。

「おはよー、めぐ」

今日もカナがめぐ美の腕を取る。カナはスキンシップを好むし、そのスキンシップの対象は、主にめぐ美、時々まやまやで、リッチーにはあまりしない。カナに信頼されている順序のように、めぐ美は思った。

「算数のテストの解き直し、やってきた？」

カナに訊かれ、「やるかっ」とめぐ美はツッコミ風に返した。

「マジ？　やば。『このままでは卒業させられないわ』」

カナが藤岡の真似をする。似ていたので、めぐ美は笑った。

ちょうど教室に現れたまややを、カナが大声で呼びつける。

「まやまやー、この子マジでやばいから、昨日の算数のテスト見せてあげてー」

楽しそうに騒ぎ立てる。その流れにノッて、めぐ美も「お願い～まやまや様ぁ」と、そんなこと恥でもなんでもないという顔をして両手を合わせた。

「ごめん、わたしテスト家に置いてきちゃった」

まやまやがすまなそうに言う。

「え。まじ。直し無かったの？　百点か」

「……うん、そんな感じ」

「すごい！　天才！　あ、リッチー来た。リッチー、リッチー！」

次に登校してきたリッチーに、カナが同じことを頼んでくれる。テストの直しをしてきたリッチーは、答案を見せてくれたけど、点数のところだけ、恥ずかしそうに折り曲げていた。それでも答案にはたくさんの丸がついている。「わー、ありがとー」

礼を言いながら、餌にぱくつく鳩のように、めぐ美は知らない数字を必死でかき集めた。その横で、ちゃっかりカナも自分の答案と見合わせて、答えが違っていたものを直しながら、

「よかったね、めぐ。やっぱ、持つべきものは天才的な友達だね！」

と言う。

「まじ、サイコー！」

めぐ美も言う。

朝の会を始めるチャイムが鳴った。

昨日、担任の藤岡から、

――見村さん。さすがにこのままでは卒業させられないわ。

と、皆の前で言われた時、めぐ美は「えー、なんでですかあ」と笑って返した。算数のテストを返却していた時だった。

――六年生をもう一回やりたいんですか。

こんな意地悪な質問をされて、「いやでーす」とふざけるしかなかった。だってクラスの皆は、めぐ美が、落ち込んだり反省したりするタイプだとは思っていないのだ。

そうした受け答えが、藤岡をさらに苛立《いらだ》たせることは知っていたが、深刻なムードを出したくなかった。

案の定、藤岡はそれ以上は怒らなかった。かわりにため息をついた。わざとらしい、「はあ……」を聞いて、どうせ諦《あきら》めているくせに、とめぐ美はうんざりした。藤岡が、わざわざ演技をすることに苛立つ。いちおう怒ったふりはしておくけれど、本当はわたしのことなんかどうだっていいのだと分かっている。

――とにかく、このテスト、明日までに解き直してきてください。そうじゃないと……

そこまで言ってから、もう一度大きな「はあ……」。

――そうじゃないと、なんですかー？

――あのね、あなた、本当に中学に行ってから、困りますよ。

――めぐー、どんまい！

離れた席からカナが茶化し、教室が静かな笑いに包まれた。その笑いのおかげで、凹《へこ》んだ気持ちを、周りにも、自分にも、めぐ美は気づかせずに済んだ。

それなのに、今朝まっすぅに心配されたせいで、またしても心がひりつく。卒業なんて、できるに決まっているじゃないか。

自分は藤岡に嫌われているのだとめぐ美は思う。原因は分かっている。一学期にカナと一緒に川島さんの算数の宿題の答えを写させてもらったのが、ばれたのだ。以来、目をつけられている。

あの後、一緒に答えを写したカナは、うまいこと反省したふりをして、全問解き直して、藤岡に言われた通りの反省文までちゃんと書いて、提出していた。だけどめぐ美は、言われた解き直しをしなかった。

したくなかったからではなくて、本当は、問題の意味すら分からないくらいにちんぷんかんぷんで、最初の数問くらいしか自力で解けなかったからなのだけど、それがばれるのは恥ずかしいので、やる気がなかったことにして、藤岡の追及をへらへらとかわした。すると藤岡は静かにめぐ美を見て、前田さんは提出したのに、と言った。軽蔑《けいべつ》って、こういうことなんだなと、思わせる目だった。

藤岡からの報告の電話を、めぐ美のママは「はい、はーい」と明るく受けていた。電話を切ってからも、ちょっと首をひねって、

——めぐは昔は頭良かったんだけどねー。

と言っただけで、特に叱ったりはしなかった。

だけど、カナの親は違ったのだ。即、補習塾の申し込みをしたらしい。カナは不満

そうだったけど、お母さんが申し込んだ補習塾のおかげで、今ちょっとずつ、算数ができるようになってきている。昨日返されたテストの点は、めぐ美よりずっと良かった。それが嬉《うれ》しかったみたいで、カナはさりげなくめぐ美に点数を見せてきた。

——めぐって頭良かったの？

ママの言葉を聞いたミィ姉が、からかうように訊いた時、

——頭良かったんだよ、この子。図書館に連れてっても、あんたと龍《りゅう》はすぐ飽きちゃったけど、めぐだけはずうっと本読んでたんだから。

と、ママは言った。

——マジで？

——字を覚えたのだって、三人の中で、一番早かった。

——マジか。

——やっとあたしからパパ似が生まれたって、思ったんだけど。

——今こいつ、本なんか全然読まないじゃん。

——どこでどうなっちゃったのか。

ママとミィ姉がげらげら笑うのを聞いていた。

どこでどうなっちゃったのか。ふたりの会話を聞いていて、めぐ美はうっすらと、

本が愉《たの》しかった頃のことを思い出した。せいぜい小学校の低学年くらいのことだったが、十二歳のめぐ美にとっては、ものすごく遠い昔に思えた。自宅マンションの隣に、公共の図書館があって、たびたび訪れた。職員による読み聞かせの会が楽しみだった。

絵本に慣れた彼女に、次のステップはごく自然に訪れた。本棚を眺め、華やかな文字の、わくわくしそうな題名の、その背に指をひっかけた。膝《ひざ》の上でそっと開くと知らない世界が広がった。

だけども次へのステップを、彼女は逃してしまうのだ。本を読んでいると、ミイ姉に「ネクラ」とか「キモい」と言われたり、読んでいた本を取り上げられて隠されたりしたせいだとも言えるが、それだけでなく、めぐ美自身が性格を変えたかった。

小学三年生の新しいクラスで、同じ班になった「ひなっち」という子と仲良くなった。運動神経抜群で、男子より足が速いひなっちは、本など読まなかった。休み時間を告げるチャイムが鳴ると、真っ先に教室から飛び出してゆくような子だった。ドロケイでも脱走ゲームでもいつも大活躍のひなっちは、クラスの人気者だったから、そんな彼女に声をかけられて、嬉しかった。

ひなっち、めぐ、と呼び合うようになった頃、めぐ美も彼女と同じく「人気者」というポジションの、端っこにいた。ひとりで本を読むのは寂しいこと、実際寂しくなくても、寂しそうに見られることだという考えを、めぐ美は自分に植えつけた。低学年の頃の自分は、大人数でわあっと盛り上がるノリには気後れした。だけど、ひなっちに引っ張られて遊んでいるうちに、友達は自然と増えていったし、盛り上がることも楽しめるようになってきた。めぐ美は鬼ごっこやドロケイで活躍したし、友達から、友達の多い子だと思われるようになったら、学校が楽しくなった。その自信は、本からでは、得られないものだった。

　ひなっちとめぐの間にカナが入り込んだのはいつ頃だったろうと思う。カナは当時の彼女のグループ内で色々と揉《も》めて、輪から飛び出し、なんとなくひなっちとめぐ美と三人で行動するようになったのだ。三人という関係性を巧みに操れるほど成熟していない九歳の少女たちは、愛憎帯びた幼稚なパワーゲームを始めるのが常だが、めぐ美とひなっちもカナを取り合うようになり、やがてめぐ美が勝ったのである。小学四年生になると、めぐ美はほぼカナとふたり組で過ごすようになった。

　そして、そのまま、今もカナとめぐ美は「親友」だ。

　長い付き合いだから、カナの口癖が「でも」だというのは知っている。誰かが目立つと「でも」と必ず否定せずにはいられないカナの、あまりに大きな自尊心を、めぐ美は間近で見続けてきた。「でも」を言いたい相手は、髪型を変えた同級生の時も、朝会で挨拶《あいさつ》をする上級生の時も、テレビに出ているアイドルの時も、ティーン雑誌のモデルの時もある。

カナの自尊心の強さを、めぐ美は見て見ぬふりをする。実際、なんでも強気で向き合っていくカナの「でも」には、説得力があるようにも思った。

黒板に、

・リコーダー8名
・鍵盤《けんばん》ハーモニカ8名
・アコーディオン8名
・木琴2名
・鉄琴2名
・ドラム1名（オーディション）
・打楽器6名
・ピアノ1名（オーディション）

と、書いてから、藤岡が説明を始めた。
ふだん三時間目の音楽は、専門の三好《みよし》先生が音楽室で受け持つのだけれど、今日は、合奏会で演奏する『ブラジル』の担当楽器を決めるのが主題だったから、四時間目の学級会とつなげて、三組の教室で話し合うことになっていた。

　合奏会は、毎年三学期に開かれ、六年生が卒業前に在校生に「音楽のプレゼント」をするというのがコンセプトだ。クラスごとに別の曲を演奏する。三好先生が、各組の個性に合った曲を選んでくれるのだが、三組は「明るくて、個性的なメンバーが溢《あふ》れているから」という理由で、『ブラジル』という曲を演奏すると決まっていた。始業式の日に題名だけ聞かされ、ネットの動画などで聴くことができたら聴いておいてと言われたが、それきりめぐ美は忘れていた。だけど先週、三好先生がCDで流してくれたのを初めて聴いて、いっぺんで好きになった。知ってる！　知ってる！　めぐ美は近い席の子たちと言い合った。どこかで聴いたことがある、軽快なリズムが、終わった夏を思わせた。ブラジルは暑い国なんだろう。時おり聞こえた打楽器のリズムが楽しげで、胸が弾んで、自然と体がリズムを刻みたくなる。

　楽器の説明で、めぐ美は「打楽器」に惹《ひ》かれた。小太鼓、マラカス、タンバリンから選べるという説明だったので、マラカスがいいな、と思った。

　それなのに、

「めぐ〜、何にする？」

遠くの席から大きな声でカナに訊《たず》ねられた時、マラカスと言えなかった。やりたい楽器をもう決めているなんて、張り切りすぎている気がしたからだ。

「えー、決めらんない、てか、なんでもいい」

かったるそうな声で返すと、

「一緒にアコーディオンにしない？」

カナがさらに大きな声でめぐ美を誘う。

「アコーディオン？」

「やろうよー、めぐ」

カナは周囲を牽制《けんせい》するように言う。

「やろ、やろ、ね。はーい、決まり。センセ、センセ、うちら、アコーディオンね、アコーディオン」

カナが勝手に藤岡に言うのを聞いていた。

「他にはいない？　今の時点で八人を超えていなければ、ふたりは決定ね」

藤岡がアコーディオンと書かれた文字の下に、見村、前田、と名前を書く。流れるように、全てが決められてゆく。

するとカナの隣の席の武市陽太が、唐突に手を挙げて、

「おれ、マラカスやる！」

勝手に立候補した。

「武市さん、順番に訊いていきますからね。ちょっと待っていてください」

藤岡が制止し、周りがくすくす笑った。

「武市、マラカス似合いすぎ！」

カナは武市を冷やかしてから、

「まやまやー、リッチー、アコーディオンに立候補しなよー」

と、席の離れたリッチーとまやまやにも声をかける。彼女はいつもこうだ。教室の中で信じられないくらい傍若無人に振る舞う。同じように自己中心的に振る舞っていても、カナは威圧感を与え、武市は面白がられる。違いはあれど、ふたりは心のままに振る舞っていて、藤岡は、武市にはちゃんと注意するくせに、カナの振る舞いには見て見ぬふりをすることが多いとめぐ美は思った。

立候補やらじゃんけんやら、一部の楽器にはオーディションもあって、ようやく全員の楽器が決まった時には、四時間目が終わろうとしていた。武市は最初の希望通りマラカスを仕留めていた。武市なんかと並んでマラカスをやるよりは、アコーディオンのほうがましだったとめぐ美は思った。

「はい！　では、もうあんまり時間がないけど、皆さん、パートごとに分かれてリーダーを決めてください」

藤岡が言い、それぞれの場所を割り振られる。アコーディオン組は、カナの机の周りに集まることになった。

「やった！　めぐー！」

カナがめぐ美に抱きつく。

アコーディオンのメンバーは女子六名、男子二名。カナがリーダーをやりたがるのかと思ったが、打楽器のじゃんけんに負けてアコーディオンになった小磯利久雄が、カナに推薦されて――実態は、押しつけられたようなものだったが――リーダーを引き受けていた。

「ほらほら、リーダー、仕切ってよ」

カナに言われ、小磯が頬を少し上気させながら、楽譜のプリントを皆に配る。

「リーダー、爪きれいじゃね？」

突然カナが小磯の手を取って言うと、小磯が赤くなってその手をひっ込めた。最近カナはよく小磯をからかう。からかわれるたび、小磯がまやまやの様子を窺《うかが》うことに、めぐ美は気づいていた。そのまやまやはといえば、カナと小磯のじゃれ合いには無関心なふりで、楽譜の上に右手の指をぱらぱらっと弾ませて、鍵盤を叩《たた》く真似をしているのだ。

「じゃ、えーと、明日から楽器使って合わせるんで、各自でテキトウにやっておいてください」

「どこまでー？」

カナに問われて、

「えーと」

小磯は楽譜を見て迷っている。

自分で訊いておいて、

「最後までやっちゃお、こんなの」

カナが決定する。ダンススクールに通うカナは、そのレッスンが本格化するまでピアノを習っていた。簡単な楽譜なのかもしれない。

「では、フヨミ最後までやっといてくださーい」

小磯が雑に言い、それに対して不満が出ることもなく、皆「はーい」と言い合いながら、楽譜をしまった。

チャイムが響く中、カナが「リーダー、よろしくねー」と、小磯の背中をポンッと叩いた。小磯は迷惑そうに無視している。

夏休みに、塾の講習で忙しいまやまやを除いた三人で、遊びに行った。その帰り道にカナが小磯を好きだと打ち明けた。しかしそれはもう、皆が忘れなければならないことだった。ほぼ同じタイミングで、小磯がまやまやに告白していたのだ。

小磯は、クラスの男子の中でもリーダー的な存在で、一部の女子から「かっこいい」と言われているほどには顔も整っているし、背も高い。だけど、スマホのトークアプリでのまやまやとの会話を保存《スクショ》して仲間たちに送信するという、信じられないバカをしたせいで、今や彼の人気はダダ下がりである。

めぐ美も、誰からともなく回ってきた小磯の保存画面を見た。小磯の告白を、じらしながらも完全に拒否はしない意外なぶりっこぶり——そのぶりっこぶりが小磯を勘違いさせたようだが——を発揮しているまやまやは、女子どうしで遊んでいる時の彼女と違うキャラだった。

まやまや、終わったなー。

カナがまやまやに何か仕掛ける気だったら、めぐ美はそれにノろうと思っていた。そもそも、まやまやが小磯とトークアプリでつながっていることも、めぐ美は知らなかった。カナも知らなかったはずだ。これはもう、吊《つ》るし上げるしかない。あるいは集団無視かな。まやまやのやったことは、それに相当する裏切りだ。

しかし、新学期に四人また顔を合わせた時、カナは意外にもまやまやに優しかった。自分から「小磯に告られたってマジ？」と訊き、まやまやが恥ずかしそうに頷《うなず》いたら、手を叩いて爆笑した。

　カナが小磯を「私服がダサい」とか「よく見ると猿顔」などと言ってばかにするようになったのはその頃からだ。小磯の外見をからかったり、自分の持ち物のようにぺたぺた触ったりもする。同時にダンススクールの中学生に夢中なそぶりを見せびらかし出した。あたかも、小磯なんて、たいしたことない奴で、自分の支配下にいて、そんな奴にたいして恋愛ごっこのやりとりをしていたまやまやこそ恥ずかしいというふうに。

　めぐ美たちは、カナが中学生の彼とふたりで撮ったプリクラを何度も見せられていた。涙袋やふたえ幅をひたすらに盛りまくった、ほとんど原形をとどめないプリクラの中の中学生男子の姿を、

　——超かっこいい！　やっぱ、中学生は違うね！　さすが、カナは学年で一番モテるもんね！

　まやまやが大声で褒めるのを何度となく聞いた。集団無視や吊るし上げにあわせた

わけではなかったけど、まやまやの必死さや、プライドをかなぐり捨てた姿は、もう十分だとめぐ美に思わせた。

一日が終わり、まっすぅと一緒に帰宅する。

マンションのエントランスで、ランドセルの脇からストラップを引っ張り出して、先についているカードキーをセンサーにかざした。木製の重たげな自動扉がウィーンと音を立てて開く。中に入って、エレベーター前でもう一度カードキーをかざす。それは、まっすぅがやってくれた。一緒に乗って、七階のめぐ美が先に降りる。まっすぅは十五階まで乗る。

「じゃあまた明日ね」

「うん、ばいばい」

じゅうたんの敷かれた廊下を部屋まで歩いて、さらにもう一度、家に入る時にカードをかざして扉を開ける。

三回認証されないと部屋まで辿《たど》り着けないシステムは、世間では厳重すぎるくらい厳重な仕様なのだけど、幼い頃からここに住んでいるめぐ美にとって、鍵《かぎ》とはこういうものだった。小磯やまっすぅの認識も同じだろう。めぐ美の住むマンションは、この街ではいちばん高級だと言われている。
鍵の認証システムと同じくらい、帰宅した時間に家族がいないことも、めぐ美にとっては当然のことだ。

くしゃくしゃのスニーカーや、底の剝《は》げたハイヒールが乱雑に埋もれている玄関の上で、履いていた靴を脱ぐと、カラーケースや衣類や空のペットボトルや、そして大量のごみ袋、それらが溢れかえっている廊下の隙間をすり抜けるようにして部屋まで行く。「ただいま」を言った記憶はない。もしかしたら、パパがまだ家にいた頃は、違ったのかもしれないが。数年前のことなのに、その頃、部屋がどんなふうだったかは、もう思い出せなかった。

いつもより生ごみのにおいがきついと思ったら、誰かの脱いだ靴下がテーブルの上に放置されていた。今朝はなかったものだから、ミイ姉か「リュウ兄」こと三歳年上の龍太郎《りゅうたろう》のものだろう。大きい靴下だから、たぶん、リュウ兄だ。いったん帰宅して、また出かけたのだろうか。めぐ美は手の甲でそれを床に落とす。かすかに甲に触れた靴下にぬくもりがあった気がして顔をしかめた。放課後は、ミイ姉はだいたい友達と遊んでいるし、リュウ兄は塾の自習室に行くことが多い。

「もう！　なんで片付けてないんだよ！　バーカ！」

めぐ美は悪態をついた。ひとりでいる時は、なんでも言える。きょうだい喧嘩《げんか》になると、最年少の自分は必ず負ける。これまでも、ミイ姉は鋭い言葉で容赦なくめぐ美の心を傷つけたし、リュウ兄は、今はもうそこまではしなくなったが、昔はパンチやキックをしてきた。

　めぐ美はスマホを取り出した。コミュニケーションアプリを立ち上げるが、ミイ姉からもリュウ兄からも連絡はなかった。ママからも何もない。めぐ美は「タピル」と名付けたグループトークを広げた。

　会話は昨日から滞っていた。

〈meg1107：今日も女王は強引だったねー〉

　と、書いて送った。

　しばらく画面を見ていたが、誰からも「既読」のサインはつかない。それでもしばらくめぐ美はスマホを見続けていた。

　まやまやはもう塾に行っているのかもしれないと思う。まやまやは中学受験はしないのだが、教育熱心な母親が、「私立に落ちて五中になった子たちとも高校受験で戦えるように」という理由で、まやまやを進学塾に通わせていた。そのお母さんとそりが合わず、まやまやは時々「死んでほしい」などと過激なことを言う。

リッチーは空手の日だ。リッチーの家は家族で空手をやっている。学校ではほとんどその話をしないけど、実は彼女は黒帯なのだ。お父さんも、お母さんも、小四の弟までも空手をやっている。弟はたびたび試合で良い成績をおさめ、始業式で表彰されたりしている。弟ほど才能がないからやめたいと、リッチーはこぼすけど、道場を休んでまでめぐ美と遊ぼうとはしない。

　カナはダンスと補習塾で忙しいし、友達三人には、学校と家以外にも、その場所が好きかどうかはともかくとして、少なくとも放課後にいるべき場所がある。暮れてゆく時間をひとりきりでやり過ごす時、めぐ美は自分だけ行く場所がないことを思い知らされた。暇で、暇で、だいたいいつもつまらない。

　古い菓子パンや造花や広告ビラがうずたかく積まれた、ほとんど隙間のない食卓カウンターに未開封のチョコバーを見つけためぐ美は、びりびり破って、特にお腹は空《す》いていなかったけれど、ソファの上で齧《かじ》った。

　レースのカーテンは上のほうが黄ばんでいて、埃《ほこり》がうっすらたまっている。そっと窓を開けて、ベランダに出た。

　南西の角におおきく張り出したベランダは、西日が射し込んでいて、あたたまっている。足の踏み場もないほど、ごみ袋が出されているが、さすがに生ごみはここには置いていない。ポリエチレン製のごみ袋から、古着や靴や、使わなくなった健康器具、錆《さ》びたストーブ、鍋ややかんの類が透けて見える。パパが仕事で中国に赴任してしまってから、家の中に少しずつごみ袋が増えていき、廊下も居間も、床がほとんど見えなくなった。

その勢いで、ベランダにもテキトウにごみを出していたら、カラスが来た。ごみ袋の中のカップ麵《めん》がつつき出された。放置していたら、カラスが来すぎて怖くなり、以来、生ごみは外に出さないようにしているけど、それでも時々ミイ姉が間違えて菓子パンの袋なんかをベランダにポイッとやってしまう。すると今度は鳩が来た。めぐ美は、カラスの時は怖かったけど、鳩だと少しだけ楽しい気持ちになった。

くっく、くっく……。

くぐもったような声がして、今日も物置の裏から鳩が顔を出した。

物置は、ネットやテレビでいろんなものを買ってしまうママのために、パパが用意してくれたもので、中にはママの私物が中心に詰め込まれているはずだけど、ママはその存在を忘れてしまったかのようだ。たぶん、パパの単身赴任以降、誰も扉を開けていない。

鳩たちは、羽の色や模様が、みんな少しずつ違っている。知っている顔のような、知らない顔のような。何度顔を合わせても、区別がつかない。

彼らは、くっく、くっく、と様子を窺いながら、少しずつめぐ美のもとに寄ってくる。用心深い顔つきの反面、めぐ美が餌をくれる人間だということを、すでに知っているのだ。

めぐ美は持ってきたビニール袋の中に手を入れ、餌を撒《ま》く。餌は米粒だ。米びつから少しだけビニール袋に入れてベランダへ持ち出した。鳩は歓《よろこ》び、みるみる増える。

めぐ美は鳩が特に好きというわけではないが、鳩に餌付《えづ》けすることが好きだった。彼らを支配している感覚に浸れるからかもしれない。もらい慣れている鳩たちが、じょじょに警戒心をなくしてゆくのを見ているのは面白い。のうのうと、めぐ美の足元にまで来るのも、小さく飛び跳ねて手元を狙ってくるのもいて、馬鹿なんだなと思う。

あんまり馴《な》れ馴れしい鳩や、警戒心なさすぎの鳩を、痛めつけてやりたくなった。米粒を入れていたビニール袋を、気まぐれに振り回して、鳩を追い払う。

その反面、おっかなびっくり様子を窺っている小心者の鳩には餌をやりたくなる。だから、ビニール袋の中の米は、なるべく遠くまで投げてやるのだ。

空は菫《すみれ》色に染まり、絵筆の先をぽとんと水面に落としたような、淡い橙《だいだい》の光の筋が広がっていった。

きれいだな……。

めぐ美は束の間、空に見とれた。

鳩が手に乗ろうとしたので、「きゃ！」と大きな声が出た。鳩も驚いたようで、身をひっ込めた。

めぐ美はなぜだか頭に来て、物置を蹴《け》った。物置の裏側に身をひそめていた鳩たちが、わあっと空へ舞い上がる。

しかし彼らは、すぐに戻ってくる。さっき米粒をもらったばかりの鳩は、根っから少女を舐《な》めきっているのだ。くっく、くっくと鳴きながら、ばたばたとあたりを飛び跳ね、物置の上に止まったり、ベランダの柵《さく》に止まったりし、まったくめぐ美を恐れない。めぐ美は何度か物置を蹴り、鳩を空へ飛ばす。そんなことを繰り返した。

いつしか空の菫色は、濃紺に塗り込められていた。

ようやく一日が終わる気がし、めぐ美は安堵《あんど》する。お腹が空いてきた。さすがにそろそろママに今日の夜ご飯をどうすればよいのか訊こうと思ってスマホをつけると、コミュニケーションアプリに、一つの投稿を知らせる数字がついていた。

急いで見ると、リッチーの「Richy」から、〈それな〉と一言入っている。

薄い反応に少し落胆したが、それでも「Richy」が同意してくれたことにはほっと

し、

〈meg1107：アコーディオンやだな〉

　と正直に書き送ってしまった。

　慌てて、

〈meg1107：みんなとやれるのは嬉しいけど〉

〈meg1107：でも、もっと楽なのがよかった〉

　と、追加で書き送った。

　それから「mami_mim」とのトークルームを開いて、

〈meg1107：ママ、いつ帰る？〉

　と送る。入れ違いに、「Richy」から返信が来た。

〈Richy：女王がなんでアコーディオンにこだわったか分かる？〉

〈meg1107：え？　なんで〉

〈Richy：合奏て、卒業アルバムのクラス紹介のページに大きく載るんだって。アコーディオン一番前で真ん中じゃん。だからやりたいんじゃね？〉

〈Richy：というのがまやまやの推理〉

「それだ！」

とめぐ美は叫んだ。

〈meg1107：絶対それだ！　名推理〉

〈Richy：おかげで私たちも真ん中に写れる〉

〈meg1107：たしかに～〉

　リッチーとのやりとりはそこでいったん途絶えた。

　めぐ美は空腹を覚えた。「mami_mim」とのトークルームを開くが、ママからの「既読」のサインはついていない。ミイ姉とリュウ兄との「mimura's」というきょうだいのトークルームも、しんとしている。

　めぐ美は台所に行き、冷蔵庫の扉を開けた。色々なものが入っているけれど、食べられそうなものはない。マーガリンのパックを見つける。なんとなく開けると、三分の一ほどのマーガリンが残っていた。指にとって一口舐めとると、甘みが口腔《こうこう》にふわっと広がる。もう一口、もう一口。こんなことをするほどお腹が空いているわけじゃないのに、指を止められなくて、あっという間にマーガリンをすべて食べつくす。それでも足りなくて、めぐ美はまるで犬のように、舌先でパックの内側をすべて舐めた。

　マーガリンのパックを捨ててからスマホを確認すると、ようやくママからの返信が来ていた。

〈mami_mim：駅前のエンジェルズにおいで。いっしょに食べよー（^^）〉

それを見て、

「やった！」

と、めぐ美はばねじかけの人形のようにぴょんと立ち上がる。

スマホを切ったら真っ暗になり、部屋の電気をつけ忘れていたことに気づいた。

翌朝、寝坊してしまっためぐ美は慌ててエレベーターホールまで走り、エレベーターの「↓」ボタンを不必要なほど強く何度も押した。

ようやく到着したエレベーターに、二十階に住む小磯が乗っていた。

「あ……」

ごくたまに、エレベーターに乗り合わせることはある。こんな狭い空間にふたりきりだと、どんな顔をしていいのか分からない。めぐ美はエレベーターの奥に位置取り、黙っている。

低学年の頃は、図書館の読み聞かせの会によく一緒に行った。あの頃はふつうに喋《しゃべ》っていた気もするが、今はうすい壁ができている。単に男子と女子を分ける壁なのだと思うが、もしかしたらそれだけではなく、小磯の中で、話したい女子とそうではない女子が分けられているのかもしれなかった。小磯だけではなく、高学年になってから、一部の男子のあいだにじわじわとそんな気配が広がってきているのを感じることがあったが、気づかないふりをすることは、まだできた。

エレベーターが一階に着くと、小磯は振り向かずに駆け出して行った。

エントランスの先では、まっすぅがいつものように待っていてくれた。変わらない笑顔を見てめぐ美はほっとする。今日もまっすぅは、髪をくねくねと編み込んでいて、頭のてっぺんに、昨日とは違う、水玉模様のリボンをつけていた。

「新しいね、そのリボン。超かわいい」

めぐ美は心から思って言ったのだが、

「六年生なのに、リボンなんて、なんか子どもっぽいし。前に、笑われたことあるし」

とまっすぅは言った。

「えー、ひどい」

「ひどくないよ。だって、本当にダサいもん」

まっすぅはリボンを隠すように手で覆った。

たしかに、六年生にもなってリボンをつけてくる子はいない。リボンはせいぜい四年生くらいまでの髪飾りだ。

だけどめぐ美は、毎朝まっすぅの凝った髪型を見るのが好きだった。たまに見かけるまっすぅのお母さんは、小学生のめぐ美より背が低くて細い、おとなしそうな人だ。彼女の細い指が巧みに娘の髪をさばいてこの髪型を作り上げているのを想像すると、めぐ美は、なんだか楽しい気分になった。

「ダサくなんかないよ。むしろゲキかわだよ」

大げさに褒めると、まっすぅの頰が少し赤くなって、ようやくいつものくすぐったそうな照れ顔になった。そして、

「これ、うちのお母さんの手作りなんだ」

ぽつりと言う。

「へえ……」

「うちのお母さん、リボンとかシュシュとか、アクセサリーを作って、ネットで売ってるの。でも、これ、秘密ね。みんなの親とかに、色々言われたくないからって、口止めされてる」

「分かった。誰にも言わない」

めぐ美は頷いた。

まっすぅが秘密を話してくれたことが、なんだか嬉しかった。

「今日から合奏の練習、始まるね」

「あー、うん。まっすぅは楽器、何にしたんだっけ」

「わたしはリコーダー」

「そっか。わたしはアコーディオン」

「知ってる。前田さんに決められちゃってたね」

　まっすぅが言った。

　何気なく言ったようだったが、「決められちゃってた」と言われたことに、めぐ美は傷ついた。周りからはそういうふうに見えているんだろうか。めぐちゃんて、いつも前田さんの言いなりなんだね、と。


　昇降口に着くや、カナがめぐ美に抱きついてきて、

「めぐー、センター取ったどー！」

　と、叫んだ。喜びに溢れた顔が間近にせまってきて、その勢いに、めぐ美の気持ちもハイになる。

「やったじゃん！　カナ」

　ふたりは抱き合って、はしゃぎあう。

カナのダンススクールは、一学期までは週二日だったが、最近頻度が増えていた。先生が出演するダンスショーのオーディションを受けて合格したと言っていた。合格者は十二人で、レッスンの中でセンター争いをしていたらしい。同じダンスをしている子たちの中で、目を引く子を先生がピックアップする。その中に、カナが選ばれた。

「やったー！」

「おめでとう！」

しばらく歓声を上げあった。隣にいたまっすぅは、先に靴を履き替えて、廊下を歩き出していた。その後ろ姿を見て、カナが、

「あいつ、どんだけリボン持ってんだよ」

と小さな声で笑うのを、めぐ美は聞こえなかったふりをする。後ろから、「おはよー」とまやまやの声がした。めぐ美はすぐにカナがセンターを取ったことをまやまやに伝え、またひとしきり三人で騒ぐ。教室に着くと、めぐ美は先に登校していたリッチーのところに駆け寄って、

「ねえねえ、すごいんだよ！　カナがオーディションでダンスショーのセンターに選ばれたんだって！」

と、教室中に響きわたる大きな声で報告した。それを聞いたリッチーが、

「えー！　マジー⁉　センターとか、どんだけー！」

さらにオーバーリアクションで喜ぶから、教室中の視線が自分たちに集まってくるのを感じる。皆、直接自分たちに訊くことはできないけど、「オーディション」「ダンスショー」「センター」そんな言葉に興味津々なのだ。めぐ美は、さらに大きな声を出す。

「カナなら、絶対選ばれると思ってたけどさー。やっぱすごい！　すごすぎる！」

「すごくない、すごくない」

と、カナが謙遜する。

「センターは四人いるんだけど、私以外、全員中学生なんだよね。ダンス部の部長とかやってる子もいるんだもん、みんな背ェ高いし、大人の中になんで子どもが？って感じになるから、マジでやめてほしい」

やめてほしい、なんて言っているけど、よくよく聞けば自分が中学生に交じって選ばれたということのアピールなのだ。

「ダンス部の部長とかって、カナ、そんな人たちとのオーディションで勝ったなんて、マジやばくない⁉」

めぐ美は、カナの言ってもらいたいことが分かるから、まるっと全部言ってあげる。

カナはさらに顔をしかめて、

「でも、部長っていっても、そこまですごくない、っていうか、その子そんなにうまいわけじゃないし、雰囲気勝ちしてるっていうか」

「でも」から始めて必ず他人を落とす発言をするのがカナだ。いつもこんなふうに、ダンススクールでの様子を不満交じりに喋りつつ、不満がそのまま自慢になっている。

カナのこのパターンは、すでに三人にばれている。その証拠に、リッチーがカナに見つからないように、めぐ美に目配せをしてきた。めぐ美もそれに応じて、苦笑いを返す。めぐ美は、器用にカナを褒める。

「すごいよ！　中学生とかもいる中で、センターに選ばれるなんてさあ！　やばい！」

そんなことを言いながらも、今晩は「タピル」のトークルームで三人で「女王」の悪口を書くことになるんだろうと思った。

「タピル」は、四人でタピオカ専門店を訪ねる予定だった日に、カナだけダンスの臨時レッスンが始まったとかで来られなかったことから、彼女を除いて偶発的に発生したトークルームだった。出だしは、カナの悪口を書くつもりも、カナを笑うつもりもなかった。だけど、カナ抜きの三人のトークルームは、居心地が良く、その後も消滅することなく、ほそぼそと続いている。

「タピル」でのひそかなカナいじりが始まったのは、めぐ美が動画サーチで見つけた「クラスの女王あるある」というラップ調のコントを、なんのコメントもつけずに「タピル」にアップした時からだ。

ちょっとした賭《か》けだった。リッチーとまやまやが、わざわざカナに言いつけるとまでは思わなかったけど、スルーされたら嫌だなとも思った。しかし、ふたりはめぐ美が想像したよりずっと良い反応を見せたのだ。

〈Richy：クラスの女王とかw〉
〈Richy：めぐがぶっこんできたw〉
〈まやまや：ヤバ、うけるwww〉
〈Richy：これ、○○だよね〉
〈まやまや：かな〉
〈Richy：はい、言った〉
〈Richy：言っちゃった〉
〈まやまや：てか、めぐ‼！　かな信者じゃなかったの？〉
〈まやまや：怖っw〉
〈meg1107：みんな誤解しすぎ！　誰もかなだとは言ってないwww〉

〈まやまや：かなじゃないとも言ってない〉

〈Richy：それなw〉

〈まやまや：めぐ～好きだよ～〉

スマホの小さな画面が、あっという間に会話文で埋めつくされてゆく。奇妙なくらいの反応の良さと、リッチーとまやまやのはしゃぎぶりを見ていて、もしかしたらこのふたりは自分の知らないところで前からカナについて話していたのかもしれないとすら思うほどだった。

動画の中で「クラスの女王」を演じている女子高生は、派手なメイクで通学し、授業中にポテトチップスを食べ、UNOをやり、休み時間にスマホで音楽を流してダンスし、好きな男子と話す女子に絡み、とりまきの女子とあっちこっちで別の子の悪口を言っていた。

カナはそこまでやんちゃはしていないのだが、授業中の私語や、休み時間のダンス、お気に入りの男子とどうでもいい男子の前で態度をがらりと変えるところなど、面白いほど似ている。

ひとしきり盛り上がった三人だったが、現実の世界でカナをいじることはない。カナに対抗することもない。「タピル」の会話は「タピル」の中だけと割り切っていた。

形勢でいえば、三対一なのだから、三人が心を決めてカナを無視すれば、カナはひとりぼっちになるだろう。でも、そんなふうにしたいとまでは思わない。三人の足並みがそろう気はしなかった。リッチーもまやまやも日和見主義だから、カナに直接尋問されたらすぐ裏切るのが目に見えている。それに、めぐ美にしても、カナが嫌いなわけではない……はずだ。カナに振り回されることもあるけれど、カナに抱きつかれると心は甘く溶ける。カナはきれいだし、かわいいし、誰よりもおしゃれでかっこいい。「タピル」に愚痴をこぼすことはしても、カナが「親友」だという気持ちに嘘はなく、めぐ美は今この瞬間も、カナに見とれている。カナは教壇の脇で習ったばかりのダンスを披露している。おさえた動きだけど、手つきや腰の動きのこなれた感じが、とてもかっこいい。

「そうだ」

と、カナが唐突にダンスの動きを止めた。

「言い忘れてたけど、一月に公演があるんだ」

その口ぶりからして、三人に誘いを切り出すタイミングを窺っていたのが分かった。

「センターになって最初の公演なんだ。みんな来てくれるよね？」

いつも強気のカナにしては、控えめな誘い方だった。めぐ美は、どことなくへりく

だるようなカナの口ぶりに、なんだか切ないような気分になって、

「もちろん行くよ！」

と即答した。

「やったー！　超嬉しい！　場所はね……」

とカナは馴染《なじ》みのない地名を言った。

それを聞いてめぐ美は、

「リッチーとまやまやも来れるよね？」

と確認した。当然、行く行く！と言ってくれるだろうと思ったのに、ふたりは黙った。一拍遅れてから、

「一月の、いつ」

リッチーが、慎重そうな顔つきで訊ねてくる。

「いつって……忘れた。たぶん日曜。なんで？」

カナの顔はもう曇っている。行くと即答しないリッチーとまやまやに苛立っている。

「日曜だと、もしかしたら用事とか入るかも……昇段審査も近いから……」

リッチーの語尾が消えてゆく。

「じゃあ、まやまや、一緒に行こう！」

めぐ美が声をかけると、まやまやはめぐ美を見ずに、リッチーを見た。その目が、リッチーに助けを求めるふうに、切実な色を帯びていたので、まやまやも逃げる気なんだと分かった。

「まやまやは一月忙しいんだよね」

リッチーが助け船を出した。

「なんで」

めぐ美が訊くと、

「なんか、ちょっと、忙しくて」

まやまやは言うが、答えになっていない。

「あのさ、二月とか、もっと先になったら、わたしたち行けるかもしれないから、次の公演の時、行くから」

リッチーが早口になって言う。

「ふうん」

めぐ美は頷いたが、内心で、どうしようと焦っていた。どうしよう。わたしだけ？

「ふーん。じゃあ、めぐだけでもいいや」

と、カナがつまらなそうに言った。

「めぐー。ぜったい来てね！」

「うん、行く行くー」

とっさに明るく返すと、カナが腕を絡ませてくる。するとめぐ美はやっぱり楽しみなような気持ちになるのだった。

まっすぅと一緒に帰ってきて、エントランスで別れると、めぐ美は郵便受けのところに行った。

７３０号室のポストのセンサー部分にカードキーをあてると、弾《はじ》かれるように扉が開いた。無数のダイレクトメールが溢れ落ち、床に散乱する。数日分ではないようだった。袋を持っていなかっためぐ美は床に這《は》いつくばるようにしてそれらをかき集め、胸に抱いた。パパが転勤した時に新聞は止めて行ってくれたのだが、勝手に押し込まれるダイレクトメールが溜《た》まってしまう。気づいた時に、気づいた誰かが、気まぐれで取り出すことになっているから、こうなるのも仕方がなかった。

そのまま通り過ぎようとした掲示板に、気になる言葉があって、めぐ美は立ち止まった。

鳩

習ったことのない漢字なのに、なぜだか「はと」だと読めた。
目に入ったその文字に引き寄せられ、「共用部分における鳩による糞害《ふんがい》報告について」と書かれたその文面を追う。

……大変迷惑をしております。鳩は安心できる場所だと認知すると、寝処にし、営巣するようになりますので、糞量が急増し、周辺の共用部であるベランダ全体の汚れに繋《つな》がり非常に不衛生です。

すでに待機鳩が来ていると見られるご家庭には、文書で個別に注意も差し上げておりますが、これ以上、鳩による糞害が続くようでしたら、管理組合を通じて更なる厳重注意及び駆除にかかる費用の負担……

めぐ美はしばらく眺めていたが、やがてのろのろと歩き出し、エレベーターホールへ向かった。
もう一度、センサーにカードキーをかざして、ホールの中に入る。エレベーターホールには大きな鏡があり、その手前に豪華な造花が飾られている。不自然なくらいにつやつやとした明るい緑の葉は、天井からの光を受けて小さく反射しているようだった。

エレベーターの中で、いつもの上昇を感じながら、心の中に石ころを飲んだような痛みをおぼえていた。自宅に帰ると、黄ばんだレースのカーテンの向こうに、たくさんの鳩がいるのが見えて、ますますその痛みが大きくなった。鳩たちは、ベランダの縁《へり》にびっしりと並んで、家の中の様子を窺っているようだ。この時間に決まって餌をくれる娘の登場を待っている。昨日までは慰めでもあったその光景が、急に恐ろしいものに見えてきて、めぐ美はソファの隅に小さく丸まる。菓子パンの袋や飲みかけのコップが散らばったテーブルの上からリモコンを取って、ひとまずテレビをつけた。色と音で空気を変えたい。同時に、スマホに上がってくる「オススメ動画」をチェックする。十一月も終わりに近づき、日が暮れるのが早い。六時前なのに、もう夜みたいだ。この時間のテレビはつまらない。オススメ動画のリンクを辿ったが、ばかばかしいものしか見つからない。テレビのニュース・バラエティはいつしか終わり、アイドルグループが司会を務めるスポーツ番組が始まる。めぐ美はスポーツに興味がなかったので、今度はリモコンでザッピングをした。つまらない番組しかやっていない。芸能人ふたり組が街を食べ歩きするだけの番組を流すことにした。画面ががちゃがちゃしていて賑やかなところが気に入ったけど、出ている芸能人たちに興味はなかった。

またスマホの動画に戻ろうとして、ふと気になり、さっき郵便ポストから取ってきたダイレクトメールの束を手に取る。

ほとんどが色とりどりのダイレクトメールだったけれど、明らかに異質な茶色い封筒が二枚入っていた。どちらにも、

７３０号室　見村様　管理組合より

と書かれていたが、一枚はすべて黒い文字だったのに対し、もう一枚は「至急ご確認ください」と赤字で書き添えてあった。中の紙をちらっと見たら、「鳩」という文字があったので、怖くなってしまう。封筒を二枚とも折りたたんで、めぐ美はランドセルの内ポケットの底にしまった。

ランドセルには、今日もらった『ブラジル』の楽譜が入っていた。それを見たとたん、小磯に言われた「フョミ」という言葉が頭に浮かんだ。めぐ美は「フョミ」のことを頭の奥に押しやって、テレビを眺めた。テレビの中では芸能人たちが爆笑しているけれど、話の流れがつかめなかった。

今日、アコーディオンのメンバーの中で、めぐ美だけ、うまく弾けなかった。ごまかせた気がしたけど、小磯にはばれていた。

めぐ美はふたたびスマホを見る。アイドルグループの新作ＰＶを見る。二本めのＰ

Vを見ていると、歌いながら踊るアイドルたちの上部にポップアップでカナからのメッセージが立ち上がった。

〈kanae：中学に入ったら、一緒にダンス部立ち上げない？〉

と書かれている。

普段なら嬉しい内容だったと思う。だけど、めぐ美の心は弾まない。

一月の公演に、ひとりで行かなければならないことを思い出した。知らない街の知らない公演会場に、ひとりで。まず、電車に乗るお金をどうしよう。ダンスの公演に行くと言ったら、ミイ姉に「ずるい」と責められるかもしれない。

いっぺんにたくさんの不安が湧き上がってきた。

混乱を押しやるように、カナに返事を書く。

〈meg1107：いいね！　リッチーやまやまやも入ってくれるかな〉

ふたりを巻き込みたかった。

しかし、カナからの返信は、頼りのふたりを省くものだった。

〈kanae：リッチーは空手がますます忙しくなるから無理じゃね？〉

〈kanae：お父さん厳しいから、かわいそうだよね〉

〈kanae：ダンスってキャラでもないし〉

〈kanae：それに、まやまやは私立行くから、そもそも無理〉
〈meg1107：え、そうなの？〉
〈meg1107：まやまやは受験しないって言ってたよ〉
〈kanae：するよ。親情報。黙ってるように言われたけど〉
〈kanae：一月も入試なんだって〉
〈kanae：大変そう〉
淡々と書いてくるカナに不満が湧く。
〈meg1107：まやまや、受験しないって言ってたのに〉
と送って反応を待っていたら、
〈kanae：でも、めぐが来てくれるからいいんだ〉
そして、「サンキュー！」のスタンプがふたつ。続けて、
〈kanae：チケット３０００円なんだけど、友人割引で２０００円でいいからね〉
と書き込まれる。
めぐ美は固まった。
「は？　何それ？」
指を止めたまま、

「二千円とか、どうしよう」

口だけ動かす。無理、無理、無理、無理。水面でぱくぱく口を動かす鯉みたいに、めぐ美はいくらでも言い続ける。しかし、その二文字を、カナに送ることができない。

即答しないめぐ美に対して、

〈kanae：ちょっと高いかも……ごめんね〉

こちらの様子を窺うように、急にカナの言葉が優しくなる。しかも「よろしく！」のスタンプを押してきた。

「はー？　何が『よろしく』だよ！　おい！」

カナの発言を「既読」してしまったことが悔やまれる。

めぐ美はすぐに返事を書けず、いったんカナとのトークルームを閉じて、「タピル」のトークルームを開いた。

〈meg1107：今日話してたダンスの公演、２０００円とか言われてる〉

〈meg1107：どうしよう〉

〈meg1107：無理〉

そう書き送って、リッチーとまやまやの反応を窺うけれど、こちらは「既読」のマークがなかなかつかない。一分、二分、三分……。少しずつ時間が経ってゆく。

十分後、なんの反応もない画面を見ながら、ふたりはもう読んでいると、めぐ美は確信した。まやまやは塾かもしれないけど、少なくとも、リッチーは読んでいる。片時もスマホを離さない子だし、この時間は道場からの帰りのバスのはずだから。ポップアップ画面でメッセージを読めば、「既読」のマークをつけずにいられることは常識で、長押しすればそのまま全文が読めることも知っている。返事をしにくいメッセージはそうやって見て見ぬふりでやり過ごせばいい。自分がやっていることは、友人たちもやることだろう。リッチーはそうやって知らんぷりを決め込むつもりなのだ。

めぐ美は怒りに心がふるえた。二千円払えと言ってくるカナでも、内緒で中学受験をするらしいまやまやでもなく、「既読」をつけないリッチーにこそ腹が立つ。むしゃくしゃして、テーブルを蹴ったら、期待したほどの音が出なかったわりに爪先《つまさき》の骨がずきんと痛んで、余計にむかっ腹が立った。そんなことをしているせいでカナへの返信が滞ってしまうことに焦る。あんまり返事が遅いと、迷っていることがばれてしまう。「既読」、付けなければ良かったと、猛烈に悔やまれた。

頭を抱えていると、廊下の向こうで物音がして、ママが帰ってきた。

「やだー、めぐ。部屋が真っ暗じゃない」

笑いながら電気をつける。

「ママ……」

涙が出そうになった。

「ちょっとぉ。こんな暗いところでスマホ見てたら、あんた目ぇ悪くなっちゃうよ。ほら、とんかつ買ってきた。お腹空いたでしょ」

ママはテーブルにぽんっと弁当の入ったポリエチレン袋を置いたが、コートは脱がなかった。ポリエチレン袋から、紙パックに書かれた老舗《しにせ》とんかつ店の名前が透けている。お腹がグウと鳴った。

「すごーい！　豪華じゃん！　やったー」

はしゃいだ声をあげるけど、腹話術師に喋らされているみたいな気がした。

「ママ今から飲み会だけど、駅前で飲んでるから、なんかあったら電話して。十分で帰れるからさ」

と言いながら、ママは鏡も見ずに口紅を塗り、上くちびると下くちびるをぱちぱちと合わせて、馴染ませている。触るとツルツルする茶色い毛皮のコートは、最近買ってきたばかりのもので、まだそれほど寒くはないのにここのところ愛用しているものだ。小太りのママがそれを着ると、丸い動物みたいに見える。コートの下からひらひ

らしたレースの裾《すそ》が見えていた。赤い口紅を指につけ、ほっぺたにぽつぽつと置くようにして塗り込みながら、

「みなと龍にもこれ食べるように言っといて」

と言う。

「ママ」

めぐ美は、今にも出て行ってしまいそうなママを呼び止める。

「何」

ママがこちらを見る。真正面から目を合わせたのは、久しぶりだと思った。

「時間ないんだけど」

迷惑そうに眉を寄せたママの顔を見て、めぐ美は焦った。

「あのね、今日カナにダンスの公演観に来てって言われて……」

「だから？」

「だから……っていうか」

「行けば？　鍵、中から閉めてね。とんかつ、高かったんだから、ちゃんと食べな」

「二千円かかるって」

「はい？」

「カナのダンスの。二千円かかるって言われた。入場料、みたいな。それに、知らない街だから……」

ひとりじゃ行けない。

だって、カナが一緒に行ってくれるのか分かんないから。カナはリハーサルとかあるかもしれないし。

言いたいことをどう言えばいいのか分からなくなって口ごもる。

「二千円て、子どものダンスに？」

「うん。言われた」

「今ほしいの？」

「いや、今じゃなくてもいいけど」

ママは財布から千円札を二枚出し、無造作にめぐ美に渡した。

「あー、あんた、嘘ついてないでしょうね。カナって、前田香奈枝ちゃんだよね。ママ、怪しいと思ったら確認するよー」

「嘘じゃないよ！　カナのお母さんに訊いてもらってもいいよ！」

めぐ美が言うと、ママはもう興味を失くしたように、

「はいはい。じゃあ、ママもう行くから」

靴箱の高いところからロングブーツを取り出している。子どもたちや自分の靴が乱雑に散らばった中に、それを投げ落とし、めぐ美のスニーカーと、リュウ兄のスニーカーを踏みつけながら、窮屈そうにそれを履く。「鍵、閉めてね」と言い残し、慌ただしく出て行った。

めぐ美は言われた通り中から鍵を閉め、のろのろとした足取りで部屋に戻ると、とんかつ弁当を食べた。

冷えたとんかつが口の中でぱさついた。

咀嚼《そしやく》しながら、

〈meg1107：ママにOKって言われたよ！〉

と、カナに送ると、速攻で、

〈kanae：ありがと！　大好き♡〉

と返ってきた。

その夜、ママは、めぐ美が寝るまでに帰ってこなかった。

翌朝、待ち合わせのマンションの門前にまっすぅの姿はなかった。かわりにまっすぅのお母さんがいた。

めぐ美は一瞬、知らんぷりしようと思った。

しかし、まっすぅのお母さんはすぐにめぐ美に気づき、

「めぐ美ちゃん、いつも一緒に行ってくれてありがとうね」

やわらかそうな微笑みを浮かべて近づいてくる。でも、きっと、あの張り紙を見ているはずだと思った。いろんな人が、７３０号室のベランダを監視している気がした。

「あの、まっすぅは？」

「智帆はちょっと体調が悪くて、今日はお休みなんです」

「風邪、ですか？」

「そう。こんな時期だから、インフルエンザじゃないと思うけど。後で病院に行かないと」

と言いながら、まっすぅのお母さんは、めぐ美と学校の方向へ歩き出した。一緒に歩くことになる。

そういえば、前にもまっすぅのお母さんとこうして一緒に歩いたことがあったなと、めぐ美は思ったけど、どうしてそんなことになったのかは思い出せなかった。ねずみ色のセーターを着たまっすぅのお母さんは、並んで歩くと、めぐ美が少し見下ろすくらいに小さい人だ。まっすぅのリボンとか、色々なアクセサリーを作っているとまっ

すぅが言っていたのを思い出し、そのことを訊いてみたい気がしたけど、よそのお母さんにどう話しかければいいのか分からない。

するとまっすぅのお母さんのほうから、

「お母さまは、元気ですか」

と訊ねてきた。

「あ、はい。元気です」

「お母さま」だって。めぐ美はなんだか笑ってしまいそうになった。

実をいえば、今日はまだママに会っていなかった。ママは昨晩遅くまで飲んでいたみたいで、ミイ姉とリュウ兄よりも帰りが遅かった。朝、奥の寝室のドアを開けたら、ベッドの上に投げ出された無数の洋服の中に埋もれるようにして眠っている後頭部が見えたから、めぐ美はそっとドアを閉めた。前に飲み会の翌朝のママを起こしてしまったら、二日酔いと寝ぼけとで頭が混乱していたみたいで、怒鳴られたことがある。

定時制高校に通うミイ姉も朝は遅いから、朝はだいたいリュウ兄とふたりで過ごす。リュウ兄が通う五中のほうが、めぐ美の小学校より遠く、始業時間も早いので、家を出る時間は違った。リュウ兄はいつも眠そうだ。少し前まで同じ部屋を分けて使っていて、二段ベッドの上下で寝ていたけれど、今はリュウ兄が勝手に布団を持ち出して、留守中のパパの部屋で寝るようになった。ママがそのことを知っているかは分からない。リュウ兄がひとりで過ごしたいのは、ゲームをするためだ。そのせいで睡眠不足なんだと思う。学校でずっと寝ていると、注意の電話がかかってきたけど、ママは全然怒らなかった。もともと朝ご飯なんていうものは、存在しない家だった。

「めぐ美ちゃん」

まっすぅのお母さんが唐突に言った。

「いつでも、おばさんちにピンポンしてね」

は？　とめぐ美は戸惑った。

「おばさん、だいたいおうちにいるから」

そう言われても、どう答えればいいのか、分からない。お礼を言うべきなのだろうかという気もしたが、あんまり言いたいと思えなかった。だいたい、なんでまっすぅの家にピンポンしなければいけないのか。

「めぐ美ちゃんは智帆なんかよりずっとしっかりしているから、こんな心配をするのは余計なお世話だって分かっているのだけど、お父さんが単身赴任だと、お母さんはとっても大変だと思うの。でも、いくらお母さんが大変でも、めぐ美ちゃんはまだ子どもなんだから……、子どもにはできないこともあるでしょう。それでいいの。子どもは子どものままじゃないといけないのよ」

そう話すまっすぅのお母さんは澄んだ目をしているのだろうとめぐ美は思った。隣を歩いているまっすぅのお母さんの顔を、めぐ美は見なかったが、きっと正しい顔をしているはずだ。

それなのに、めぐ美は不快感を持った。喋っている内容は、きれいで、優しい感じがしたが、聞きたくないようなことだった。だいたいこの人、なんでついてくるんだろう。

「子どもは、大人に頼ることが、良いことなのよ。だから、いつでも来てちょうだいね」

まっすぅのお母さんが言った。

めぐ美は何も言葉を返さなかった。

それからしばらく、ふたりは沈黙したまま歩き、角を曲がる。まだついてくる気なんだろうか、とめぐ美は苛立った。すると、まるでめぐ美の心を読み取ったように、

「じゃあ、わたしはここで」

とまっすぅのお母さんは立ち止まる。そして、

「ごめんなさいね、おばさんばかり、喋っちゃって。あ、めぐ美ちゃん、これ先生に

渡してくれますか」

欠席連絡が書かれているのだろう連絡帳を渡して、大人が大人にするように、小さく頭を下げた。

「わかりました」

めぐ美が受け取ると、

「ありがとう。めぐ美ちゃん、帰りはリクちゃんと帰ってきてね」

まっすぅのお母さんは言った。リクちゃんというのは小磯のことだ。無理、と心の中で思いながらも頷いて、めぐ美はひとりで歩き出す。

この道は苦手だ。幅が狭く、特に駐車場とレンタル倉庫のあたりはひとけがない。ここで痴漢が出たという話を思い出す。さっきまでまっすぅのお母さんについてこられて迷惑なくらいに思っていたのに、急に心細くなった。次の曲がり角まで行けば大通りに出られると思って、自然と小走りになる。

ランドセルをカタカタ言わせて、なんとか大きな通りまで走ってから、曲がる前に気まぐれで後ろを向くと、遠くにぽつんと、まっすぅのお母さんが立っているのが見えた。

めぐ美はさりげなく体の向きを変え、まっすぅのお母さんに気づかなかったふりをした。

大通りをしばらく歩いてから、

「キモ」

と、呟《つぶや》いてみる。

まっすぅのお母さん、キモ。

だけど、めぐ美は、本当は分かっていた。まっすぅのお母さんは、めぐ美が無事に大通りに出られるまで、見届けてくれたのだ。前にまっすぅのお母さんと一緒に途中まで歩いたのも、まっすぅが学校を休んだ日だった。あの時も、同じようにして見届けてくれていた。家で、病気の娘が寝ているのに、めぐ美のことを見届けてくれた。まっすぅのお母さんの小さな姿を思い出して、めぐ美はなんだか泣きたくなる。だけど、よそのお母さんのことを考えてこんな気持ちになるなんて厭《いや》だった。気づきたくないことに気づいてしまう気がした。

学校に着くと、リッチーとまやまやの様子が変だった。まず、まやまやが、めぐ美を見てぱっと目をそらした。リッチーは「おはよう」と声をかけてくれたけど、まやまやの反応を見てしまったせいか、その表情が少し強張《こわば》っているようにも見えた。それだけで十分に危険信号だった。

朝、確認したら、「タピル」の発言に「既読2」がついていた。これで、まやまやもリッチーも読んでいることが確定した。それなのに、なんの返信もないことは、どう考えても不自然だ。

そういうことか、とめぐ美は瞬時に理解する。リッチーとまやまやは、ふたりだけでトークをしているのだ。めぐ美の発言について、どういう態度をとるのかを、こっそり相談し合っている。

失敗した、とめぐ美は思った。あのふたりを信頼しちゃいけなかった。でも、こうなった以上は、深刻な発言だったと受け止められないようにしなければいけない。少なくとも、カナの悪口を言っていると思われちゃだめだ。

めぐ美は焦って、

「あのさ、昨日の……」

リッチーに話しかけると、

「あ！　そうだ！　昨日のアレ見た？」

と、素《す》っ頓狂《とんきょう》に大きな声で、テレビの話に切り替えられた。ちょうど教室に現れたカナが近づいてきて、四人でいつものように盛り上がる。そのテレビを、まやまやは見ていなかったようで、にこにこと話を聞いているが、時おりめぐ美と目が合うと、気まずそうにそらされた。リッチーも、めぐ美とは目を合わせない。カナだけが、めぐ美の腕に自分の腕を絡め、ダンスのリズムを取りながら、屈託なくテレビの感想を言っている。

まさかとは思うけど……。めぐ美はカナの言葉に相槌《あいづち》を打ちながら、頭の中では最悪の想像をしてしまう。

最悪の想像。それは、まやまやとリッチーが、めぐ美の発言を保存《スクショ》して、カナに送ること。小磯が友達に、まやまやと自分のやりとりを見せたように。たとえば、自分たちの発言を一部削除して、めぐ美の発言のやばい部分だけを切り取って、カナに見せることだってできるのだ。

想像しただけで、心臓が鉛のように重くなる。

でも、もしそんなことをされたら、こっちだってやり返す。ふたりがカナの悪口を書き込んだ証拠を持っているんだから。めまぐるしく考えたが、息が苦しくなる。まるで戦いが始まる前みたいだ。

「あ、そうだ。ダンス公演の案内持ってきた」

ふいにカナが言った。「ちょっと待ってて!」と、カナが自分の席に戻り、ランドセルの中からプリントを取ってくる間、まやまやとリッチーは石のように黙っている。

そのふたりがそっと交わした視線の気配に、決定的だ、とめぐ美は思った。

ジュニア・ダンス・パフォーマンスショー

主催：レインボー・アーツ・ダンスアカデミー

前売り券：２５００円

当日券：３０００円

めぐ美がプリントを受け取ってランドセルにしまうまで、まやまやとリッチーは何も喋らなかった。

その日の合奏練習は最悪だった。

小磯が個別にアコーディオンを弾くように言ったのだ。リッチーとカナが無難に弾き終えて、めぐ美の番になった。

弾けなかった。

「フヨミしてこなかったの」

小磯の表情がきつかった。

「ごめん、ごめん、明日やるから」

めぐ美はおどけて、手刀を切った。なるべく軽やかに、この場をやり過ごしたかった。

「絶対やってきて。そろわないと、困るから」

と、小磯に冷たい声で言われた。

「分かってるよ！」

めぐ美は言う。小磯がまた何か言いかけるのを、

「リーダー、ちょっと厳しすぎ」

と、カナが黙らせた。

小磯はもともと、できない奴には厳しいタイプだ。その厳しさが他人に向いている時はなんとも思わなかったのに、いざ自分に向けられると焦る。

「めぐがやるって言ってんだから、もういいじゃん。次、次」

カナに言われて、小磯が「まあ、いいけど……」と引き下がる。

まやまやが滑らかにメロディを奏でて、ほかの数人も、ところどころ音を外しながらも弾き切り、こんなに弾けないのがめぐ美だけだということを、小磯以外誰も指摘

しないけど、今やみんなが知ってしまった。どうしよう、と思った。明日になったら、本当に弾けないんだとばれてしまう。

ハートのかたちに折りたたまれた小さな手紙が回ってきたのは、四時間目の社会で町研究の発表を聞いていた時だった。

スライドを使って各班が発表をするため、教室はカーテンで遮光され、照明も落とされていた。列をおいて隣の席の尾辻文也が、めぐ美の席にぽいっと手紙を投げてから、ひとさし指を口の前に立ててシッとやる。かっこつけているつもりの仕草に、めぐ美はおかしくなった。手紙には「めぐまで回して」と書いてある。まやまやの字だった。

壇上では、ちょうどカナたちの班が発表していた。カナと同じ班のまっすぅが学校を休んでいるので、発表者は三人だけだ。コミュ障の武市と肥満児の松丸と並んで発表しているカナは、武市の隣の一番前の席になった最初の頃は「席替えしたい」と口癖のように言っていたけれど——めぐ美にもその気持ちはとてもよく分かる——、今は落ち着いていて、彼らとうまくやっているようだった。

めぐ美は手紙を広げた。

社会が終わったらカナにトイレって言って、ソッコー家庭科室にきて！

（うちらからの手紙はカナに内緒で）

別々に集合。

リッチー、まや×2

まやまやのほっそりしたきれいな字で、そう書いてある。

めぐ美は斜め前方の席にいるリッチーを見た。頬杖《ほおづえ》をついて、眠たそうな顔でカナの発表を聞いている彼女の位置は、先生にばればれだから、あそこから手紙は回せないだろう。その点、まやまやの席は後方だ。暗いので、彼女の様子は窺えないが、手紙を書いたのも、回したのも、まやまやだと思った。四人の中では最もまじめで、手紙回しなどしそうにないキャラなのに。

「カナに内緒」というのが気になったけど、少なくともまやまやたちは、めぐ美をカナに「売ろう」としているわけではない。そのことが分かってほっとしながらも落ち着かない気分だった。手紙を元の通り細かくたたんでペンケースにしまった。

チャイムが鳴ると、めぐ美はカナに「トイレに行ってくるね」と短く伝えて教室を出た。わざわざ言わなくても、社会科係のカナは発表の後片付けに忙しそうだった。今日は発表でパソコンやスライド機器を使用したため、カナは別の社会科係たちと、スライド機器を返すために三階の社会科準備室に行かないとならなかった。そこまで承知した上で、社会科準備室と真逆の半地下の家庭科室に呼び出すあたり、いかにも「作戦」という感じがする。これもまた、戦争か。めぐ美はこっそり、ぞくぞくした。たぶん、考えたのはまやまやだ。リッチーに比べて、まやまやのほうが計算高い。本人はそう見せないように振る舞っているけれど、滲《にじ》み出る賢さは見つかってしまう。

家庭科室の前にいると、リッチーが待っていた。リッチーはきょろきょろと周りを窺っている。

「なんか、鍵がかかってて……どうしよ……早く……」

「カナは、片付けで社会科準備室に行ってるよ」

めぐ美が言うと、「あ、そうか」と露骨にほっとした。こういう小心なところがリッチーだ。階段から軽やかな足音がして、まやまやが現れた。朝も中休みの時も、気まずそうに目をそらしていて、あまりに怪しかったまやまやが、めぐ美を真正面からとらえて、頬を緩ませ、

「めぐー。良かった、来れて。手紙は捨ててくれた？」

と訊いた。

「え、捨ててないけど。なんで」

「だって、あれ、カナに見られたらやばいじゃん。あとで破って捨ててね」

「分かったけど、なんか、すごいね」

めぐ美が笑うと、まやまやも笑った。

「家庭科室、鍵閉まってるよ」

リッチーに言われるまでもなく、ここに鍵がかかることは知っていた。授業中にわざとかけたことがあったから。その時のことを、何だか思い出したくない気がして、頭の奥に押しやって、

「どうしよう？」

と訊くとまやまやが、

「じゃあ、あそこのトイレに行こう」

と二人を先導する。ＰＴＡ室の横にある、来客用トイレだ。あたりを見回し、誰もいないことを確認してから、三人で中に滑り込んだ。

「いいの？　ここ、いいの？」

リッチーがひたすら不安そうに周りを見回している。個室が一つしかない小さなトイレの洗面台には、ひんやりとした空気が漂っていた。半地下だから、上部に小さな窓がついているだけで牢屋《ろうや》みたいに窮屈なトイレだった。

「平気平気。だって、横のＰＴＡ室が暗かったでしょ。てことは、今、誰も使わないから」

　まやまやが動じてないから安心できた。

「詳しいんだね」

「だって、うちの親、二回もＰＴＡやったから」

「へえ……」

　うちのママはＰＴＡどころか、保護者会にもほとんど出たことがないし、参観や運動会などの行事もすぐ忘れてしまう、とめぐ美は思った。最後にママが小学校まで来てくれたのはいつだっただろう。

　そういえば、とめぐ美は思い出す。前に、尾辻のお母さんから電話がかかってきて、保護者会の出欠を確認されたことがあった。いじられキャラで気弱な尾辻なのに、彼のお母さんは妙に高圧的な口ぶりで、怖い感じのする人だった。電話は二回かかってきた。ママがいなくて、二回ともめぐ美が出た。かけ直すように頼まれたから、ママに伝えたけど、ちゃんとかけ直してくれたかどうかは分からない。何度か訊いたが、「はい、はい」と、いつも適当に流してしまう。

そんなことを思い出していたら、

「あのね、めぐ」

まやまやが囁《ささや》くような声で、ぐっと顔を近づけてきた。

「カナのダンスの公演のこと」

「ああ……うん」

「詐欺だよね」

と、まやまやが言った。

「え」

「お金かかるって後から言ってくるなんてさ。ひどいと思った」

まやまやの言葉を受けて、

「ホント、詐欺師」

リッチーも言う。

ふたりがカナに寝返るかもしれないとはらはらしていためぐ美は、拍子抜けすると同時に、繰り出された言葉たちに呆然《ぼうぜん》とした。

「ごめんね、わたしたちだけダンス公演行けなくて。てか、今後も永遠に行かないし」

「それな」

「カナ系を全部めぐに押しつけたみたいな感じになっちゃって」

　ふたりは、いつもと同じ笑顔で笑っている。いつもと同じ笑顔なのに、知らないまやまやと、知らないリッチーがいた。居心地の悪さにめぐ美は伏し目になる。その様子を見て、

「めぐが優しいから、いい気になってるんだよ」

「ほんと、めぐ、優しいから」

　ふたりは口々に言った。一見褒め言葉のようだけど、笑いを含んだその「優しい」は、めぐ美をばかにしているようにも聞こえた。

「あの人、ひとの気持ち、考えられないからね」

「それな。うちらが平和主義だから良かったけど、中学入ってからが確実にやばい」

「やばい、やばい。確実にいじめられる。もう、マジ、未来見える」

「今だって、果歩《かほ》や裕奈《ゆうな》たちドン引きしてるもんね」

「でも」

とめぐ美は口を挟む。

「まやまや、受験して私立に行くんでしょ」

そう言うと、まやまやは頬を硬くし、

「なんで？」

と、攻撃的に語尾を跳ね上げた。

「なんでって、カナが、まやまやは一月に入試があるからダンスに来れないって言ってたよ」

めぐ美が言うと、まやまやは気まずそうに黙る。リッチーはすでに知っていたようで、驚くそぶりを見せない。やっぱり、まやまやとリッチーは、ふたりで小さな世界をつくっているのだなとめぐ美は思う。その世界の中では、カナは加害者に、自分は被害者に、そう見えているんだな。

「でもカナはそのこと、怒ってないよ。それに、リッチーのことも、お父さん厳しいし、空手大変だって言ってた」

めぐ美の言葉を聞き、リッチーはさっきまでの勢いを失って押し黙る。しかしまやまやは、

「受験するって言っても、わたしの場合、別に、塾のガチ勢みたいにたくさん受けな

いから、五中になっちゃう可能性が高いし、あんまりみんなに言ってなかったけど、受けるのも、ほんと無理ってところだけだし」

早口になって、ずっと受験の言い訳している。なんでこんなに動揺するのか分からなかった。私立の学校に落ちて五中になったと思われたくなくて、予防線をはっているのだろうか。五中に「なっちゃう」。予防線をはられれば、はられるほど、五中以外に行くところのない自分たちとの間に線を引かれている気がした。

「ていうか、まさかカナの悪口言うためにわたしのこと呼び出したの？　もういいよ。そろそろカナが怪しむよ」

めぐ美が明るく言うと、リッチーが、

「違う違う」

と慌てたようにまやまやをつつく。まやまやが、そうだった、というふうにリッチーに小さく頷いてから、ジャンパースカートのポケットに手を入れて、

「これ……」

と、何やら小さな袋を出した。

「あげる」

とまやまやが言う。

「は？」

「ダンスの公演のお金」

「なんで」

「困ってるんでしょ。うちらが千円ずつあげる」

ポチ袋には、「おとしだま」と書かれていた。

「昨日、ふたりで相談したんだよ！」

「めぐだけ犠牲にするのは良くないもんね」

差し出す瞳《ひとみ》に、こちらの反応をわくわく窺う光が見てとれた。

めぐ美は、

「交通費もかかるし」

と、言った。

え？ というふうに、リッチーとまやまやが顔を見合わせる。めぐ美自身も、え？ と思う。頭の中に、交通費なんていう発想は一ミリもなかったのに、なぜだかそう言ってしまった。自分の言葉に混乱する。大金を出し合ってくれたふたりに、なんでそんなことを言っちゃうんだろう。

そう思った瞬間に気づく。

違う。交通費じゃない。そんなことじゃない。ふたりが「永遠に行かない」と言ったことに傷ついていた。

カナのダンス、観たくないの？

めぐ美は行きたかった。

カナのダンスを観たかった。

だけど、知らない街までひとりで行くことが怖い。ひとりで電車に乗ったことは一度もない。

「交通費って、え、いくらなの？」

訊いてくるまやまやに、

「嘘。いいの、ごめん」

慌てて謝ったが、まやまやの顔に浮かんでゆくものを、めぐ美は見逃さなかった。

さっきまで、困窮する友達を助けることの満足感に溢れていたまやまやの目が冷たかった。それはいつか見た藤岡の目に似ていた。めぐ美はそれを受け入れた。友達から慈愛の表情で見られるよりは、軽蔑されたほうがましだ。

「めぐ、何。怒ってるの？」

ふたりは昨晩、スマホのトークルームでこそこそと相談したのだろう。やりとりの文字が目に浮かぶようだ。カナひどい、めぐがかわいそうって、一致団結したんだ。そして、今のふたりの気持ちも、手に取るように分かる。わたしたち、こんなに優しいのに、これだけのことをしてあげてるのに、何なの、めぐのこの態度。

「いいよ、これ」

めぐ美は「おとしだま」をまやまやに返す。

「ママにもらってるから、お金」

そう言うと、

「なんだ。言ってよね」

と、まやまやが笑う。うっすらと不満を滲ませているまやまやに対し、リッチーは不安そうな目をしていて、ちいさな声で、

「カナには言わないでね」

と、付け加える。

「言うわけないじゃん」

めぐ美は答えたが、言ったらどうなるんだろう、と少し思った。リッチーとまやまやがカナの悪口を言いまくっていたことを話したら。さすがのカナも泣くかもしれない。リッチーとまやまやは、仕返しに、「タピル」に書いためぐ美の言葉を見せるだ

ろう。四人は空中分解し、新しい友達を見つけることに躍起になって、あちこちで悪口を言い合う。ほんの一言で、わたしたちは、簡単に壊れる。

でも、そんなことは関係なかった。

カナに、言うわけないじゃん。

自分がひとりぼっちになるのが厭だからというだけではなく、カナに聞かせたくないと思った。

あんなに毎日頑張ってダンスの練習をしているカナに、ふたりの言葉を聞かせたくない。

カナが聞いたらどう思うのか考えると、めぐ美は、なんだか自分が厭なことを言われたような気にさえなった。自分も「タピル」にカナのことを悪く書いたりしているのに、カナの強引さに不満を持つこともあったのに、どうしてこんな気持ちになるのか分からなかった。

「ありがとうね。わたしのこと、心配してくれて」

リッチーとまやまやに、笑顔をつくった。

「ふたりとも超優しい！　大好き！」

いつものめぐになる。明るい声を出す。

リッチーとまやまやは、めぐ美の表情にほっとしたようにようやく頬を緩ませ、顔を見合わせて自分たちの善行に「えへへ」と照れた。

午後の授業は平穏に過ぎた。

まやまやの立てた「作戦」が、カナに気づかれることはなかった。三人とも、そんなヘマはしない。昼休みに、めぐ美はいつも以上にひょうきんに振る舞ったし、まやまやとリッチーも、ごく自然にお喋りし、笑い転げた。傍《はた》から見たら、最高に仲の良い四人組だ。実際、四人でこうしてふざけ合う時間は、めぐ美の一日の中で何よりも愉しいひとときなのだった。

それでも、帰り道をひとりで歩き出す時、心に暗い靄《もや》が漂う。カナもリッチーもまやまやも、方向が逆なので、校門前で別れる。

ひとりになるのは寂しい。そればかりでなく、帰り道の三人が、自分の話をするのではないかという小さな不安が芽を出す。リッチーとまやまやがカナに何かを言ってしまうんじゃないか。その不安は、めぐ美の心の底に、いつも少しだけ存在していた。

通りの先に黒いランドセルを背負った小磯がいた。

気づかれたくなくて、めぐ美は歩みを遅くした。小磯も誰かを待っているようで、ゆっくり歩いている。そう思ったら、立ち止まり、街路樹にもたれた。めぐ美の姿を見つけると、のろのろとした動作で体の向きを変えて歩き出した。それからまた振り向いて、めぐ美をちらちらと見る。どんなにゆっくり歩いても、めぐ美は小磯に追いついてしまう。

「今日、まっすぅが休み」

めぐ美は小磯に言った。なぜか、ひとりで帰っている理由を説明したくなった。

「知ってる」

と小磯は答えた。

大通りから、駐車場の通りに曲がったところで急にひとけがなくなる。ふたりきりになった。めぐ美は、まっすぅのお母さんが、今日は小磯と帰るようにと言っていたのを思い出した。小磯は少し先を歩いているが、歩き方を調整してくれているのが分かる。時おり後ろを向いて、めぐ美がついてきていることを確認する。

まっすぅのお母さんは、めぐ美をひとりにしないよう、小磯に頼んでくれていたのだ。そう思って、納得した。小磯と歩くのはぎこちない感じがしたが、それでもひとりきりでこの閑散とした道を行くよりはましだった。よそのお母さんなのに、どうしてこんなにめぐ美を心配してくれるのか、分からなかったが、結果的におおいに助けられている。ママが、まっすぅのお母さんのことを心配性だと、ばかにするように笑っていたことを思い出したら、胸がきゅうっと痛んだ。あの時、めぐ美も笑ったのだった。

閑散とした道が終わり、公園前を歩き出す。

落ち葉をかさかさ踏みながら歩く。

それまで黙って先を歩いていた小磯が、ふいに振り向いて、

「あ、そうだ。フヨミ、明日までだから」

と言い、走って行った。

その言葉がきっかけだった。めぐ美の中に、ポツポツと溜まりつつあった感情を、心の縁《ふち》から初めてこぼすことになる、その一滴《いってき》。

「小磯！」

気づいたら叫んでいた。

びっくりするほど大きな声が出た。

振り向いた小磯に向かって、めぐ美は走った。近づいてきためぐ美の顔が涙で濡《ぬ》れているのを見た小磯は口をちいさく開け、ぽかんとしたその顔で、

「こけたの？」

と訊いた。

間が抜けたようなその幼い顔と質問に、めぐ美はつい笑ってしまい、笑ったまま、

「フヨミって何？」

やっと、訊くことができた。それってスマホで検索すればいいだけだったなと閃《ひらめ》いて、自分のばかさにまた笑ってしまった。でも、誰かに教えてもらいたかった。自分が誰にも訊けないでいるということを、めぐ美は思い知らされていたから。リッチーにも、まやまやにも、カナにも。先生にも、きょうだいにも、ママにも訊けなかったから。いつもめぐ美は、訊けなかったから。小さなことも大きなことも、訊けなかったから。

色々なことがごちゃまぜになって、めぐ美の心に降ってくる。肺がふくらんで、息がくるしくなる。目の奥が熱く腫《は》れてくるようで、次第に痛み出してきて、気付いたら泣いていた。こんなことで、わたし、泣く。前にいつ泣いたのかをめぐ美は思い出せなかった。だけど、今日は泣いている。両頬をつたう涙は、めぐ美にとって、どこか非現実的で、かえって破れかぶれな気持ちにさせるくらい。

涙を流しながら笑うめぐ美を、不気味なものを見るような目で見ながら、

「は？　譜読みっていったら、譜読みじゃん」

小磯が言う。

「だから、意味が分かんない！　なんだよ、フヨミって！」

めぐ美は涙をぬぐって、大きな声でもう一度訊いた。

「は？　楽譜で音を取ることだよ」

「音を取る」

「ドレミ……っての。覚えてから、弾けるようにする」

「それ、小磯が、やったの？」

「は？　おれがやるってどういうこと」

「『は？』『は？』って、うるさすぎ。仕方ないじゃん！　あたし、楽譜、読めないんだから！」

「なんで」

小磯に無邪気な顔で訊かれたせいで、めぐ美は、これまで持っていた恥ずかしさが、実はすごくちっぽけなものだったように思えた。

「読めないんだから、読めないんだよ！」

開き直って言った。

「だって、音楽で習わなかった？」

「忘れちゃったよ！　そんなの」

小磯は「仕方ねえなあ……」とぶつぶつ呟きながらランドセルを肩からはずして足元に置く。教科書やプリントがぐしゃぐしゃに入れてある奥のほうからうすいクリアファイルを出した。『ブラジル』の楽譜が入っていた。

「いいよ、これ」

と手渡される。広げると、音譜のおたまじゃくしの下、ひとつずつにその音がなんなのかを示す「ドレミファソラシド」のカタカナと、ドなら1、レなら2というふうに、指使いの順番が書いてあった。

「これ、小磯が全部書いたの？」

めぐ美が言うと、小磯は頷いた。リーダーを押し付けられた小磯が、家でこれを書いていた姿が目に浮かんだ。

「大変だった？」

めぐ美は訊いたが、小磯はそれには答えず、

「見村んち、ピアノってある？」

と訊く。

「ない」

「え、ないの!?」

「あんたんちみたいに、でっかいピアノが二台もある家のほうが異常なんだよ」

昔、遊びに行った時、小磯の家に大きなピアノがあってびっくりしたのを思い出した。

そういえば小磯の親はピアノを教えているし、小磯も小さい頃からピアノを習っていたはずだ。だったら、このくらい、簡単に弾けるに決まっている。むしろ、なんでこんなにびっしりドレミを書いているのだろう。

「あのさ、ネットで鍵盤の絵とか拾って、ここに書いた音譜と見合わせれば、弾けるようになるんじゃね？」

「無理、無理。どれがドかとか、分かんないもん」

「それも、ネットに鍵盤の絵があるから、それ見れば」

「えー。無理」

「なんで」

「なんでって、無理だもん」

「なんでも簡単に無理無理言うなよ。おれだってこれやるの三時間くらいかかったよ」

「え、あんた、ずっと前からピアノ習ってたのに、なんで？」

「知らねえよ。おれのことはいいだろ。Safariで『ピアノ　鍵盤』って画像検索すればたくさん出てくるし、あと、学校で弾く時、アコーディオンのドとソんとこに、セロテープ貼っとけば。透明だから気づかれない。目印になるから」

「名案じゃん、それ」

「おれ、前に鍵盤ハーモニカで、やってた」

「……小磯、すごいね」

「別に、すごくないし」

小磯は口を尖らせた。褒められて照れたと見え、力を込めている口元がぴくぴくっと動く。その顔は、一緒に図書館に行った頃からそれほど変わらないふうにも見えた。

「じゃあ」

と小磯は言い、急に足を速めて歩き出して行ってしまう。と思ったら振り向いて、

「明日じゃなくてもいいから」

と言った。

「何が」

「明日までにって言ったけど、もっとかかってもいいから」

と言って、また歩き出す。少し歩いてまた振り向いて、

「できないところは弾いてるふりしてもいいから」

と言った。

めぐ美はさっきまで泣いていたのが嘘みたいに、爽《さわ》やかな気分になった。その手にあるのは「フョミ」のために借りた楽譜だ。大切に持って、落ち葉の道を歩いてゆく。

家に帰ると、珍しくママがいた。いつもめぐ美がスマホの動画を見ているソファに寝そべって、テレビを見ていた。

「ママ。どうしたの?」

めぐ美が訊くと、

「どうしたのって?」

と、訊き返された。

「だって、早いじゃん」

「なんか、疲れちゃっただけ。たまには家でのんびりしたいの」

「ご飯は?」

「まだ四時なのに、ご飯とか言う?」

ママに笑われ、めぐ美は恥ずかしくなる。お腹が空いているわけではなかった。だが、いつ食べられるんだろうという心配が、毎晩あった。

「そんなに食べたいならお金あげるから、何か買ってきてくれる？」

「ピザとか取る？」

めぐ美が言うと、

「ピザだって高いんだからね。『取る？』とか気楽に言わないで」

と、ママに返された。柔らかい言い方だったので、機嫌を損ねたわけではないと分かった。本当はお金のことなんかじゃなく、人をここまで呼びたくないんだろうという気もした。

以前、ピザを届けてくれたお兄さんが、開いたドアのこちら側に目をやって、ゴミや物が溢れ返った廊下に、ぎょっとしたような顔をした。そこまでしなくてもと思うくらい、露骨な「ぎょっ」だった。代金を支払うママの横で、ピザを受け取っためぐ美は、彼の表情を見ていた。ママも彼の顔を見たはずだった。そのあと、会話もなく、ピザを食べた。

「ママ」

めぐ美は呼びかけたが、ママに何を言えばいいのか分からなかった。言葉を探していると、

「あんた何。泣いた？」

と訊かれる。さっきの涙の筋が残っていることに気づいた。急いで手の甲でぬぐう。

「何、何。何があった」

ママが身を起こす。

「なんでもない」

「イジメとか？」

眉を寄せるママは、一見娘を心配しているように見えた。本当に心配してくれているといい。でも、小学生のめぐ美が、ひとけのない道を歩く時に感じる不安を見ようともしないのは事実だった。

「パパ、いつ中国から帰ってくるの」

めぐ美は訊いた。みんなで中国に行くことはできなかったのかなと少し思った。でも、あの時のめぐ美は中国に行くなんて、考えられなかった。ひなっちと仲良くなって、学校が楽しくなり始めた時期だった。ママも、ミイ姉も、厭がった。リュウ兄だけが行きたがったけど、実現しなかった。

「なんか、長いよねえ」

よその家のことを話すような口調で、ママが言った。

「いつか、本当に帰ってくるんだよね」

「そりゃ帰るでしょ。どうしたの急に。パパが恋しくなった？」

「違うけど……」

前から散らかっていたけど、こんなにひどくはなかった。パパが中国に行ってから、家がどんどん荒れ果てていった。この状態がふつうじゃないということは分かっている。ママは片付けたり、ご飯を作ったりすることができない。

ママは、家事をしたくないんだと思っていたけど、そうじゃなくて、本当に「できない」のではないかという疑念がわいている。そして、したくないだけの人だったら、きっと、まっすぅのお母さんのことを心配性だとは言わないと思った。そこにどんな因果関係があるのか分からないけど、めぐ美はそのことが、繋がっている気がした。だから、実をいえば、ピザの配達人の表情を見て、ママが厭な気分になったようだということにどこかほっとしたくらいだった。ママにもそういう心があると分かったから。

だったら、こんなんじゃだめだと思っているはずだ。ママだって、きっとなんとかしたいと思っているはずだ、と。

めぐ美は、このことだけは言おうと心に決めた。だけど、率直に頼むことができな

くて、

「カナのダンス公演、わたし、ひとりで行くの？」

と問いかけるかたちになった。

「なあに」

ママはきょとんとした顔だ。街の名前を伝えてから、

「わたし、ひとりで行けないかも」

と、どことなく媚《こ》びる声になる。

「じゃあ、やめれば」

「ママ、行こう？」

思い切って誘った。

「ママが？　無理。メンゴ。誰かいないの」

「いない。みんな忙しいもん。ねえ、ママ、お願い」

早口になって答えてから、日にちを言う。せめて検討してほしい。

「じゃあ、あんたも断ればいいじゃない」

「そんなわけにはいかないよ」

「やぁよ。だいたい子どものダンスに二千円て、何。ありえない」

「カナのダンス、すごいんだよ！　本当にかっこいいんだから！　オーディションだってあったんだから！」

「だとしても、ねえ」

「行きたいの！　ママと行きたいの！　予定ないなら一緒に行ってよ、ママ！」

何かに賭けるような気分だった。お願い、とめぐ美は添える。ママが忙しかったら、予定があったら、それは仕方ないことかもしれない。だけど、せめて迷ってほしかった。娘がこんなに頼んでいるのだから。だけど、ママは即答したのだ。

「いやよ」

と、笑いながら断られた時、めぐ美は泣かなかった。もう泣かないと決めたし、さっきの突発的な涙は想定外だったけど、めぐ美はこれまでだって、泣くことなんかなかったのだ。

「じゃあ、ひとりで行くから、交通費ちょうだい！　結構かかるからね！」

めぐ美が言うと、ママは「はあ〜？」と間の抜けた声を出したが、「分かったわよ。出すわよ。いくらなの」とあっさり頷く。めぐ美は答えず、かわりにランドセルの内ポケットの底から、管理組合からの手紙を出した。折りたたまれた封筒二枚をママに渡して言う。

「うちのベランダ、鳩がいっぱい来るって言われてるよ！　たぶん、ベランダにゴミとかいっぱいあるからだよ！　下の掲示板に、張り紙もされてる！　マンション中で有名なんだよ！」

　自分が米粒をやっていたことは伏せた。

「うっそー」

　と、ママは手紙を受け取り、「何、これ」目をしょぼしょぼさせながら文字を追い始めた。手紙はママをどんどん老いさせるように思えた。ママは指で眉間《みけん》を押さえた。読み終えると、手紙を伏せて、ため息をつく。めぐ美はママの正確な年齢を知らなかった。米粒をあげていた罪悪感が大きくなり、そのことを打ち明けて謝ろうかと思った時、

「なんでママだけ責めるのよ」

　と、言われた。

「みなや龍にも言ってよ！　なんでママのせいにばっかり！　あんたがみなと龍に言って、なんとかすればいいじゃない！」

「ミイ姉もリュウ兄もわたしに意地悪ばっかりするじゃん。忙しいし、わたしの言う

ことなんか聞かないじゃん。そのことママだって知ってるくせに」

いろんな不満が沸き上がってきて、また泣きそうになったけれど、めぐ美はぱちぱち瞬《まばた》きをして、溢れそうな涙を目の後ろに押し込んだ。ママを悲しませたいわけではなく、いろんなことを、変えたいだけだ。

「ママが無理なら、誰か、人に頼もうよ」

「は？　あんたがやればいいでしょう！」

「だって、わたし、まだ子どもなんだよ！」

とっさにめぐ美が言い返すと、ママは「はあ？」とばかにするように笑って、

「もうすぐ中学生でしょう！　甘えんな！」

と怒鳴った。

「だいたい、あんた、家の手伝い、なーんにもしないじゃない！」

「自分の部屋はきれいにするよ。お風呂《ふろ》も掃除する」

お風呂掃除は前にきょうだいで分担した時の、めぐ美の役割だった。途中から、誰も役割分担を果たさなくなっていた。

「お風呂だけきれいになったって仕方ないでしょう！　ベランダのことだって、その手紙を見つけたのあんたなんだから、あんたがなんとかすればいいでしょう！　なん

でいちママに言ってくるのよ！　ちゃんとやってよ！」

そこまで強い調子で言われると、自分がおかしいのではないかという気がしてくる。自分が無力で、ママの役に立っていない、それがとてもいけないことのように思えてくる。

だけど、まっすぅのお母さんは、子どもにはできないことがあると言った。できないことがあってもいいと、言ってくれたのだ。

ママは、物を投げたり壊したり、ニュースに出てくる「虐待」みたいなことはしない。ミイ姉やリュウ兄には叩かれたことがあるけど、ママからはない。ママは、楽しいことを言えば、笑ってくれる。そして今、ママは泣いている。

「ママ、ごめん」

とめぐ美は言った。

この人はもう変わらない、と分かったから。

そう分かることは、ちいさな解放を、めぐ美にもたらした。ミイ姉やリュウ兄も、ママを治してはくれないだろう。パパもしばらく帰ってきそうもない。

めぐ美は立ち上がり、泣き続けるママを見下ろした。

「譜読みがあるから部屋でやってくる」

そう告げる時、寂しかった。

自分がまだ子どもなのは、悔しいことでも、悲しいことでもなく、ただの事実だ。

見下ろしたママの、茶金髪に染めた髪の根元が白い。

めぐ美は、顔を上げずに泣き続けるママを、ここに置いてゆく。自分の部屋に行き、何か月も使っていなかった勉強机に座って、机の上に溢れた小物や雑誌などを端に寄せて整理する。スマホで、いつものオススメ動画を追うかわりに、『ピアノ　鍵盤』と検索した。知らずに歯をくいしばっていたことに気付いて、そっとほどいた。

譜読みをしっかりやろう。

新しいボートに乗るように、心が一歩を踏み出す。

小磯にがっかりされたくなかったし、何より『ブラジル』は大好きな曲だから。マラカスの愉快な響きを心に蘇《よみがえ》らせる。小磯みたいにちゃんと努力して、まやまやみたいにきれいに弾けるようになったら……。何も分からないけど、何も見えないけど、でも、何かが少しは変わる気がする。

広げたノートに、鍵盤の絵を書き写し、ド、レ、ミ、ファ、ソ、ラ、シ、ド、と書き添えてみたら、小さな部屋に音楽が広がっていくようだった。

エピローグ

新しい教室の戸を開ける時、心臓の音を耳元で聴く。何年やっていても、こればかりは変わらない。とくとくとくと速く打つ、くすぐったいようなこの痛み。左の手に新しい名簿を持ち、右の手で引き戸をがらがらと開ける時の。

「皆さん、こんにちは」

わたしは皆に呼びかける。

この鼓動は、不安だけでなく、よろこびも含んでいる。かすかな緊張と、新しく生まれていくような感覚。体じゅうを巡ってゆく。

わたしの前に、皆はいる。期待する目、嬉《うれ》しそうな目、恥じらう目、訝《いぶか》る目や値踏みする目もある。どの目もみずみずしく、まだ十年と少ししか見ていないこの世界は、彼らにどのように映っているのだろう。そして、同じ歳の頃、わたしは世界をどう見ていたのだろうと思う。

「六年三組を受け持つことになりました」

黒板に自分の名前を書くと、

「知ってる知ってる」

得意げに声をあげる男の子がいる。

「先生、おれの姉ちゃんの担任だったよね！」

「そうよ。お姉さんは中学で頑張ってる？」

声をかけると、周りの友達からひととき注目を集めた男の子はうっすら頬を赤らめて、「まあ、ね」と大人っぽく応《こた》える。

「先生、彼氏いるんですかー？」

からかうように訊《き》いてくる女の子がいる。

「プライバシーに関する質問にはお答えできません」

女の子はきゃらきゃらとした高い声で笑い、つられたように私語と笑い声のさざなみが広がった。

この時点で、子どもたちの個性がうっすらと浮かび上がる。

お調子者、目立ちたがり屋、吸引力のある子、そうした目立つ子を好意を持って見つめる子、その輪に加わろうとする子、加われないことにフラストレーションを感じている子、外側から冷静に見ている子、周囲に無関心な子、自分の世界に没頭している子……。

この子たちがわたしに慣れた時、それはわたしが、この子たちにとって「先生」という風景になる日なのだろう。だけど、今、この教室がほとんど世界のすべてである彼らにとって、その風景がどんなに大きな意味を持つのかも知っている。

だからわたしは、この子たちが卒業する日まで、何があっても、この子たちを切り捨てないと、心に決めた。

「はい、静かに。では、今から出欠を取ります」

ざわついていた教室の音量が少し落ちる。「しー」とわたしがもう一度言うと、教室はようやく静まった。

「できるだけ早く皆さんの名前と顔を覚えたいから、わたしを見て『はい』って、お返事してくださいね」

名簿を広げ、最初の子の名前を呼ぶ。

わたしがこの子どもたちと同じ歳だった頃、担任の先生が言った。

――皆さんは、どうせ、たいした大人にはなれない。

時に教室は、大きなひとつの生き物になる。無数の虫や魚が群れて、あたかもひとつの塊になるように。そこには性格や性質まで宿るのだ。

わたしがいた教室は、その時期かなり傲慢《ごうまん》な性格になり、暴走をした。一部の子どもが皆を主導し、教師に対し、度を超えた悪戯《いたずら》をした。わたしを含め、周りは皆それを許した。だから、リーダー格の彼らは、反省をするどころか、更に先生を挑発するような発言を繰り返した。

先生に「スイッチ入っちゃった」と言った子がいたが、先生はたしかに我を失ったように見えた。わたしたちを戒めることを放棄し、「どうせ」と言った。教室の子どもたちをいっしょくたにして切り捨てる、教師として、あるまじき言葉だったと思う。

わたしたちは、たしかに悪かった。

だけど、皆いっしょくたにされて「たいした大人にはなれない」と言われるほどだったろうか。

わたしたちの中には、真面目な子だって、優しい子だって、正義感のある子だってちゃんといたのに。

そのことを、何度も考えた。

とはいえわたしは、悪戯の首謀者たちのことは、心底軽蔑《けいべつ》していたのである。そのうちのひとりは、同じマンションに住む幼馴染《おさななじ》みだった。幼馴染みといっても、親しいあいだがらではない。むしろ逆だ。わたしはかなり早いうちに心の中で彼のことを切り捨てていた。

幼稚園に入る前か、入った後か、忘れてしまったけれど、とにかくとっても幼かった時期、彼はいきなり「浣腸《かんちょう》！」と叫びながら、わたしのズボンの尻《しり》の部分に尖《とが》らせた指を押し当てた。びっくりしてわたしが泣くと、おろおろと目を泳がせてから、走り去った。わたしは彼のことが嫌いになり、それから避け続けた。親どうしが知り合いだったから、彼のピアノの発表会にも連れていかれたが、本当はそれも厭《いや》だった。

その少年の母親が、彼の年子の姉をピアニストにするために全力投球していたのは有名な話だ。マンションの中に防音室を作り、毎日何時間もピアノを弾かせ、自身も指導していた上、週に何度か遠い町に住む専門の先生のところまで通わせていたという。母親どうしが繋《つな》がっているため、音楽専門の学校に入ってから留学し、現在はピアノの先生をしているそのお姉さんの自慢話は、今でも時おり聞こえてくる。ピアノに興味のある生徒がいたら紹介してほしい、と言われたこともある。
弟である彼も、子どもの頃はピアノを習わされていて、週に何度か、幼稚園を早引けして遠い町まで通っていた。だけど、小学校に入ってから、早引けすることはなくなった。合唱などで彼が伴奏を引き受けることもなかった。

親の関心や期待が、才能のあるお姉さんに集中するのを、彼がどう受け止めていたのか、わたしは考えたことがない。わたしだけでなく、家族や先生や友達すら、そんなことは考えなかったのかもしれない。

わたしは、ただ、彼が教室で友達をからかったり、乱暴な言葉を放ったりしている姿を見て、意地悪な子だと決めつけて、できるだけ近づかないようにしていた。先生に、あそこまで言わせるような酷《ひど》い悪戯をした後となっては、彼の印象はさらに悪くなり、中学ではひと言も交わさなかったし、別々の高校に進学してからは、同じマンションに住んでいるというのに、目を合わすこともしなかった。

教師になった今、思い出すのは、最後に観に行った彼のピアノ発表会だ。行きたくなかったけれど、幼いわたしは親に手をひかれ、隣の町の公民館まで、花束を持って行った。

彼は、年齢の割には難しい曲に挑戦していたのだと思う。壇上で、そのちいさな手は何度もつっかえ、つど音楽が止まった。なんとか最後まで弾き切った時には、耳まで赤く染まっているのが客席からも分かった。会場には、可愛らしくて弱いものを愛《め》でる優しい拍手が広がった。

その何人か後に、彼のお姉さんがピアノを披露した。姿勢から手つきから音色から、何もかもが周りの子たちとは異なっていて、この時は、高貴で強いものを崇《あが》める盛大な拍手が広がった。

わたしの母から花束を受け取った彼のお母さんは、

「この子、本番がだめなの。気が弱いから。いつもそう……」

と、しきりに言った。彼のお母さんが、息子のピアノを恥ずかしいと思っていることは、わたしにも、わたしの母にも伝わった。

それからわたしたちは舞台の上で、なぜかふたり並ばされて写真を撮られたのだったが、彼は、わたしの顔を一切見ようとしなかったし、わたしだって「浣腸！」してきた彼との写真なんて、嬉しいはずもない。「笑って」と言われたはずなのに、だからふたりともくちびるをきつく結んでいたのである。

ふたりで写真を撮ることは、その後一度もなかった。ピアノの発表会に呼ばれることもなかった。

有名な大学を出てIT関係の会社に就職したところまでは親経由で聞いているが、十年近く経つ今どうしているかまでは知らない。

同じようにわたしは、先生を挑発するようなことを言う少女のことも、心のどこかで切り捨てていた。

その教室には、少女に逆らえないムードが広がっていた。彼女は、周りの視線が自分に集まることを楽しみ、教室の中でよく踊っていた。自分が強く主張すれば周囲は必ず聞き入れるものだと経験上知っているようで、ことあるごとに自分の意見を通したがった。

わたしは彼女のそうした性質を不快に思っていたから、関わりを持たないで済むよう、気をつけて過ごした。

一度、ひょんなことから彼女のダンスを観に行ったことがある。汗の玉がビーズみたいに光っていて、息をのむほど眩《まぶ》しかった。

感想を伝えたかったのに、彼女はわたしを見て、「なんで？」と言った。なんであんたが来たの、ということだろう。わたしは彼女に魅了されかけたことを後悔した。

中学校に進学し、彼女とまた同じクラスになったが、そうした教訓をもとに、わたしは小学校の頃と変わらず、並存しようと決めていた。必要があれば話すけれども、なければ関わらない。話しかけられないように、そばにいる時は気配を消す。それはわたしが早いうちから身につけた、苦手な人間との付き合い方である。

わたしが進学した中学校は、地元のふたつの小学校の児童が合流する仕組みになっていた。最初の春は、自然と同じ小学校の子たちどうしでまとまって過ごすことになるが、じょじょにもう一方の小学校の子たちとも交流を持つようになってゆく。

容姿も言動も女王然としていた彼女は、新しい中学でもあっという間に目立つ存在となった。一方で、彼女の評判を落とすような陰口を言う子も現れ、女子生徒たちは、しばらくざわついていたように思う。新しい教室の女子グループというのは、一筋縄にいかないものだ。

しかしながら問題は、同じクラスの男子たちにあった。ある男子が、一部のグループから執拗《しつよう》に絡まれるようになり、いじめにつながりかねない雰囲気を帯びてきたのだ。

その男子が絡まれるには、理由があった。ややコミュニケーション能力に難があるというのか、会話がかみ合わないことがある。とは言え彼は基本的には穏やかな性格で、自ら周囲を侵すようなことはしない。雑談にはうまく応じられないこともあるが、質問されればいっしょうけんめいに言葉を選んで答えてくれる。そのことを、小学校時代を共にした仲間たちは知っていた。

しかし、別の小学校から来た子たちの中に、恰好《かっこう》の獲物を見つけたとばかりに、彼にまとわりつくのがいた。物を隠したり、軽い暴力をふるったりすることで、彼を刺激し、わざと怒らせて、騒ぎを起こす。

ある時、彼が席を外している間に、彼が途中までこしらえていた精巧な折り紙作品――素晴らしいドラゴン――を、接着剤で後方の棚に貼りつけた輩《やから》がいた。当然、席に戻ってきた彼は、ひどく慌てるのである。折り紙作品が見当たらないことに困り果て、始業を知らせるチャイムが鳴っても、うろうろと教室内を捜し続けた。

次の授業の教師が入ってきて席に着くよう命じたのと同時に、彼は後ろの棚に自分のドラゴンを見つけた。

接着剤で、翼がぴたりと貼りつけられている。

誰がこんなことをしたのか！　あまりの驚きと怒りに、彼の顔は真っ白だった。ほとんど吠《ほ》えるような声で、どうして、どうして、と怒鳴りながら涙を流す。それから必死に接着剤を剝《は》がし始めた。

その様子に、仕掛けた子たちは笑いをかみ殺していたのだが、とにかく授業を始めたい教師は、わけのわからないことを喋《しゃべ》ってパニックを起こしている彼を叱り、補助教員を呼んで、とにかく彼を強引に教室から排除しようとした。

その時、我らが小学校の女王が、立ちあがって言ったのである。

「あいつがあれだけ怒るには、ちゃんと理由があるんだよ！　それを調べないんじゃ、教師失格じゃね？」

そうだそうだ！　とわたしは心から同意した。今度は教師が非難を浴びる番である。わたしたち同じ小学校の出身者は、みんな彼の味方だったのだから。女王は、接着剤の犯人を吊《つ》るし上げ、汚い言葉で罵《ののし》ることも忘れなかった。

こういう彼女の過剰な物言いは、時に人を傷つけ損なうものだったが、その強さが善を向いた時、きっと大きな力になる。

人目を気にせず意見を言うことは、わたしにはできないことだった。

大人になってから小学校の頃を思い出す時、わたしとほとんど話さないまま卒業していったあのふたりのことを考える。教室を暴走させたふたり。大人から見たら厄介者だっただろうあの子たち。

今どうしているのだろうと思う。

幼心に、あの子たちをこういう人間だと決めつけ、切り捨てたことを思い出す。それが間違いだったとは思わない。あの頃のわたしは、自分を一番に守らなければならなかったのだから。

だけど、今は違う。初めて学級を受け持った時に、わたしは決めたのだ。目の前にいる子どもたちを、誰ひとり切り捨てないと。たとえ、その言動を見ていて、理解できないと思うような子が現れたとしても、その子を知ることを諦《あきら》めない、と。

つまりわたしは誓ったのだった。

絶対に、幾田先生のようにはなるまい、と。

ところが、人間というのは緩やかに変化をしてくるもので、十年が経ち、当時の先生の年齢を超えた今、少しずつわたしの中に違う考えが芽生えてきたのである。

――皆さんは、どうせ、たいした大人にはなれない。

あの時のあれは、彼女なりに思いを持ってぶつけた、真摯《しんし》な言葉だったのかもしれない、とさえ思うようになったのだ。勿論《もちろん》、そう思わないことには、あんな呪いのような言葉を聞かされた小学六年生たちが哀れすぎるというのもあるのだけれど。

先生は、皆をいっしょくたにして、「たいした大人にはなれない」と言い切った。

全員を切り捨てるのは、全員を残すことに似ている。

言葉は残酷だったけれど、わたしたちが先生や授業や学校を見くびっていたことも確かで、その言葉はわたしたちの心を刺し、ちいさな瘡蓋《かさぶた》をつくり、そこだけ薄く変色させた。振り返った時に、自分が大人たちを見くびる子どもだったことを思い出させるくらいには、かすかな痛みを残して。同時に、子どもたちにも言葉にえぐられる柔らかい心があることを忘れさせない。

わたしたちが皆「たいした大人」にならなかった、と仮定してみる。

あの頃のわたしたちは、ＹｏｕＴｕｂｅｒやバックダンサーやサッカー選手に、ならなかった。

なったとしても、そこはあの頃思い描いた場所ではなかった。

そう、おっしゃる通りです、先生。だって、そんなもの、なれるわけがないのだから。

わたしは、ずっと憧《あこが》れていた「先生」になったけれど、思い描いた理想からは遠い。褒めたつもりが子どものプライドを傷つけてしまったり、叱る言葉が行き過ぎて自主性を削ってしまったり。ちゃんと声をかけるべきだった、あのひと言が余計だった、そんなことばかりだし、ぼたんの掛け違いのようなやりとりから保護者の誤解を招いて悩んだり、同僚の教師とも指導の仕方で意見が合わずぎくしゃくしたこともある。

そのたび竦《すく》み、自信を失いかけた。向いていないんじゃないかと思った。現実の厳しさは、いつもわたしの心を折ろうとしてくる。

それでもここに立ち続けている。

先生が予言した通りです。わたしは今、かつてのわたしが願ったような「たいした大人」ではないのでしょう。

でも、先生だって、それは同じだったのでは？　あんな言葉を子どもたちにかけたのだから。

そうして、大人はこの先も続いていくのだから、少しずつ近づいてゆく余地は、わたしにも、皆にも、残されているんじゃないでしょうか。

さあ、全員の名前を読み上げたら、わたしは、今日新しい教室で言うと決めていたことを言おう。

「皆さんにとって、わたしがどんな先生になれるかはまだ分かりません。でも」

ドラマ仕立てのその台詞《せりふ》に、

「でも、『精一杯頑張る』んでしょ」

誰かが口を挟み、くすくすくすと笑い声が広がった。

「鋭いね。だけど、ちょっと違うんだなあ」

わたしは朗らかに言う。そして、

「でも、わたしは皆さんを知りたいと思い続けます」

そう、君たちのことを知りたい。

お調子者、目立ちたがり屋、吸引力のある子、そうした目立つ子を好意を持って見つめる子、その輪に加わろうとする子、加われないことにフラストレーションを感じている子、外側から冷静に見ている子、周囲に無関心な子、自分の世界に没頭している子……。

君たちはわたしの目に、今そんなふうに見えている。

だけど、わたしが見ている君たちの姿は、あくまで君たちをコーティングしている「個性」に過ぎなくて、ひとりひとりの内面に広がる海は、親も友達もそしてわたしも、知り尽くせないほどに深いのだ。

それは、「個性」というひと言でまとめられないくらい、尊い、おそらく君たち自身にもわからない「君」という存在。

知りたい。知ろうとし続けたい。

「はーい」

さっきわたしに彼氏がいるかと訊《たず》ねた少女がもう一度手を挙げる。

「わたしも増井先生のこと、知りたいでーす」

距離を測りながら茶化してくる目には、まっさらな好奇心が宿っている。

「だから、彼氏がいるか、教えてくださーい」

「何歳ですかー？」

「どこに住んでるんですか？」

質問が相次ぐ。

この子たちの目が曇ることも尖ることも、未来に無いとは言い切れないが、今は笑顔だ。最初の教室に、笑顔が溢《あふ》れている。

「先生のことはね、おいおい分かっていくと思いますよ」

今日の笑顔が一年間続きますように。

それがとても難しいことは六年生の担任を何度かやっていれば分かることなのだけれど、わたしは健やかな、楽しい気持ちになっていて、そうなるように卒業まで頑張ろうと、子どもみたいにまっすぐ願う。そして続ける。

「だけどね、分かったと思い過ぎないでくださいね。友達のことも同じ。分かったと、思い過ぎないでください」

抽象的に過ぎただろうか、きょとんとした目でこちらを見る子もいれば、白けた顔でよそ見をしだす子もいて、かけた言葉が空中でぽっかり浮いてしまった感じになる。だけど、これは、わたしがいちばん言いたかったことだから、ちゃんと最後まで言おうと思う。

「全員、いつかは大人になります。それはつまり……、皆さんの隣にいる子も、後ろの席の子も、前の席の子も、皆大人になるということです。今、ここで分かったつもりになっている友達は、どんどん変わっていくし、自分も変わる。世界は、時間が経てば経つほど広がってゆく。ここ以外の場所のほうがずっと広いということを、どうか、覚えておいてください」

「はーい」

誰かの平坦《へいたん》な返事。心はこもっていない。くすくすくすとちいさな笑い声がかぶさって、「なんかウケる」と誰かが呟《つぶや》く。

しょっぱなから飛ばし過ぎただろうか。

十一歳、十二歳の子に、理解できるわけもないことを、とくとくと語ってしまった。だけど、今わたしが話したことは、実感を持って伝えたい真実だ。あなたたちが大人になるということ。

たとえば、小学校の調理室で、先生を「スイッチ入っちゃった」と茶化した子。あの子も、大人になった。

毎朝待ち合わせて同じ教室に通っていた頃、わたしたちは決して友達ではなかった。学校の行き帰りだけ並んで歩き、教室では他人のようにふるまうのが暗黙のルール。

あの頃わたしたちを遮っていた透明な壁、あれはいったい、何だったのだろうね。

大人になってから、外国の町であの子に再会した。わたしは大学のグループでの卒業旅行で、あの子はひとり旅で。髪を明るく染めて、大きなリュックを背負った彼女は、わたしが初めて訪れた国からわたしの知らない次の国までゆく途中だった。

小学校の頃の彼女は、派手なグループの一員で、わたしの苦手な女王とも親しくしていたけれど、わたしと二人きりの時は、強がりでさみしがりな女の子だった。ひとりで電車に乗れないからと、女王のダンス発表会にわたしに付き添わせたほど臆病《おくびょう》だったのが嘘みたいに、今はパスポートひとつで世界のどこへでも軽やかに発《た》つ。

そんな彼女が、帰国後に、知らない国のお土産といっしょにわたしにくれた言葉。

あの頃、まっすうにだいぶ救われてたんだよね。

そんなことないでしょ？　学校で、あなたはわたしをずっと無視していたじゃない。

そう言おうとして、のみこんだ。

まっすうがあそこでいつも待っててくれたから、毎朝家から出ることができたんだと思う。

その言葉には、時間を経たからこそ響く、まごころがあった。

あの子からそんなことを言われる日がくるなんて、わたしがあなたたちの年齢だった頃には、想像もつかないことだったよ。

そのくらい、未来は未知で、信じられないほどに変わってゆく。

今だけを生きているあなたたちが、今より先に、皆で行くのだということ。

うまく話せなかったかな。伝わりにくかったかもしれないけど。

「先生、ちょっと語ってしまいましたね。この話は、たぶんもうしないから。今日だけですから、心に留めておいてください」

微笑みながらそう言って、わたしは名簿を閉じる。

さて、

「それでは、授業を始めます」

春の教室に、チャイムの音が響いた。

特別篇　仄《ほの》かな一歩

この石畳の道には決まりがある。とびとびで置かれている白いところだけ歩かないといけないのだ。茶色い石を三回踏んだら、悪いことが起こる。小学六年生の宝田《たからだ》ほのかは、だからいつも少し足をのばして、白い石のところだけを辿《たど》るようにして歩いている。

決まりを他の人に言ってはいけない、というのも決まりだ。だから、何も知らない人が、ほのかの歩き方を不思議そうに見ても、理由を説明しちゃいけない。

そのせいで、「かまってちゃん」と言われたこともある。

「変な歩き方して、『変わった子』って思われたいんでしょ」

小学校で同じ学級の前田《まえだ》さんにそう言われた時、ほのかはびっくりした。そんな考え方をしたこともなかったからだ。

決まりを守っているだけだと、前田さんに話したかった。だけど、言ってはいけない決まりだから、言えなくて悔しかった。

小学校低学年の頃から、前田さんに何か言われるたび、ほのかは泣いた。何を言われたのか、いちいち覚えていられないほど、前田さんからはいろいろ言われた。「いろいろ」の多くは、ほのかに関する悪口だった。

ほのかはしかし、何度も前田さんに泣かされたわりに、前田さんが怖くはなかった。前田さんだけではない。ほのかは自分に嫌なことを言ってくる子たちのことを、怖いと思ったことがなかった。嫌な思いをしても、翌日にはけろりとその子に話しかけてしまうようなところがあった。

さいわい、六年生になった今は、自分の一歩が長くなったおかげで、昔みたいにぴょんぴょん跳ねるようにして歩かなくて済んでいる。みんなから変な目で見られることもなくなった。

もちろんほのかは、この決まりに何の根拠も、現実的な罰則もないというのを分かっている。なにしろ、決まりを作ったのは、ほのか自身なのだ。

だが、頭で分かっていることと、心で恐れることは、別だった。

漠然としたイメージのようなものではあるのだけれど、この世界には、自分の知らない何か、大きな存在があるようにほのかは思う。

その「何か」が、善い存在なのか悪い存在なのかは、わからない。

ただ、いつもなんとなく、見張られているような気がしているし、自分のだめなところを、全部見抜かれているような気もした。

その日、いつものようにその道を白い石だけ踏んで歩き終えたほのかは、通りの向こうのアパートの前で、同じ三組の武市陽太《たけいちようた》が、不審者に声をかけられているのを見た。

「武市！」

何かを考えるより先に、ほのかは大声で呼んでいた。

「いっしょに帰ろう！」

不審な男の人は、綿菓子のようにふわふわと髪の毛が膨れ上がっていて、こちらを向いた顔は思ったよりも子どもっぽかった。しかし、油断はできない。四年生の時、学区の中の倉庫のある道で痴漢が出る事件があったのだ。

その後、学校に警察の人が来て、「いかのおすし」の話をしてくれた。いかない、のらない、おおきなこえをだす、すぐににげる、しらせる。何かあった時に大きな声を出す練習もした。

ほのかはそれ以来、常に気をつけている。自分だけではなく、自分よりちいさい子や、同じくらいの子どものこともちゃんと守ろうと、目を光らせているのだ。

ほのかに見られたことに気づいたせいか、綿菓子頭は去って行った。ほっとし、武市のところまで走りながら、あの時の訓練のおかげで大きな声を出せたと、ほのかは警察の人たちに感謝した。

近づいてみると、武市は怯《おび》え切った顔をしていた。やっぱり怖かったんだと思った。

だが、落ち着いて話したら、彼は意外なことを言った。

綿菓子頭の人は、実は友達で、一緒に折り紙をする仲なのだという。

最初、ほのかは、武市が何を言っているのか分からなかったが、彼の言葉を注意深く繋《つな》ぎ合わせ、彼が綿菓子頭の大人からもらった紙を見せてもらい、ようやく納得した。

「折り紙探検隊」という名称の集まりに、武市を誘っていたようなのだ。

彼が渡された紙に載っていたのは動物の折り紙の写真だった。折り紙といっても、ほのかが知っている折り鶴やヤッコさんとは違って、表情がある動物たちだ。物陰に隠れるネズミのつつましい表情、泰然と草をはむゾウの優しい表情、ドラゴンの今にも火を噴きそうな勇ましい表情。どこをどう見ても、目はない。鼻もなければ口もない。それなのに伝わってくるものがある。なんだろう、どうなっているんだろう。小さな皺《しわ》の入れ方や、折り目が、巧みに命を吹き込んでいるようだ。

ほのかは、

「武市は土曜日、ヒマ？」

と、訊《たず》ねた。

その紙によると、次の土曜日に、折り紙の集まりがあるそうだ。「初心者から上級者まで、楽しみながら作りましょう」と書かれてある。武市が行くなら、自分もここに行く。行きたい。

「おれ、行く」

武市がきっぱり答えた。

その表情は凜々《りり》しく、なんだか大人っぽく見えた。

ほのかは少しどきどきしながら、

「じゃ、決まり」

と、言った。

友達と約束すると、それだけで、世界が少し明るくなる気がする。

アパートのドアを開けると、粘りつくような空気の中に、生ゴミの臭いにおいがした。昨日もこのにおいがしていたが、今日でさらにきつくなった感じがする。なんとなく胸騒ぎがして、奥のふすまを開けたら、家を出た時と同じまま、布団がまるく盛り上がっているのが見えた。

「お母さん！」

呼んだら、布団が動いた。胸騒ぎの反動で、ほのかはなんだか泣き出しそうになっ

て、こみあげてきた自分の気持ちを隠すように、

「さっきねー、公園のとこで、武市に会ったー！」

わざと能天気な声を出した。

「やめて」

お母さんが耳を押さえるようにして布団の中で体をまるめた。

「あ、ごめん」

ほのかは慌てて謝った。

「武市と会ったんだけどね」

と、なるべくちいさな声で話した。

「武市、折り紙のクラブみたいなとこに行くんだって。大学のやつだから、変なクラブじゃないよ。うちも行ってくる。土曜日。なんか、百円かかるって言われたけど、貯金のやつから出すから大丈夫だからね。その折り紙が、玩具《おもちゃ》のやつみたいにすごかったから、もし作ったら、お母さんにあげるからね」

「ごめん、ちょっと黙っててくれる？」

お母さんに言われて、ほのかは自分の声がひとりでに大きくなってしまっていたことに気づき、口を押さえた。

お母さんが体の向きを変えて、ほのかに背を向けた。ほのかは、おじさんがゴミを

出してくれていないことを言おうか迷ったまま黙っている。おじさんの悪口を言うと、お母さんが不機嫌になることを知っていた。

すると、壁のほうを向いたままお母さんが布団の中からくぐもった声で、

「今日の朝、アレで、ゴミ出せなくて、台所、臭いのアレ。ゴミ、ほのか、あとでやっといてくれる？」

と言った。その声は今にも消え入りそうに弱々しかった。

「うん、わかった」

アレでというのがよく分からなかったけれど、たぶん頭痛のことだろうとほのかは察した。お母さんは時々、頭が痛いと言っていて、ほのかはそのたびひどく不安になった。

「あと、なんかさっき、ピンポン来て。お母さん出られなかったけど、たぶん生協。中に入れといて。あ、ゴミ出すのは、夜にしといて。うるさいから。いちおう」

「うん」

「ほんと、いろいろごめんね、ほのか、ごめんね」

お母さんがゆっくりこちらを向いた。半目になっていて、つらそうだ。細い指で、ときどきこめかみを押さえている。マニュキアがはげかけていて、血みたいに見えた。

「いいけど、お母さん、大丈夫？　みちるのお迎え、うちが行こっか？」

「たぶん、お父さんが行くから」

「でも」

「だめだよ、あんたが行くのは」

「……うん」

「てか、まじで今日はお母さん、いろいろ無理やもう。頭痛薬、六錠のんだのに効かないし」

「え、六錠ものんで平気？」

「平気なわけないじゃん。頭イタいし死ぬ」

「救急車呼ぶ？」

「は？　何言ってんの。水。水もってきて」

「わかった」

慌ててほのかは台所に向かった。まだランドセルを背負ったままだったことに気づいて、ひとまず床に置いてから、水道の蛇口をひねった。

六錠ものんで、まじでやばいんじゃないかとほのかはどきどきしてきた。お母さんはしょっちゅう頭痛になるのだ。そのたびに薬をのんでいる。飲まないと死ぬというけど、飲みすぎもよくない。おじさんが、薬の飲みすぎは体に良くないとお母さんに注意していた。早死にするぞとも言っていた。早く、水を持って行って、お母さんのお腹の中の薬を薄めたい。

それに、と思う。心臓がどきどきする原因はもう一つあって、お母さんの言った「たぶん」も、ほのかは気になっている。おじさんは本当にみちるのお迎えに行ってくれるんだろうか。前みたいに、忘れてしまったりはしないだろうか。

ほのかの小学校の校内にある学童クラブには、三年生まで所属できる。ほのかも以前はそこに入っていた。石畳の道の白い石が見えにくくなってしまうような冬の夜でも、いつもひとりで歩いて帰った。

倉庫の事件の後で、夜六時を過ぎたら誰かがお迎えに行くことが決まりになった。「誰か」は、もちろん大人が望ましいのだけれど、夜になってもお母さんが寝たままで、おじさんがどこにいるか分からない時に、学童クラブから電話がかかってきたら、ほのかが行くしかなかった。

去年、一年生だったみちるは、かかってきた電話の向こうで泣いていた。友達がみんな帰ってしまって、ひとりぼっちになって、不安でしょうがないのだ。

二年生になった今も、みちるは学童でよく泣いている。迎えに来たほのかに、駄々っ子みたいに、わがままを言う。

でも、それはまだ耐えられた。みちるにならいくら嫌なことを言われても、ほのかは我慢できるのだ。

本当に困ってしまうのは、時々、よそのお母さんが待っていて、ほのかに話しかけてくることだった。

うちの子がみちるちゃんに叩《たた》かれた。みちるちゃんに押された。そんなことを訴えてくる人がいた。絵を破かれたと言われたこともある。

ごめんなさい、とほのかは謝る。ほのかがやったことじゃないけど、怒られているのが自分の気がして、謝る。するとよそのお母さんは、困ったような顔になる。お家に電話しても繋《つな》がらないのよ、と言い訳するように言う。お母さんはどうしているの？と訊《き》いてくる人もいる。お母さんは病気です、とほのかは答える。そう言えば、よそのお母さんの気持ちが収まることを、知っていた。

たまに、このことをお母さんに伝えておいてほしいと頼んでくる人もいる。ほのかは、はいわかりましたと答えながら、心がひりひりとすりつぶされるような感じがする。

みちるがよその子の絵を破いたと話したら、きっとお母さんは泣いて、もっと頭が痛くなってしまうし、おじさんは怒って、みちるを叩くかもしれない。だからほのかは、よそのお母さんに言われたことを、誰にも言わないのだ。そして、誰にも言わないでいることは、すごく苦しいのだ。

先生からいろいろ訊かれたりするのも困ってしまう。

勿論《もちろん》ほのかは事情を説明できる——お父さんはお仕事が忙しくて、お母さんは体が悪いんです——。説明すれば、しっかりしていると褒められたりもするのだが、薄暗い帰り道、「疲れたー」「お腹すいたー」と騒ぐみちるの手をひいていると、あまりの心細さに、自分の心が、みちると同じ歳になってしまう気がした。みちると同じ歳の子になって、泣いてしまう直前の、ぎりぎり踏みこたえるような感覚で、涙がこぼれないように目にぎゅうっと力を入れて、家までの道を歩いた。

少し前に、学童の先生がうちに来て、お母さんといろいろ話していた。

その後ほのかは、お母さんから、学童のお迎えに行かなくていいと言われた。おそらく、安全のために、迎えには大人が行くようにと頼まれたのだろうとほのかは思った。以前からその先生は、次からはおうちの人に来てもらいたいと言っていたからだ。

正直、ほのかはほっとした。暗くなり始めた道を小学校まで行くのは嫌だった。みちるのためとはいえ、ご飯も作らないといけない日もあるから、いつも面倒くさく感じていた。何より、痴漢の事件があってからは、ひとけのない道を歩く時、怖かった。

お母さんとおじさんが行ってくれることになって、だからほのかは楽になったのだが、ふたりが明らかにみちるの迎えを面倒くさいと思っているのが伝わってきて、申し訳なくも感じた。

面倒くさがっているふたりだから、学童のお迎えに遅刻もすることもたびたびのことで、先生からかかってくる「まだですか？」の電話にも、どきどきしてしまう。

もともと、学童は、行っても行かなくてもいい場所だ。低学年の頃のほのかは、行ったり行かなかったりを、その日の気分で決めていた。そして、暗くなる前に、ひとりで帰っていた。

　みちるもそうすればいいのに、と、内心思わないでもない。

　しかし、みちるにもみちるの事情があったのだ。

　一年生の最初の頃、みちるは、学童に意地悪な子がいるから行きたくないと言った。それなら家に帰ってくればいいとお母さんはみちるに鍵を持たせていた。

　低学年で帰宅時間の早いみちるは、ほのかの帰宅を待つことができず、ひとりで町を歩き回り、友達の家をたくさんピンポンし、遊んでくれる人を探し回った。

　そんなふうにみちるが夕方の町を歩き回っていることを、ほのかも、お母さんも知らずにいた。

　ある時、よそのお母さんふたりが、「お伝えしたいことがある」と、家まで来た。夜の遅い時間だったと思う。仕事に行く支度をしていたお母さんは、その人たちと話すために、アパートの廊下に出た。

　どんな話をしているのか、ほのかは気になり、玄関の近くに耳を寄せた。

閉めた戸の向こうから、みちるちゃんが心配で……何かあったらと思うと……というような言葉が、断片的に聞こえた。みちるや自分のことを怒っているわけではないと分かり、ほっとした。お母さんの声はほとんど聞こえなかった。お母さんは、言われたことを静かに聞いているようだった。たぶん、いい人たちなんだろうと、ほのかはなんとなくほっとした。

しかし、その人たちが帰ってから、お母さんはみちるをひっぱたき、子どもみたいに泣いた。

心配されただけなのに、なぜそんなに怒るのか、ほのかには分からなかった。五年生のほのかに分からないことが、一年生のみちるに分かるわけがなかった。みちるは顔じゅうぐちゃぐちゃにして泣いた。

お母さんは、みちるから家の鍵を取り上げ、学校から帰るな！　ずっと学童にいろ！　と怒鳴った。

学童に閉じ込めたようなものだ。

自分で帰ってきちゃいけないと言われながら、お迎えを時々忘れられるみちるがかわいそうだと、ほのかは思う。

水を持って行くと、お母さんはようやく布団から出てきた。もぞもぞと起き上がる、化粧をしていない時のお母さんの顔は、口のまわりの皮がかさかさと剝《は》がれ、白っぽい粉が吹いていた。まだ少し、お酒のにおいがしている。お母さんは水をごくごく飲んで、コップをほのかに返すと、倒れ込むように枕に顔をうずめた。

ほのかはお母さんの迷惑にならないように静かに部屋を出て、玄関のドアを開け、通路に置いてある銀色のカバーをめくり、箱の中にある届け物を部屋に入れた。

牛乳、卵、パン。チンすればいいだけの冷凍食品。

少し前から生協がほのかの家に食べ物を届けてくれるようになった。お母さんは、見村《みむら》さんのお母さんから、生協への入会の仕方を教えてもらったと言っていた。

見村さんは、三組の友達だ。いや、友達と言ったら、見村さんは嫌な顔をするだろう。ほのかだって、見村さんのことを友達だと思ってはいない。

五年生の理科の授業で、見村さんに意地悪をされた。顕微鏡で、めだかの卵を観察する授業だったが、見村さんが、他の子には何も言わなかったのに、ほのかが顕微鏡で見る番になった時にだけ、「早く、早く」と、うるさく言い、腕を押してきた。その後、わざとほのかにだけ、顕微鏡を見せないようにした。

それで、ほのかはつい、自分の家にも顕微鏡があると言った。

見村さんが疑ったので、お父さんに買ってもらって、今は親戚《しんせき》の家に置いてあるのだと説明した。説明しているうちに、本当に親戚の家に顕微鏡があるような気がした。

見村さんや周りの子たちは、しかし嘘だと決めつけた。

――タカラダんちって、びんぼうだろ。

同じ班の尾辻が言った。

ほのかの頰は熱くなった。そんなつもりじゃなかったのに、涙がこみ上げてきた。

尾辻は、低学年の頃に、ほのかが少し好きだった男の子だ。放課後よく一緒に遊び、その流れでどっちかの家の近くまで歩いて行ってしまい、別れがたい気分になったこともあるほど、仲が良かった。幼いふたりは、何かルールのある遊びをするというよりは、その場の流れで、その場にあるもの――遊具だったり、石だったり、植物だったり――を使い、なんとなく同じことをしていただけで、正確には一緒に遊んだというよりはただそばにいたというだけだったが、ほのかはその時間が好きだった。

石畳の道で、ほのかが前田さんから「かまってちゃん」と言われて泣いた時も、心配そうに見ていたのは尾辻だった。

尾辻は、前田さんに言い返したりはしなかったけど、ずっとそばにいてくれた。そして、前田さんがいなくなってから、ほのかと同じように、白いところだけ踏んで歩いた。慰めごとを言うわけでもなく、ただ、石畳の道を行ったり来たりして、ほのかのそばにいた。

高学年になった尾辻は、もうほのかのそばにはいない。言葉を、ただ知っているというだけで、その重みを想像せずに使う子になっていた。心底意地悪なわけではなく、人を深く傷つけようとしているわけでもなく、ただ、言葉を、打ち上げ花火みたいに使う。優しい心が消えてしまうはずがないのに、どうしてそうなってしまったのか、ほのかには分からなかった。そして、尾辻だけでなく、三組にはそういう子たちが、少なくなかった。

ほのか達の実験班が騒がしいことに気づいた先生が来て、皆に事情を訊《たず》ねた。見村さんが、ほのかが嘘をついたと言った。だとしても、みんなで責めるのは良くないと先生は言った。

ほのかは、嘘ではないと言った。言いながらも涙はぽろぽろ出続けた。すぐ泣くんだもん、と見村さんが笑いながら言い、先生は注意してくれたけど、見村さんはその表情を変えなかった。

本当のお父さんは優しくてお金持ちだった。顕微鏡くらい買ってくれたはずだ。ほのかが頼めばなんでも買ってくれたはずなのだ。

配達の仕事をしていたお父さんは、よその車とぶつかって死んでしまったが、ほのかは今も、お父さんが生きている世界を思い描く。線路のすぐそばにあるアパートの二階に住んでいて、窓を開けると電車が見えたこと。ほのかの誕生日にショートケーキを食べたこと。カーテンについていた熊のイラストや、食堂の電気の中にちいさな虫がいて、こつんこつんとぶつかる音がして、お父さんが「虫を飼っているんだ」と言って笑ったこと。日曜日にエンジェルズで、世界で一番おいしいソフトクリームを一緒に食べたこと。

「お父さんが生きていれば……」は、おじさんと暮らすことになる前に、お母さんがよく話していたことだ。この町に引っ越して、おじさんと暮らすようになったけれど、お父さんが生きていればの世界とおじさんと暮らす今の世界との区別をつけるより、生きていればの世界を隣に置きながら、今の世界を生きていたかった。だけどほのかは、生きていればの世界というのは、嘘の世界ではないということを、皆にうまく説明できなかった。涙は、皆に意地悪なことを言われたから出てきたものではなく、自分がこのことをちゃんと説明できなかった悔しさのせいだった。

とはいえ、それから何か月も経って、見村さんのお母さんと自分のお母さんが友達なのだと知った時、ほのかは以前泣かされたことも忘れ、嬉《うれ》しくなった。そして、見村さんに伝えたくなった。

ほのかから話を聞いた見村さんは、

「だから？」

と言った。

「だから、ありがとう」

ほのかが言うと、見村さんは「は？」と言って、そっぽを向いた。そしてそのまま自分の友達のところに行ってしまった。

ほのかは、自分の言葉がぽとんと足元に落ちたような感じがした。

その「感じ」を、ほのかはこれまでも、たびたび味わってきた。大勢のいる教室で、みんなの言葉が風船のようにひらひらと舞い上がる中、ほのかは、自分の言葉だけが足元に落ちて、踏みつけにされたように感じることがあった。

お母さんどうしが友達なのだと言ったことがいけなかったのかなと思った。

正確には見村さんのお母さんは、ほのかのお母さんが勤めるスナックのお客さんなのだ。友達ではなかったのかもしれない。だけど、見村さんのお母さんは、自分の家に来た生協のチラシをほのかのお母さんにくれたのだ。いい人だとお母さんが褒めていた。これまでにお母さんが褒めたよそのお母さんは、見村さんのお母さんだけだ。

ご飯を炊いて、ふたつのコンロの奥のでお味噌《みそ》汁を作り、手前ので生協の味付きの肉を炒《いた》めていると、おじさんとみちるが帰ってきた。

水色のＴシャツを着たみちるの顔は、汗と涙でべとべとになっていた。また学童でいろいろあったのだろうとほのかは思った。それとも帰り道におじさんに叱られたのだろうか。みちるはほのかの顔を見るなり泣き出した。

「どうしたの」

菜箸《さいばし》で肉をひっくり返しながらほのかが訊《き》くと、みちるはウェッウェッとしゃくりあげながらほのかの足元に座りこんだ。そのままずっとしゃくりあげていた。

隣の椅子に座って、おじさんがテレビをつけた。天気予報をやっている。

「みーちゃん。手ぇ洗っておいで」

ほのかは言ったが、おじさんも手を洗っていないと思った。

みちるは泣き続けている。

「うるせえな」

と、おじさんが小さな声で言った。

「みーちゃん、どうしたの」

と、ほのかはおじさんに言った。

「知らないよ。最初っからこうだったんだよ。……ったく、行くたびグチグチ文句つけられて、やってらんねーよ！」

おじさんはいらいらしたように足を踏み鳴らした。

おそらく学童でみちるがまたもめ事を起こしたのだと思った。おじさんは、みちるのことで、先生やよそのお母さんにいろいろ言われるのが嫌なのだ。

一緒に暮らし始めた頃、おじさんは優しかった。というか、あまり顔を合わせることがなかったから、いらいらしている姿を見たこともなかった。休みの日は家で寝ていることが多かったし、ふだんも朝はいないし、夕方もいなかった。

夕方のこういう時間、おじさんはこれまではパチンコに行っていたのだと思う。夜勤明けに行くより、前に行くほうがキリのよいところで上がれるからいいとお母さんに言っていた。夢中になって遅刻したらやばくない？　時間決めてるから大丈夫。そんなやりとりをほのかは聞いていた。景品をもらえると、夜勤前にいったん帰ってきてくれることもあった。たくさんのお菓子や玩具を前にきゃっきゃと声をあげて喜ぶと、おじさんは顔をくしゃくしゃにして、ふたりの頭を撫《な》でた。

おじさんがたびたびもらってくるのは、黒っぽい袋に入ったチョコレートのお菓子で、ほのかは、本当は、そのお菓子が好きではなかった。チョコレートの中にレーズンが入っているのだが、齧《かじ》ると茶色い甘いのがねばっと歯にまとわりついて糸をひいて気持ちが悪いのだ。だけど、おじさんがそれを沢山もらってきて、「好きなだけ食べていいよ」と言った時、ほのかは「やったー」と飛び上がって見せた。そうしないといけないような気がしたからしたのだけど、飛び上がって見せたら、みんなが笑ってくれて、するとほのかは、本当に嬉しくてたまらなくて、そのお菓子を自分が前から大好きだったような気分になった。

みちるはまだ泣いている。みーちゃん、みーちゃん、とほのかは小声で話しかけ、今だけ泣くのをやめるように念を送るが、泣きやまない。

おじさんが夜勤に行くまでもう少しだ。それまでの間だけ我慢していてほしいのだ。

だが、みちるはずっとウェッウェッと吐き出しそうな声をあげている。おじさんの声はみちるの泣き声を超えるくらいに大きくなる。

「あーうるさいな！　聞こえないだろ！　だまれっつうの！」

言うなり、おじさんがどすどすと近づいてきて、みちるを殴る真似をした。それをよけようと、みちるがほのかに飛びついた瞬間、

「あっ」

足を取られたほのかが持っていたフライパンを取り落とし、なかみの肉が床に散らばった。

飛び跳ねた肉がふくらはぎに貼りつき、みちるが絶叫した。ほのかが慌ててコンロの火を止めるのと、

「何やってんだよ！」

おじさんがほのかの頭をはたくのが、同時だった。ほのかは耳をおさえてしゃがんだ。今まで泣いていたみちるが、びっくりしたのか急に静かになった。

「悪い。……けど、それほど痛くなかっただろ？」

おじさんが心配そうにほのかに言った。たしかにそれほど痛くはなかったが、痛く

なかっただろうと言われれば、痛かったような気がしてくる。心配されたことで、ほのかの目元がじんわり熱くなり、このままみちるみたいに泣いてしまおうかと思った時、

「どうしたの」

襖《ふすま》の向こうからお母さんが顔を出した。

「お母さん……」

涙があふれた。

しかし、お母さんはほのかの顔を見ていなかった。

「やだ！　何やってるの!?」

床にちらばった肉を見て、お母さんは叫んだ。ほのかはとっさに「違う」と言った。

お母さんは、ほのかがおじさんに殴られたことを知らないのだ。

「おじさんがみーちゃんを叩《たた》こうとしたから……」

お母さんは、

「食べ物で何やってんのよ！　なんとかしてちょうだいよ！」

と、怒鳴り、自分の怒鳴り声のせいで頭が痛くなったのか、顔をしかめてこめかみをおさえた。お母さんが六錠もの薬を飲んだと言っていたことを思い出し、ほのかはひやりとした。

「これ、捨てちゃもったいないから、水で流して洗ってから、焼き直そう」

床にちらばった肉を顎《あご》で指し、おじさんが言った。そうすればいいのかと分かって、ほのかはほっとした。

「痛くないか？」

もう一度、おじさんが訊いた。ほのかはちいさく頷《うなず》いた。

「ごめんな」

おじさんが困ったような顔で言った。

「大丈夫」

ほのかは答えながら、視界の端で、お母さんがみちるを抱き寄せて「水で冷やそうね」と優しく言い、それから浴槽のほうに連れて行くのを見ていた。きっとみちるも大丈夫だろう。そう思って安堵《あんど》した。しかし、一拍おいてから、和室の壁がどすんどすんと殴られる音がして、どきんとした。隣の人が怒っているのだ。息が止まりそうになって、身を縮めた。また警察を呼ばれてしまう。

前に警察が来た時は、思ったより怖くなかった。お母さんが謝ったら、すぐに許してもらえた。だけど、二回も呼ばれたら……。許してもらえないんじゃないかと思う。おじさんは牢屋《ろうや》に入れられてしまうのだろうか。重い罪ではないと思うけれど、しばらくは帰ってこられなくなるかもしれない。

ほのかは涙を拭《ぬぐ》って、菜箸を持つ。まだ熱い肉を床からぺたりぺたりと剝《は》がし、皿にのせてゆく。這《は》いつくばって、床の肉汁を拭《ふ》いてから、皿に並べた埃《ほこり》のついた肉を水で洗い、もう一回焼き直してゆく。浴槽からシャワーを使う音が聞こえてくる。おじさんは、前は優しかったけれど、今は結構いらいらして、怒鳴ったりすることが多い。お母さんが頭が痛くて寝込むようになってから、余計にいらいらしているようだ。おじさんが逮捕されてしまっても、自分はそれほど悲しまないだろうとほのかは思う。でも、そう思ったことをすぐに反省する。おじさんが逮捕されたら、お母さんは悲しむだろう。最近はほとんど見られないが、おじさんとお母さんが、仲良くふざけあっている姿を見るのが、ほのかは好きだった。

ほのかはお母さんを助けたかったが、助け方が分からなかった。頭痛薬を飲みすぎるのはやめてもらいたかった。薬の飲みすぎは体に良くないと、おじさんも心配していた。お母さんの体を心配する気持ちは、おじさんも自分も一緒だ。やはりおじさんは逮捕されず、お母さんのそばにいてほしいと思う。

炊飯器がピーピーと鳴り、ご飯の炊けたことを教える。ふたを開けてしゃもじでかき混ぜようとしたら、しゅうしゅうと音がして、奥の鍋《なべ》のお味噌《みそ》汁が吹きこぼれた。慌てて火を止めた。冷蔵庫の隅に少しだけ残っていたシラスを入れて作った味噌汁だ。後から干からびたキノコを見つけて、それも入れた。フライパンの上のお肉を裏返した。じゅうじゅう焦げてゆく。ようやくほのかは、自分が腹を空《す》かせていたことに気づいた。

その日、ひどくうなされているみちるのせいで、ほのかは夜中に目を覚ましてしまった。

薄闇の中で部屋を見ると、みちるの向こうで寝ているはずのお母さんがいなかった。おじさんが夜勤で出かけているのは知っていた。お母さんはスナックの仕事に行ったのかもしれない。ほのかはお母さんが何曜日にアルバイトに行くのか、よく分かっていなかった。急に呼ばれて、夜中にいなくなることがたまにあった。だから、今日もきっとそうなのだろうと思ったが、念のため、トイレやお風呂場を見に行った。寝ているみちるのために、電気をつけないようにした。暗がりの中で部屋の中を歩くのは怖かった。部屋のいろいろなものにつまずかないように気を付けながら、そろりそろりと歩き回った。やっぱりお母さんはいなかったが、朝になったら帰ってくるはずだと思った。

ほのかは布団の部屋に戻り、まだ少しうなっているみちるの頭を撫でた。

みちるの髪はやわらかく、額にうっすらと滲《にじ》んだ汗が、ほのかの指にも伝わった。

このちいさな体で、どんなに怖い夢を見ているのだろうと思うと、いじらしくて、痛ましくて、ほのかはみちるの苦しみを、全部は嫌だけど、半分くらいなら、分けてほしいと思った。半分より少し、自分のほうが多めでもいいと思った。

頭を撫《な》でてあげているうち、みちるはいつの間にか静かになった。規則正しい寝息を聞いているうちに、ほのかのまぶたも重くなっていった。

うとうとと朝を迎え、目覚まし時計で起きると、お母さんが寝ていたのでほっとした。夜中にお母さんがいないような気がしたのも、みちると一緒に泣いたのも、全部夢の中だったのかと思うくらいに静かな朝だった。だけど、頭はぼんやりと、霧がかかったようで、朝から何度もあくびが出た。

流しの下を見たら、スナック菓子が入っていたのでそれを取り出してぽりぽり食べた。みちるにも食べさせた。それからふたりで小学校に行った。指先がずっとべたべたしていた。空気みたいに軽いお菓子だから、食べても食べてもお腹がいっぱいにならなかった。

午後のホームルームは後期の委員決めだった。

ほのかは代表委員に立候補した。女子ではほのかひとり、男子は松丸《まつまる》と林《はやし》が立候補した。

代表委員は、三年生まではなくて、四年生から発足する委員会だ。まさにクラスの「代表」であり、ひいては学校の「代表」でもある大事な仕事だから、まだ学校のことをよく知らない低学年には務まらないのである。

クラスの代表として、行事に関する話し合いの司会をしたり、他学年と合同の代表委員会にも出る。運動会や学芸会で最初の挨拶《あいさつ》をするのも仕事だ。四年生の時から、ほのかは毎回、代表委員に立候補してきた。いつか、月にいっぺん昼休みに開かれる代表委員会に参加してみたいと思っていた。いつも、代表委員の子が給食をすばやく食べて、「代表委員会に行ってきます」と言って教室を出ていくのが眩《まぶ》しかった。先生が、「よろしくね」と送り出しているのが、いかにも大人っぽくて、ほのかもいつかあの「行ってきます」を言ってみたかった。

四年生の時は前期も後期も代表委員になりたい子がたくさんいて、二回ともじゃんけんで負けた。

五年生からは選挙制になり、前期は前田さんと、後期は鈴木《すずき》さんと、六年生の前期は高嶋《たかしま》さんと、代表委員への立候補がかち合い、投票になるたび、ほのかは負けた。

しかし今回は大きなチャンスだ。一回やった委員にはもうなれないという決まりがあるのだ。前田さんと鈴木さんと高嶋さんは代表委員に立候補できない。これまでに、他の子たちが代表委員に立候補したことはない。ほのかは指先まで力を入れて、手をぴんと高くあげた。教室を見回したが、今のところ手をあげる子は他にいない。

まずは男子。顔を伏せて挙手制での選挙があり、松丸が代表委員に選ばれた。

次に女子――。

「女子は他にいませんね。では、宝田さん、でいいですね」

先生が確認した。

すると、

「えー、やだ！」

と、前田さんが言った。見村さんが「『やだ』ってウケる」と笑う。くすくすくすとちいさな笑い声がさざ波のように広がった。

「まやまや、やりなよ～」

前田さんが自分の友達に声をかける。まやまやというのは飯田《いいだ》さんだ。前田さんたちと仲が良い。ほのかははらはらしながら振り向いて、飯田さんを見た。さいわい、飯田さんは首を振っていた。ほのかはほっとした。しかし前田さんは諦《あきら》めず、

「じゃあ増井《ますい》さん、やってよ！ていうか、やりなって！」

と、はやしたてるように他の子に呼びかける。先生が「今、私語はだめ」と声をかけるが、前田さんと見村さんはあまり先生の言うことを聞かない。ほのかは、呼びかけられた増井さんが今にも立候補してしまうのではないかと思って緊張したが、幸い増井さんももじもじとしたままで挙手しそうになかった。

先生が周りを見まわして、

「他にいませんね」

と言った。

いませんように。ほのかは祈った。

祈りが通じた。最後まで、手を挙げる子はいなかった。

「じゃあ、宝田さんで決まり」

先生がほのかの目を見て言った。

ほのかは弾《はじ》かれたように立ち上がって、

「はい！」

と言った。思いがけず大きな声を出してしまった。皆が笑った。

こうしてほのかは代表委員になった。

「それじゃ、ここから先の司会を、代表委員さんお願い」

先生が言った。

宝田さんお願い、ではなくて、代表委員さんお願い、と先生は言った。代表委員さん。ほのかはくすぐったいような気持ちになる。先生は教壇の端の席に座った。

これまでの代表委員たちがそうしてきたように、ほのかは、松丸と共に教壇に立つ。

しかし、代表委員として、初めて教壇から皆を見下ろした時、ほのかは自分の心臓が急に速く打ち出すのを感じた。クラス全員の目が、刺すように、こちらに向いている。肺のあたりが痛くなった。手のひらはすでにじんじんと熱い。

栽培委員、図書委員、体育委員、保健委員……。松丸が黒板に全ての委員名を書いていった。彼が全部を書き終えるまで、ほのかは待った。ほのかが待つのが当然だと思ってくれたみたいに、先生も黙っていたし、皆もそれほど騒いだりはせず黒板を見ていた。あの前田さんや見村さんさえも、黙っていてくれた。

全部の委員名を書き終えた松丸から、

「言って」

と言われた時、ほのかは、いったい何のことか、何を言えばいいのか、見当もつかなかった。

松丸がもう一度、何か、促すようなことを言ったが聞き取れなかった。

ほのかは、自分の口を、自分のものじゃないように感じた。自分のものじゃない口だから、うまく喋《しゃべ》れなかった。隣で松丸が困った顔をして、

「えーと、えーと。なりたい人はいますか」

と、言うと、

「何にだよ!?」

誰かが大きな声で言い、それがきっかけとなって、

「ちゃんとやれよ!」「代表委員だろ!?」「ウケる」

教室は簡単に、騒がしくなる。みんなが口々に喋り出し、勢いを止められなくなるこの「感じ」をほのかは知っていた。三組は、これまでに何度か、こんなふうになったことがあった。

いつだって、きちんと目を凝らせば、野次を言い出すのも、それに乗って騒ぐのも、十人といなくて、半分以上の子たちはただ流されていたり、困っていたり、縮こまっていたり……。きっと、今もそう。だから大丈夫。大丈夫と、ほのかは自分に言い聞かせようとするのだけど、教壇に立っているのに、いや、教壇に立っているせいで、みんなのことをちゃんと見ることができない。怖くて、怖くて、視線が下がり、口が固まり、頬が熱くなる。

「みんな！　ほら！　私語はなしって言ったでしょう！」

先生が立ち上がり、皆に言った。

「じゃあ、せっかく全部の委員を書いてくれたから、その下の空いているところに、希望者に名前を書いていってもらおうか」

先生が松丸に言った。

「はい」

松丸は頷《うなず》きつつも「えーと、じゃあ……」と、どう指示を出したらいいのかまごついている。

「一号車から順に名前を書いてってもらおうか」

先生がまた助け船を出した。一号車というのは、窓側の列のことだ。

「あ、じゃあ、一号車の人たちから順に名前を書いていってください」

松丸がたどたどしい声で言った。

一号車の子たちがわらわらと立ち上がり、やりたい委員に名前を書いていく。

「書いていいのは、これまでやったことのない委員ですよ。やったことのある委員に名前を書かないように」

先生が皆に注意を呼びかけている。本当は、こうやって注意するのも代表委員の仕事なのだということを、ほのかは分かっていた。

一号車の全員が書き終わり、次に二号車、それから三号車、四号車、ようやくクラス全員が、黒板に名前を書いた。希望が重複した委員についてはじゃんけんで決めることになり、その指示も、先生が出した。学級会の時間ぎりぎりに、なんとかすべての委員を決めることができた。

最後まで、ほのかはひと言も話せなかった。

土曜日の朝、ほのかは押し入れの中の学用品や雑貨を入れている衣装ケースの中から、ずっと昔に買ったままほとんど使っていない折り紙の束を取り出した。そこに入っていることを覚えていたが、特に使いたいと思ったこともなかった折り紙の束は、斜めにくにゃりと曲がってはいたが、折り目までは入っておらず、十分に使えそうだ。

それから、貯金箱代わりに小銭を貯めている眼鏡ケースから百円玉を取り出して、ポケットに入れた。黒光りする眼鏡ケースは道で拾ったものだ。なんで道に眼鏡ケースが落ちていたのかは分からない。拾った時は汚かったが、拭《ふ》いたら綺《き》麗《れい》になったから使っている。機嫌がいい時におじさんがくれる小遣いを少しずつ入れてきたから、じゃらじゃらと音を立てるそれは、だいぶ重たい。折り紙はおじさんに買ってもらったリュックに入れた。

カーテンの隙間から水色に光る空が見えた。

台所のテーブルに食パンがあったので、マーガリンを塗って、ハムをのっけて、みちるに食べさせた。

おじさんは夜勤から戻っていない。お母さんはまだ寝ている。音量をしぼって、テレビをつけた。みちるの好きな子ども向けのアニメがやっている。

「おねえちゃん、このあと友達と行くとこあるから出かけるけど」

「う」

「その前に学童まで送ってあげようか？」

「う」

「ねえ、みーちゃん」

「う」

喉《のど》を鳴らすだけの返事しかせず、目玉の向く先をテレビに据えたまま、みちるはロボットみたいに淡々とパンを食べている。

「みーちゃん!?」

ちゃんと話を聞かせようと、ほのかはみちるの頭を軽くたたいた。さほど痛くはなかったはずなのに、みちるは火がついたように泣き出した。

襖《ふすま》が開いて、パジャマ姿のお母さんがよろよろと出てくる。

「朝から、何?」

低く呻《うめ》くような声で言われた。顔色が悪い。

「みーちゃんが……」

「お姉ちゃんが、ぶったぁ～!」

みちるがわざと大きな声を出し、さらに泣いた。

「はぁ!? 朝から何やってんの!?」

お母さんがほのかを睨《にら》みつける。

「お姉ちゃんがぶった! お姉ちゃんがぶった!」

「みちるも静かにしてちょうだい」

「だってぇ……お姉ちゃんが……」

お母さんがトイレに行く。みちるがウエッウエッとしゃくりあげながらついていく。お母さんがみちるを慰めながらトイレで抱っこしているのが、細い隙間から見える。ほのかはちいさくくちびるを噛《か》む。残ったパンにハムを挟んで、みちるのための弁当をこしらえる。

　土曜日の学童には弁当を持っていくことになっている。ほのかの弁当はお母さんが作ってくれていたが、みちるの弁当はほのかが作っている。お母さんは、みちるの弁当のために金曜日にパンやハムを買っておいてくれる。パンがない時は生協の冷凍おにぎりをチンして持たせる。何もない時は、お母さんからお金をもらって、コンビニでおにぎりやパンを買って持たせる。

　お母さんに慰められたのか、トイレから戻ってきたみちるはケロリと泣きやんでいた。

「ママが、お姉ちゃんが悪いって言ってたよ」

　とみちるが言う。

　後から現れたお母さんが、

「ほのか、もうみちるに意地悪しないでよ。お姉ちゃんでしょう」

　と言って、和室に寝に行った。

ほのかは、ふたたびテレビを観始めたみちるに、

「食べたらすぐ行くよ」

と、言った。

学童に遅刻しそうな時間になると、みちるは、行き渋りし出す。遅刻して目立つのが嫌なのだろう。それなら早めに準備をして家を出ればいいのに、なかなかしたくをしないから、ほのかのほうが焦ってしまう。

「置いてくよ」

小声でほのかは脅す。みちるがまた顔を歪《ゆが》めて泣こうとする。泣かれると、またお母さんが起きてしまう。お母さんはいつも、ほのかを叱る。みちるのほうが悪い時も、ほのかを叱る。みちるもそれが分かっていて、すぐにお母さんに言いつける。お母さんが自分の言い分を聞いてくれないことに対し、ほのかは心が尖《とが》ってくるが、これから学童に行かなければならないみちるのことは、可哀そうにも思う。

学童は、ほのかも嫌いだった。前田さんや見村さんはいなかったが、久留米《くるめ》さんや町田《まちだ》さんがいた。中谷《なかたに》くんや後藤《ごとう》くんがいた。

ほのかがこれまで生きてきたどの世界にも、意地悪なことを言ってくる人がいた。教室でも学童でも、そういう人たちに、ほのかはしょっちゅう泣かされてきた。ほのかから誰かに意地悪を言ったことはないのに、いつも誰かが言ってくるのだ。

だが、ある時、ほのかは気づいた。それは、意地悪を言う人というのは、決して多くはないということだ。

彼らの発言は、強い吸引力と刺激を伴うため、教室の空気を引っ張ってしまう。転がり出した空気は一色に染まり、全員が同じ仮面をつけて同じ方向に動いているように見えてしまうけれど、ほのかはそういう時こそ目を凝らす。多くの人は、わざわざ人に意地悪なことを言わない。流される人はたくさんいるけど、自ら意地悪を作り出す人は実は少ない。そのことに気づいた時、ほのかは怖くなくなった。

ほのかが恐れるのは、自分ではなく、自分以外の誰かが、意地悪なことを言われる時だ。

誰かが傷ついている姿を見ると、分厚い指先で自分の心臓が摘《つ》まれているかのように、きゅっと痛くなった。自分がそういう目に遭う時と同じくらいか、もしかしたらそれ以上に、痛くなった。何とかしなければと心が焦り、自然と涙が出そうになった。

今、目の前に、これから行きたくない場所に行かなければいけない妹がいる。

二年生のみちるの体はまだ小さく、ランドセルは背中を圧《お》すくらいに大きい。

家ではお母さんに甘えて見せて勝ち誇るみちるだが、学童に行く時は、顔が強張《こわば》り無口になる。それを見るのが辛《つら》かった。

学童で声をかけてきたお母さんたちはみちるが他の子たちに乱暴をすると言う。みちるちゃんに取られた。押された。壊された。みちるは問題児扱いをされている。

だけど、みちるにも言い分があるのだ。

前に、よそのお母さんに「みちるちゃんがうちの子の絵を破いた」と言われた時、ほのかはみちるにどうしてそんなことをしたのかを訊《き》いた。帰り道のみちるは無口で、すぐには理由を話さなかった。ほのかが何度も何度も訊いたら、泣き出した。

泣きながら、みちるは、その子が「みちるの頭が臭い」と皆に言ったのだと言った。聞いた子たちが、後ろから近づいてきて、みちるの頭のにおいを交代で嗅《か》いで逃げたそうだ。

ママには絶対言わないで。

涙顔で、みちるは言った。言わないよとほのかは請け合った。先生にも言わないで。誰にも言わないで。ほのかは約束を守った。でもね、みーちゃん。何か言われても、何をされても、人のものを壊したり、人に乱暴なことをしたらだめなんだよ。

ほのかが言うと、なんで？　とみちるに訊かれた。なんでだろう。だって、それが決まりだからだよ。決まりは守らなければいけないものだから。

そう告げると、みちるはむくれてそっぽを向いた。お姉ちゃんなんか、大嫌い。涙まじりにそう言った。

ほのかは、みちるに決まりだからだよと言いながら、心の中で自分もずっと泣いているような気がしていた。

「置いてくよ！」

もう一度声をかけ、ほのかは先にドアを開ける。

「やぁーだぁー」

と言いながらも、慌てたように、みちるはしたくをする。ドアを開けながら、入り口でほのかはみちるを待つ。出てきたみちるの服の皺《しわ》をのばそうと裾を引っぱってやると、「やあだ」と言って逃げられた。

カーテン越しに見たよりも、空の色が綺麗《きれい》だ。自転車置き場の緑が眩《まぶ》しく見下ろせる。

慌てて出てきたみちると、言葉少なにアパートの階段を下りる。

通りを曲がると、石畳の道が現れ、みちるはいつものように、白いところだけ踏むように気をつけながらジャンプする。

みちると一緒に登校するようになったばかりの頃、ほのかは言ったのだ。

――この道は、白いところだけを歩くんだよ。

すると、

——なんで？

と、不思議そうに、みちるは訊いた。

まさか、理由を訊かれるとは思わなかったので、ほのかは返答に惑った。ふと、なんでなんだろうと自分でも思った。ただ、そういう決まりがあるだけだった。

みちるは不思議そうな顔のまま、

——もしこっち踏んじゃったら、どうなるの。

と、訊いてきた。訊きながら、無邪気に茶色いところを踏んで見せたので、「だめ！」とほのかは叫んでいた。

——そこ三回踏んだら、悪いことが起こるから。

——えっ。嘘だ。

——嘘じゃないよ。決まりだもん。

——そんな決まり、ないもん。みちる、いつも、茶色いとこ踏んでたけど、悪いことなんか起こってないもん。

そう言いながらも、みちるはもう、気をつけてしまっていた。白いところだけを歩こうとしていた。

ほのかはその時、なんだか、とりかえしのつかないことをしてしまった気がした。

自分が低学年の頃、雨の日に苦労したのを思い出した。長靴が小さくなってしまっても、しばらく指を丸めるようにして履いていた。そのせいで、ジャンプをするたび指が痛んだ。滑って、転んでしまったこともあった。

今朝もみちるは、一歩一歩、白い石だけ踏むようにして歩いている。

ほのかも、いつものように白い石だけ踏んで歩きながら、なんでこんなふうにしなきゃいけなくなったんだろうと思った。

小学校の校門には「校庭開放中」の看板があった。みちるを学童に送り届けて、それからほのかは学校でしばらく遊んだ。

校庭に遊びに来ているのは、ほのかより下の学年の子たちばかりだ。

最近、六年生の子たちをあまり見かけない。校庭はゲーム機の持ち込みが禁止だから、男の子たちは公園に集まっているのかもしれない。女の子たちがどこで何をしているのか、ほのかは知らない。ほのかには、「決まった子」がいない。学校の休み時間は、その場にいる子たちに声をかけて一緒に遊んでいる。ほのかは友達を、同じ学年の子に限らなかった。

今日は、そこにいた四年生のグループに交ざってドッジボールをした。学童で、ほのかが三年生の時の一年生たちだ。ほのかが入ると喜んだ。

しばらく遊び、時間になったのでほのかは小学校を出た。いったん家に帰ると、お母さんは留守で、おじさんが奥の部屋で寝ていた。おじさんを起こさないようにレトルトカレーを温めて食べて、ほのかは家を出た。

向かう先は、大学だ。

ほのかの町には大学があり、大通りや駅前で、大学生を見かける機会は多かったが、たまに彼らが集団行動している時、その大きな声や大股《おおまた》で歩く姿は、ほのかを威圧した。男子学生の大きなリュックや野太い声、女子学生の明るい髪色や短いスカートも、なんだかすべてが大人びていて自由で、少し不穏な感じもした。そうした「感じ」まるごと、ほのかにとっては遠い存在だった。

その大学生たちが集まっている場所で、折り紙を習うのだ。

それは、ほのかにとってはとても誇らしく、同時にうっすらと怖いようなイベントだった。自分が怖がっていることなどおくびにも出さず、ちゃんとした用事があるんだからここに来ているのですよ、という顔をして、ほのかはキャンパスへと入っていった。

土曜日だからだろうか、学生の姿は少なかった。しかし、たまにすれ違う彼らの姿は、ほのかを緊張させた。どうして小学生がこんなところにいるのだろうと思われてるんじゃないかとほのかは思った。

大丈夫。ほのかは自分に言い聞かせた。武市も来るのだから、大丈夫。並ぶ建物は大きくて、どれもガラスがふんだんに使われていてぴかぴかとし、自動販売機すらおしゃれに見える。

あちこちに色鮮やかな立て看板がいくつもあった。ほのかは、大学の中に、こんなにいろいろな看板があることを、もの珍しく感じた。

アカペラ同好会、社会福祉研究会、ラグビーやろうぜ!、混声合唱団新入団員募集中、劇団アボカドリア、体育会ハンドボール部マネージャー募集中……。

意味が分からないものもあるが、絵も字体もなんだか面白いような気がして、ほのかはひとつひとつ、眺めた。英語で読めないものや、難しい漢字のものは飛ばした。アニメの絵が描かれていたり、たくさんの色が使われていたりする、そうした看板たちは、ほのかの心を明るく照らした。ほのかはこれから行く折り紙の集まりの看板があるかと思って探した。

いつの間にか、隣に武市がいた。

「これ」

武市は、挨拶《あいさつ》もなく、まるく膨らんだ手提げ袋から、いきなり手品のようにカラフルなボールを取り出した。

「うっそー!」

それを見た瞬間、ほのかは叫んだ。すごいものだということが、分かったからだ。

それは、紙だけでできていた。驚くほど複雑に、精巧に、幾枚もの紙を合わせて作り上げた、壊れやすくて可愛らしいボールだった。

「すごいじゃん！　武市が作ったの？」

ほのかは、武市の顔を見て、それから自然と指を見た。少しささくれた、短い爪。この指が、紙を丁寧に折り合わせていき、こんなに綺麗なボール玉を作ったのか。武市は、ほのかに褒められても表情を変えず、むしろつまらなそうな口ぶりで、

「これ、自由工作に、出そうかな……」

と言った。

ほのかは、武市が絵や工作がとても上手なことを思い出した。毎年、武市の作品が選ばれて、職員玄関の前の展示の棚に飾られていることを。

「ゼッタイ出すべき！」

心から言った。

「超上手だし、こんなの誰も作れないもん」

明るい声で言いながら、うらはらに、ほのかは自分の気持ちが沈んでゆくのを感じた。

武市は、こうやって物を作るのが得意なんだなと思った。物を作ることに、夢中に

なるんだなとも思った。自分にはそんなふうに得意なものも、夢中になれるものも、なにもない。

ほのかは、このあいだの委員決めの学級会を思い出した。

教壇に立ったとたんに、足が竦《すく》んだこと。ひと言も発せなかったこと。

ずっと考えないようにしていたのに、なぜか今になって思い出した。

「宝田さんも、作れる」

まるでほのかを慰めるように、武市は言った。

少しぼんやりしていたほのかは、

「え？　ほんと？　じゃあ作りたい」

と、わざと明るく言った。

「作れる」

武市はもう一度言った。

「どうやって作ればいいの。教えて」

「これ、三十四枚、折り紙を使う」

「……たくさん持ってきたよ」

ほのかは家にあった折り紙を見せた。

それを見た武市は、今日いちばんの顔をした。目を輝かして、折り紙を見つめた。

「それだけあれば、作れる。けど、部品を糸で、糸でつなぐところが、少し難しい。そこだけ。針が紙を破くから、そこは、気をつけたら」

普段おとなしい武市が、懸命に説明をしてくれたのは嬉《うれ》しかった。だけどもほのかは、武市の説明を聞いているうちに、やっぱりそんなに難しいものを自分には到底作れないと思った。

「……うちにできるかな。武市みたいに、上手じゃないし」

「宝田さんなら、なんでもできる」

「ええー、そんなことないよ。うち、バカだし」

ほのかは笑った。

武市は笑わなかった。

「宝田さんは、なんでもできる」

ほのかに言い聞かせるように、彼はゆっくりと繰り返した。

それを言われた時、なぜだかほのかは、泣きたくなった。

どうして泣きたくなるのか分からなくて混乱した。

本当は、自分にできることなど、何もないような気がしていた。周りの人たちからもそう思われていることを、彼女は知っていた。そしてそのことを、心のどこかで受け入れてきた。

代表委員に立候補した時も、皆に笑われているのを知っていた。前田さんは、ほのかが代表委員になることを「やだ」と言った。それを聞いて笑った人たちも、みんな「やだ」と思っていたのかもしれない。

だけどほのかは、ずっと、なりたかったのだ。なりたかった。なりたかった。六年生の最後の委員決めだった。最後まで手を挙げ続けた。

それなのに、いざ代表委員になって、教壇に立ったら、足が竦んだ。

何か喋《しゃべ》ってしまったら、その言葉はぽとんと落ちて、教室の真ん中で、皆に踏みつけにされると思った。そうなるのはいつものことで、これまではそんなことはちっとも怖くなかったのに、代表委員になってしまったから、怖くなったのだ。クラスの代表である自分が、そんな恥ずかしいことはできないと思ったから。うまくやろうと思ったとたん、ほのかの舌はこわばった。代表委員として初めて芽生えたプライドが、かえって心を縮こまらせた。あの時の自分は、みっともなかった。

だけど、

――宝田さんは、なんでもできる。

武市は言ってくれた。

こみ上げてきた涙を目の奥に押しこむように、ほのかは細かくまばたきをする。言われたばかりの言葉を、心の奥で反芻《はんすう》する。こんなに信じてもらえたこと、自分をまるごと認めてもらえたこと。目の前の少年のまなざしは澄んでいる。彼の言葉に嘘はない。それが分かるから、ほのかは泣きたくなるのだ。

折り紙探検隊は最高に楽しい時間だった。

ゾウを作るコースと、ネズミを作るコースがあって、ほのかはネズミのコースを選んだが、かわいらしい小さなネズミは、簡単に作れそうに見えて、折り始めたら意外に複雑だった。

ほのかは何度も分からなくなってパニックを起こしかけたが、途中でつまずくたび、武市が手伝いに来てくれた。

どの部分のつまずきからでも、武市はすぐに状況を把握し、的確に解決してくれた。そして、工程表と同じ形、同じ向きにして、「ここから」とほのかに差し出した。それはもう、魔法のようにらくらくと、武市はほのかの混乱を次々に修復してくれた。

ほのかは武市に言われたとおりにそこからもう一度やり直すのだが、すぐにおかしくしてしまう。武市は、何度ほのかがつまずいても、飽きることなく淡々と正しい形に戻してくれるのだった。

ようやくネズミができあがった時、ほのかはもちろんとても嬉しかったのだが、それよりも、何よりも、武市があの綿菓子頭の大学生をはじめとする数人のメンバーか

ら口々に褒められて、

「君、折り紙探検隊の正式メンバーな」

と言われた時が、一番嬉しかった。

折り紙探検隊の大学生たちは武市を、遊びに来た小学生ではなく、折り紙の仲間として認めたのだ。

そのことが、ほのかは嬉しかった。

だから、帰り際、ほのかは持ってきた折り紙の残りを全部武市にあげることにした。

すると武市は、

「なんで」

と訊いた。

なんで？

笑顔を滅多に見せない、人によって態度を変えることのない武市の、大学生と話している時の頬が薔薇《ばら》色《いろ》に染まっているのを見た時、ほのかは、自分が持ってきた折り紙を、全部武市にあげたいと思った。でも、その気持ちを説明することは難しくて、ほのかはただひと言、

「いらないから」

とだけ、言った。

確認するように、武市は言った。

「うん。いらない」

ほのかは答えた。

遠慮なく受け取ってもらいたいからそう言ったのに、目の前の顔は暗く沈んだ。ほのかは、武市が喜んでくれないことを不思議に思った。

しかし次の言葉で、その理由が分かった。

「宝田さんは、折り紙、もうやらないのか」

と、武市は言った。

自分が好きなことを、ほのかにも好きになってもらいたいと、武市は思ってくれている。そう気づいた時、ほのかの心の中に温かいものが流れこんだ。

「じゃあ、半分こしよ。そいで武市、うちに時々、教えてくれる？」

ほのかが言うと、武市は、

「わかった」

と、答えた。

ほのかは折り紙を、半分ずつに分けた。武市は、ほのかからもらった折り紙を、礼も言わずに受け取ると、宝物のボールや、今日綿菓子頭の大学生からもらっていた折
「いらない？」

り紙の説明書のようなプリントの入っている手提げ袋に、そっと仕舞った。そして、真面目そうな顔つきで、

「ゾウは少しむずかしい。最初は、カモノハシがいいかもしれない」

と、言った。

押し入れの中でただ眠っていただけの折り紙が、武市の手で、きっとこれから、ネズミやゾウやカモノハシや他の色々なものに生まれ変わっていくのだ。

「武市。絶対だよ。折り紙、するよ。一緒に」

友達との約束が、世界を明るくしてくれる。

武市と別れて、ほのかは走った。

急に、走りたい気分になったのだ。暮れてゆく道を、ほのかは走り続けた。そして、あの石畳の道で立ち止まり、いつもの決まりが頭を過《よぎ》ったにもかかわらず、まるで何らかの確信があるかのように、ほのかは一歩を踏み出していた。

自分でも驚くことに、一歩、また一歩と、ほのかの足は軽やかに前を目指した。

何かが自分を見ているのかもしれない。でも、その何かは、見守ってくれているのかもしれない。

気づいた時、ほのかはもう足元を見ていなかった。石の色など関係なく、ただまっすぐ道の先の遠くに目をやっていた。

——宝田さんは、なんでもできる。

歩くごとに、むくむくと、勇ましい気持ちが生まれてゆく。仄《ほの》かな光のように、自信の芽が上を向く。悪いことが起こる決まりなんか、どこにもない。好きなところを好きなように歩いていいのだ。そのことを、早くみちるに教えたいと思いながら、ほのかは前進し続けた。

参考文献

『新世代 至高のおりがみ』山口 真（西東社）

『端正な折り紙』山口 真（ナツメ社）

『創作アイデアの玉手箱 神谷流創作折り紙に挑戦！』神谷哲史／監修＝山口 真／編集＝おりがみはうす（ソシム）

『神谷哲史作品集 Works of Satoshi KAMIYA』神谷哲史／編集＝山口 真／英訳＝立石浩一（おりがみはうす）

『神谷哲史作品集2 Works of Satoshi KAMIYA 2』神谷哲史／編集＝山口 真／英訳＝立石浩一（おりがみはうす）

本書は、二〇一九年六月に小社より刊行された単行本を加筆修正のうえ、文庫化したものです。

「特別篇　仄かな一歩」は書き下ろしです。

君《きみ》たちは今《いま》が世界《すべて》

朝比奈《あさひな》あすか

令和3年 7月25日　初版発行
令和6年 11月15日　20版発行

発行者●山下直久

発行●株式会社KADOKAWA
〒102-8177　東京都千代田区富士見2-13-3
電話　0570-002-301（ナビダイヤル）

角川文庫 22738

印刷所●株式会社KADOKAWA
製本所●株式会社KADOKAWA

表紙画●和田三造

ISBN 978-4-04-111152-9　C0193

◆◇◇

角川文庫発刊に際して

角川源義

第二次世界大戦の敗北は、軍事力の敗北であった以上に、私たちの若い文化力の敗退であった。私たちの文化が戦争に対して如何に無力であり、単なるあだ花に過ぎなかったかを、私たちは身を以て体験し痛感した。西洋近代文化の摂取にとって、明治以後八十年の歳月は決して短かすぎたとは言えない。にもかかわらず、近代文化の伝統を確立し、自由な批判と柔軟な良識に富む文化層として自らを形成することに私たちは失敗して来た。そしてこれは、各層への文化の普及滲透を任務とする出版人の責任でもあった。

一九四五年以来、私たちは再び振出しに戻り、第一歩から踏み出すことを余儀なくされた。これは大きな不幸ではあるが、反面、これまでの混沌・未熟・歪曲の中にあった我が国の文化に秩序と確たる基礎を齎らすためには絶好の機会でもある。角川書店は、このような祖国の文化的危機にあたり、微力をも顧みず再建の礎石たるべき抱負と決意とをもって出発したが、ここに創立以来の念願を果すべく角川文庫を発刊する。これまで刊行されたあらゆる全集叢書文庫類の長所と短所とを検討し、古今東西の不朽の典籍を、良心的編集のもとに、廉価に、そして書架にふさわしい美本として、多くのひとびとに提供しようとする。しかし私たちは徒らに百科全書的な知識のジレッタントを作ることを目的とせず、あくまで祖国の文化に秩序と再建への道を示し、この文庫を角川書店の栄ある事業として、今後永久に継続発展せしめ、学芸と教養との殿堂として大成せんことを期したい。多くの読書子の愛情ある忠言と支持とによって、この希望と抱負とを完遂せしめられんことを願う。

一九四九年五月三日